인생 우화

일러두기

이 우화집은 폴란드의 작은 마을 헤움을 배경으로 전해 내려오는 이야기들에서 소재를 빌려와 새로 쓴 우화들과, 그 이야기들에 영감을 얻어 작가가 창작한 우화들로 이루어져 있다. 우화의 소재가 되는 이야기들은 폴란드 크라쿠프시의 야기엘로니안대학교 남아시아학과 레나타 체칼스카 교수의 도움을 받았다.

인생 우화

류시화

차례

프롤로그   잘못은 천사에게 8

제발 내가 나라는 증거를 말해 주세요 13

자기 집으로 여행을 떠난 남자 18

하늘에서 내리는 나무 27

해시계를 해에게 보여 주지 않는 이유 33

정의를 구합니다 41

아무리 사실이라 해도 말해선 안 되는 것 48

전염병 미해결 사건 54

대신 걱정해 주는 사람 60

시인의 마을 64

누구를 살릴까요? 73

단추 한 개 79

진실을 말할 때 우리가 하는 거짓말 84

천국으로 올라가는 사다리 92

모두가 교수인 마을 98

내 입장이 돼 봐 112

아흔 마리 비둘기와 동거 중인 남자 121

메시아를 기다리며 125

병원에서 살아남기 133

바보들의 인생 수업 139

이번 생에는 빈자, 다음 생에는 부자 149

햇빛 옮기기 157

진실은 구리다 163

고독한 천사에 관한 우화 168

세상의 참견쟁이들 174

바보도 아는 질문, 천재도 모르는 답 180

완벽한 결혼식에 빠진 것 187

부탁을 하러 온 게 아닙니다 192

이 돌은 왜 여기 있을까? 197

아무도 믿어 주지 않는 이야기 203

문제를 해결하는 문제 209

무엇을 보고 싶으신가요? 214

조언이 필요하세요? 헤움으로 오세요 219

나한테는 내가 안 보여 223

썩은 이를 놓고 벌이는 대결 226

세상에서 가장 쉬운 위기 대처법 231

별것 아니지만, 꼭 있었으면 하는 끈 237

흔하디흔한 생선 가게에 생긴 일 241

옷을 입힌 여자와 옷을 입어 본 남자 244

이곳에 없는 것이 그곳에 있다 251

하루 단어 사용량 257

신마저도 도울 수 없는 사람 260

지혜에 대해 착각하는 것들 264

무슨 설교를 할지 우리가 더 잘 알아요 268

이야기가 사라지지 않는 법 274

부록 어처구니없는 세상에서
      헤움 식으로 살아가기 279

작가의 말 행복한 세상을 만들려고 했던
      사람들의 이야기 340

프롤로그
잘못은 천사에게

신성한 책에 따르면 신은 인간을 창조할 때 각각의 영혼에 탄생을 주관할 천사를 한 명씩 지정했다. 그 천사들은 모든 영혼의 귀에 대고 속삭였다.

"세상에 내려가 기쁘게 살고, 배움을 얻고, 더 지혜로워져라."

그 후 신은 언제나 그렇듯 인내심을 갖고 지켜보았다. 세상에 내려간 영혼들이 천사의 속삭임을 얼마나 기억하는지를. 인간들은 아름다운 마을과 도시를 세우고, 예술을 창조하고, 춤추며 노래했다. 많은 숫자는 아니어도 삶의 기쁨과 행복을 발견해 나갔다. 그런 모습을 보며 신은 점점 더 좋은 세상이 만들어질 것이라고 기대하게 되었다.

그러나 상황은 나빠져만 갔다. 인간 세상이 번창함에 따라 천사의 속삭임을 잊은 영혼의 숫자가 나날이 늘어났다. 어떤 장소에는 지혜로운 자들이 많았지만, 또 다른 장소에서는 어리석은 자들이 세상을 지배했다.

마침내 신은 두 명의 천사를 불러 그중 한 천사에게 말했다.

"지상에 내려가 지혜로운 영혼들을 모두 모으라. 그리고 마을과 도시들에 고루 떨어뜨리라. 그들이 어리석은 자들을 가르칠 수 있도록."

두 번째 천사에게는 이렇게 지시했다.

"그대는 지상에 있는 어리석은 영혼들을 모두 자루에 담아 데려오라. 내가 그들을 지혜로운 영혼으로 바로잡아 다시 세상에 내려보내리라."

첫 번째 천사는 임무를 수행하는 데 큰 어려움이 없었다. 지혜로운 영혼들을 찾아 먼 거리를 여행해야 했지만, 숫자가 많지 않았기 때문에 그들을 각각의 장소에 고르게 옮겨 놓는 것은 그다지 힘든 일이 아니었다.

그러나 두 번째 천사의 임무는 완전히 차원이 다른, 비교가 안 될 만큼 힘든 일이었다. 어느 곳을 가든 어리석은 영혼이 셀 수 없이 많았으며, 신의 지시대로 자루에 넣으려 하면 몹시 저항하며 발버둥쳤다. 그들을 설득해 자루에 담느라 많은 시간과 노력이 들었다.

자루가 가득 차자 천사는 지체없이 신이 있는 곳으로 날아올랐다. 하지만 거대한 자루를 메고 하늘을 나는 것은 쉬운 일이 아니었다. 더구나 자루 속 영혼들이 소란을 피워 지칠 대로 지쳐 있었다.

산 정상을 가까스로 넘는 순간 천사는 자루의 무게 때문에 날개의 통제력을 잃고 휘청거렸으며, 키 큰 소나무의 뾰족한 솔잎에 찔려 자루 밑이 찢어지고 말았다.

그 순간 자루 안에 있던 영혼들이 일제히 쏟아져 산 아래 마을로 굴러떨어졌다. 천사는 망연자실 내려다볼 수밖에 없었다. 영혼들이 우연히 굴러떨어진 그곳은 폴란드의 헤움이라는 평화로운 마을이었다.

천사는 절망과 두려움에 차서 빈 자루를 들고 신에게로 돌아왔다. 그리고 실수를 괴로워하면서 용서를 빌었다. 신이 천사를 위로하며 말했다.

"그대의 잘못이 아니니 너무 자책하지 말라. 어쩔 수 없는 사고였으므로 이미 용서받았다. 우리, 저들을 그냥 저 장소에 살게 하자. 그리고 그들이 어떤 삶을 살고, 어떤 세상을 만들어 나가는지 지켜보도록 하자. 어쩌면 좋은 결과를 얻을지도 모르지 않은가?"

그렇게 해서 세상의 모든 바보들이 한 장소에 모여 살게 되었다. 예상과 달리 그들은 조화로운 공동체를 이루었으며, 그곳을 세상 어느 곳보다 행복한 장소로 만들었다. 서로가 비슷한 만큼의 지혜를 갖고 있었을 뿐 아니라, 문제가 있을 때마다 서로의 비슷한 지혜로 해답을 찾아나갔기 때문이다. 그래서 그들은 자신들이 사는 곳을 '현자들의 마을'이라 부르기 시작했다.

그들은 자신들 중에서 더 지혜로운(실제로는 더 어리석은) 현자 일곱 명을 뽑아 의회를 구성했다. 개인의 지혜로 해결하기 어려운 문제가 생길 때마다 그 의회에 도움을 요청했으며, 일곱 현자는 7일 동안 심사숙고한 끝에 모두를 만족시키는 해결책을 제시하곤 했다.

이 책에 실린 이야기들은 자신들이 세상에서 가장 지혜로운 사람들이라고 믿는 '바보들의 마을, 헤움'에서 일어난 일들을 모은 것이다.

그들은 자신들이 어디서 왔는가에 대해 말할 때면

'하늘에서 떨어졌다'라고 말하곤 했다.

제발 내가 나라는 증거를 말해 주세요

헤르셸이라는 이름의 빵장수가 살았다. 헤움에 거주하는 다른 사람들처럼 겉에 보이는 것이 전부가 아닌 남자였다. 뛰어난 제빵사일 뿐 아니라 철학자이기도 한 헤르셸은 스스로에게 '나는 누구인가?' 하고 묻곤 했다. 그리고 그 물음에 대한 여러 해답들 중에서 한 가지 사실만은 분명히 알았다. 자신은 빵 굽는 일을 사랑하는 사람이라는 것이었다. 밀가루 반죽을 하는 자신의 손가락, 발효가 되어 부풀어 오르는 반죽, 오븐에서 알맞게 구워질 때 나는 빵 내음까지 사랑했다. 다른 무엇보다도 그는 '빵 굽는 사람'이었다.

그럼에도 불구하고 '나는 누구인가'라는 질문이 종종 그의 마음을 사로잡았다. 그것은 헤르셸뿐 아니라 헤움의 공중목욕탕에서 남자들이 시간을 보내기 위해 곧잘 토론하는 철학적 질문이기도 했다. 그들은 다양한 각도에서 그 해답을 추구해 나가곤 했다.

어느 날 목욕탕에 남자들이 모였을 때, 양복 가게를 하는 이체크가 말했다.

"난 오래전부터 궁금한 것이 있어. 우리를 우리 자신이게 만드는 것이 과연 무엇일까?"

그러자 우유 배달부 에덱이 진지한 표정으로 말했다.

"인간은 모두 똑같게 창조되었다고 성경에 적혀 있어."

굴뚝 청소부 테브예도 말했다.

"맞아. 따라서 우리를 구분해 주는 것은 우리가 입고 있는 옷이야."

그 말에 빵장수 헤르셸은 놀라서 목욕탕 안을 둘러보았다. 모든 남자가 허리에 똑같은 흰 수건 하나씩만 두르고 있었다. 헤르셸은 말없이 깊은 고민에 잠겼다. 만약 각 사람의 존재를 구분해 주는 것이 옷이라면, 그 옷을 벗으면 어떻게 되지? 이러다가 어느 날 목욕탕에서 발가벗은 채로 자신을 잃어버리게 될지도 모른다는 두려운 예감이 앞섰다. 밀가루 범벅인 앞치마를 벗으면 사람들이 그를 신발 수선공으로 착각할 수도 있었다. 만약 그런 일이 일어나면 큰일이었다. 그렇게 되면 남은 인생을 신발 수선공의 둥근 의자에서 보내야만 할지도 모를 일이었다.

더 나쁜 것은, 사람들이 그를 물 나르는 사람으로 혼동하는 일이었다. 그렇게 되면, 죽을 때까지 비가 오나 눈이 오나 물이 가득 든 무거운 가죽 주머니를 어깨에 지고 날라야 할 것이다. 만약 사람들이 그를 지붕 수리공으로 착각한다면? 뜨거운 태양 아래서 지붕을 수리하며 인생을 보내는 자신의 모습을 떠올리는 것만으로도 끔찍했다. 그건 절대로 안 될 일이었다. 헤르셸은 달콤한 냄새가 나는 자신의 빵 가게에서 남은 인생을 보내고 싶었다. 맛있는 아몬드 케이크에 대한 정당한 권리를 결코 포기하고 싶지 않았다.

자신의 정체성을 잃어버릴지도 모른다는 불안감에 사로잡힌 헤르셸은 불행한 사태를 막을 방법을 찾기 위해 고민했다. 일단 자신이 누구인지 분명히 하기 위해 오른쪽 손목에 붉은색 끈을 한 가닥 묶었다. 그러고 나서 자기 자신에게 말했다.

'이것이 내가 빵 굽는 헤르셸이라는 표시야.'

그렇게 하자 오븐 속의 빵처럼 가슴이 기쁨으로 부풀어 올랐다. 이제는 벌거벗은 공중목욕탕에서도 변함없이 빵장수 헤르셸일 수가 있었다. 목욕탕에 갈 때마다 그는 옷을 다 벗기 전에 재빨리 손목에 붉은색 끈을 묶었다.

'이것이 내가 나라는 증거야.'

밝게 빛나는 끈을 보며 그는 혼자 미소 지었다.

어느 날 한 외지인이 헤움으로 이사를 왔다. 직업이 목수인 이 남자는 헤움의 숲에 나무가 많아 목공일을 구하기 쉽다는 소문을 듣고 가족과 함께 헤움으로 이주했다.

　새로운 환경에서 경우에 맞는 행동을 하고 싶었기 때문에 남자는 헤움의 관습을 주의 깊게 관찰했다. 이사 온 며칠 후 공중목욕탕에 가서 옷을 벗고 탕 안으로 들어가려는 순간, 그는 오른쪽 손목에 붉은색 끈을 묶는 빵장수 헤르셸을 보게 되었다.

　외지에서 온 남자는 턱을 문지르며 생각했다.

　'이상한 관습이긴 하지만, 헤움 사람들이 공중목욕탕에서 지키는 규칙임에 틀림없어.'

　그다음 주 금요일, 안식일(유대교에서는 금요일 해 질 녘부터 토요일 해 질 녘까지)의 정결함을 위해 목욕탕으로 간 헤르셸은 손목에 끈을 묶은 뒤 수건만 허리에 걸치고 탕 안으로 들어갔다. 그날따라 뜨거운 증기에 몸을 맡기고 오랫동안 목욕을 즐겼다.

　목욕을 마치고 탈의실로 걸어가면서 헤르셸은 몸이 무척 정결해지고 상쾌해진 것을 느꼈다. 기분이 좋아진 그는 자신이 빵장수 헤르셸인지 확인하기 위해 손목에 묶은 끈으로 시선을 돌렸다. 그런데 끈이 사라지고 없는 게 아닌가!

　심장이 두근거리고 두려움이 엄습했다. 설상가상으로 헤르셸이 고개를 들었을 때, 허리에 수건을 두르고 손목에는 밝게 빛나는 붉은색 끈을 묶은 한 낯선 남자를 보았다.

　이마에서 식은땀이 흐르고 금방이라도 기절할 것만 같았다. 헤르셸은 생각했다.

'만약 저 남자가 나라면, 그럼 나는 누구지?'

헤르셸은 극심한 공포로 몸을 떨며 조심스럽게 그 낯선 남자에게 다가가 말했다.

"친구여, 나는 당신을 전에 한 번도 본 적이 없지만, 당신이 누구인지 압니다. 당신은 바로 나입니다. 아니면 내가 나라고 생각했던 바로 그 사람입니다. 당신은 틀림없이 빵장수 헤르셸입니다. 왜냐하면 오직 빵장수 헤르셸만이 목욕탕에 들어갈 때 손목에 붉은색 끈을 묶기 때문입니다. 하지만 실례가 안 된다면, 나에게 말해 주시오. 만약 당신이 빵장수 헤르셸이라면, 나는 누구인가요? 제발 말 좀 해 주시오. 남은 인생 동안 내가 무엇을 하며 살아야 하는지 알아야 하기 때문이오."

자기 집으로 여행을 떠난 남자

한번은 헤움의 부자 상인이 일주일 동안 바르샤바(폴란드의 수도)를 여행하고 돌아왔다. 그는 자신이 경험한 아름다운 상점과 높은 건물과 볼거리들이 즐비한 경이로운 도시에 대해 만나는 사람마다 자랑을 늘어놓았다. 신발 수선공 슐로모는 질투심 때문에 더 이상 듣고만 있을 수 없었다. 자신의 눈으로 그 위대한 도시를 직접 보고야 말겠다고 결심했다.

슐로모는 가난하지만 자신만의 내면 세계를 가진 사람이었다. 그는 언제나 다른 도시, 다른 장소를 꿈꾸었다. 헤움에서 태어나 헤움에서 자라고, 헤움에서 결혼하고, 자신이 아는 모든 것을 헤움에서 배웠지만 헤움이 세상의 전부가 아니라는 걸 알고 있었다. 그래서 더 넓은 세상을 경험하기 위해 언젠가는 긴 여행을 떠나는 꿈을 가슴에 품고 살았다.

그런데 슐로모에게는 천성이 게으르고 잠이 많다는 치명적인 약점이 있었다. 게다가 행색만 신발 수선공이지 변변한 가게도 없이 아내 골다의 생활력에 의지해 살고 있는 터라 여행은 말 그대로 공상에 불과했다. 하지만 부자 상인의 여행담을 지겹도록 듣고 난 후부터는 다른 어떤 것도 머리에 들어오지 않았다.

'반드시 바르샤바에 가야만 해.'

오직 그 생각 때문에 밥이 넘어가지도, 일이 손에 잡히지도 않았다. 마음속에는 그 경이로운 도시를 직접 여행하는 상상뿐이었다.

아침에 슐로모는 아내에게 선언했다.

"나는 바르샤바에 갈 거야."

아내 골다가 말했다.

"그 먼 곳을 무슨 수로 가겠다는 거야? 장거리 여행은 잠이 많은 당신에게 어울리지 않아. 내가 시장에 채소 팔러 다녀올 동안 집에서 애들이나 잘 보고 있으셔."

슐로모는 고개를 저으며 단호하게 말했다.

"아냐, 난 바르샤바에 꼭 가고 말 거야."

어처구니없어하며 아내가 물었다.

"바르샤바에 가서 뭘 할 건데?"

슐로모가 말했다.

"그럼 혜움에선 내가 뭘 하는데? 어차피 하는 일이 없긴 마찬가지야."

아내가 다시 물었다.

"여비는 무슨 수로 마련할 거야?"

돈이 없으면 바르샤바까지 걸어서 가겠다며 슐로모는 물러서지 않았다.

아내가 비웃으며 말했다.

"가뜩이나 낡은 신발이 금방 닳아서 구멍이 날 텐데?"

그렇다면 신발을 손에 들고 맨발로 가겠다고 슐로모는 주장했다. 아내가 다시 말했다.

"얼마 못 가서 지쳐 쓰러질 텐데도?"

슐로모는 그런 건 상관없다고 말했다. 골다의 거듭된 만류에도 불구하고 그는 아이들이 깨기 전에 빵 한 덩이와 치즈 한 조각, 양파 하나를 챙겨 길을 떠났다.

헤움에는 '바르샤바길'이라는 거리가 있었기 때문에, 슐로모는 그 길이 이름 그대로 바르샤바로 이어진다고 믿었다. 거대한 도시를 만난다는 설렘으로 생전 처음 떠나는 여행에 대한 흥분으로 하늘을 날 것만 같았다. 이내 집과 가게들이 시야에서 사라지고 처음 보는 강과 들판이 나타났다. 길에서 마주치는 사람들도 모두 낯선 얼굴이었다. 새로운 풍경에 취해 발에 차이는 돌조차 의식하지 못했다.

쉬지 않고 몇 시간 동안 걸은 끝에 슐로모는 나무 한 그루가서 있는 두 갈래 길에 이르렀다. 허기도 달래고, 앞으로 남은 여행을 위해 잠시 낮잠을 자기에 적당한 장소였다.

그때 문득 한 가지가 염려되었다.

'만약 잠에서 깨어났을 때 방향감각을 잃으면 어떻게 하지? 어느 쪽이 바르샤바로 가는 길이고 어느 쪽이 헤움으로 가는 길인지 모를 수도 있어. 방향을 혼동하지 않게 신발이 바르샤바 쪽을 향하도록 놓아둬야겠어.'

그래서 신발코는 바르샤바를 향하고 뒤꿈치는 헤움을 향하게 해서 길 한복판에 가지런히 놓아두었다. 그런 다음 빵 한 조각과 치즈와 양파 반쪽을 먹고 나서 나무둥치에 기대어 곤히 잠들었다.

슐로모가 잠든 사이, 그 근처에 사는 이발사가 우연히 그곳을 지나다 길에 놓인 신발 한 켤레를 보고 걸음을 멈췄다.

'내 발에 잘 맞겠군.'

그는 주위를 둘러본 후 신발을 주워 들었다. 그런데 생각보다 낡고 깔창에서 고약한 냄새가 풍겼다. 이발사는 이마를 찌푸리며 "세상에 누가 이런 누더기 신발을 신겠어?" 하고 땅에 던져 버렸다. 바닥에 떨어지면서 공교롭게도 신발코가 헤움을 향하게 되었다.

잠에서 깬 슐로모는 자신의 신발이 그 자리에 그대로 놓여 있는 것을 보고 내심 미소 지었다.

'난 정말 머리가 좋아. 바르샤바가 어느 방향인지 신발코가 분명하게 가리키고 있잖아.'

신발 끈을 졸라매며 그는 중얼거렸다. 그리고 기분 좋게 신비의 도시를 향한 여행을 계속했다.

속도를 내어 걸어서 그런지 몇 시간 걷지 않았는데도 빵 굽는 냄새, 전 부치는 냄새, 수프 끓이는 냄새가 풍겨 왔다. 꿈의 도시가 가까워 오고 있음을 알 수 있었다. 도시 외곽에 들어선 슐로모는 눈앞에 펼쳐진 풍경에 깜짝 놀랐다.

그는 탄성을 지르며 말했다.

'세상에 이럴 수가! 바르샤바는 내가 기대했던 모습이 전혀 아니야! 내가 사는 헤움과 어쩌면 이렇게 똑같을 수 있지?'

자신은 분명히 아침 일찍 헤움을 떠났으며 바르샤바를 향해 하루 종일 걸었다. 따라서 헤움으로 되돌아왔을 리는 결코 없었다. 이마를 긁으며 곰곰이 생각한 끝에 슐로모는 답을 얻었다. '사람 사는 곳은 어디나 다 똑같다'라고 학교에서 배운 내용이 떠오른 것이다.

놀란 가슴을 진정시키며 조심스럽게 도시 안으로 걸어 들어간 슐로모는 실로 경이로운 광경과 맞닥뜨렸다. 헤움에 있는 것과 정확히 똑같은 빵 가게가 나타나고, 유리 너머로 한 남자가 손을 흔들며 인사를 하는 것이었다.

"안녕!"

눈으로 보면서도 믿을 수가 없었다. 슐로모는 고개를 흔들며 중얼거렸다.

'바르샤바의 빵장수가 어떻게 헤움의 빵장수와 똑같은 얼굴일 수가 있지? 유리 너머로 바깥을 내다보는 몸짓도 똑같아. 정말 사람 사는 곳은 어디나 같군!'

모든 일이 전에도 똑같이 일어났었다는 이상한 느낌이 들었다. 길가의 나무와 풀들도 놀라울 정도로 익숙했다. 마치 여러 번 꾼 같은 꿈을 다시 꾸는 기분이었다.

좀 더 걸어 들어가자 더 놀랍게도 공중목욕탕이 나타났다.

'세상에! 헤움의 공중목욕탕을 그대로 옮겨 놓은 듯 입구와 간판까지 똑같아.'

더 많은 사람들을 지나치면서 놀라움은 커져만 갔다. 한 사람 한 사람 모두가 헤움 사람들과 똑같이 닮았고, 헤움의 랍비와 똑같은 랍비가 있었다!

문득 슐로모는 자신이 눈에 많이 익은 골목에 서 있음을 알았다.

'이 길은 우리 집으로 가는 골목과 매우 닮았어. 그리고 저길 봐. 저 집은 우리 집과 아무 차이가 없어! 페인트칠이 벗겨진 것도 똑같아.'

천천히 걸음을 옮겨 집 가까이 다가간 슐로모는 마당에서 놀고 있는 두 아이를 발견했다.

'우리 아이들과 똑같이 생겼잖아! 어떻게 이럴 수가 있지? 하루 종일 걸어서 바르샤바에 도착했는데 헤움과 똑같은 모습이고, 우리 집과 똑같은 집에서 우리 아이들과 똑같이 생긴 아이들이 뛰어놀고 있어. 뜰에서 모이를 쪼는 닭들의 깃털마저 똑같아.'

점점 더 무서운 느낌이 들 때, 한 여성이 창문 밖으로 얼굴을 내밀고 소리쳤다.

"슐로모, 얼른 안으로 들어와! 저녁 준비 다 됐어."

슐로모는 눈과 귀를 믿을 수가 없었다. 그 여성은 아내 골다를 너무도 똑 닮았으며, 골다만이 낼 수 있는 고음의 목소리를 갖고 있었다. 더 기절할 일은 그녀 남편의 이름도 자신과 똑같은 슐로모라는 사실이었다.

슐로모는 머리를 흔들며 집 안으로 들어갔다. 실내의 가구 배치까지 자신이 사는 집과 정확히 일치했다. 아이들은 헤움에 두고 온 아이들과 마찬가지로 버릇이 없었다. 티격태격하고 징징거렸다. 그리고 요람에는 얼마 전 태어난 자신의 쌍둥이 딸을 똑같이 복제한 두 아기가 잠들어 있었다. 어떻게 이런 우연의 일치가 있을 수 있지? 이건 우연 이상이었다.

촛불을 밝힌, 자신의 집에 있는 것과 똑같은 식탁에 앉아 있으니 헤움에 있는 집과 식구들에 대한 그리움이 밀려왔다.

그럼에도 한 가지 궁금한 점이 있었다. 바르샤바가 헤움과 똑같은 모습이고, 이 집과 아이들과 그 아이들의 엄마가 혜움에 있는 자신의 집과 아이들과 아내를 정확히 닮았지만, 이 집을 함께 소유하고 이 아이들의 아버지이며 사랑하는 아내 골다와 똑같이 생긴 여성과 결혼한 남자는 과연 누구일까? 이 집에 사는 슐로모라는 남자를 꼭 한번 만나 보고 싶었다. 그 남자도 자신과 똑같이 생기고 똑같은 생각을 하는 남자인지 확인하고 싶었다. 그도 그날 아침 여행을 떠났다고 했다. 그래서 슐로모는 그가 나타날 때까지 그 집에서 지내며 기다리기로 마음먹었다.

그러는 사이 그 집의 아이들이 그를 '아빠'라고 부르고 있었다. 아마도 그를 보니 그들의 아빠가 떠오른 모양이었다.

다른 사람들의 눈에 슐로모는 전과 마찬가지로 가난하고 잠이 많은 신발 수선공이었지만, 그는 이제 완전히 다른 내면 세계를 가진 사람이었다. 사람들이 그를 자신들이 아는 슐로모와 혼동할 때마다 그는 말하곤 했다.

"나는 당신들이 아는 슐로모가 아닙니다. 그리고 여기는 내 집이 아닙니다. 나는 이곳이 아닌 다른 곳에서 왔습니다. 그곳에도 당신들과 똑같이 생긴 사람들이 똑같은 일을 하면서 살고 있습니다. 당신들은 그곳이 궁금하지 않습니까?"

사람들은 일이 바빠서 한 귀로 듣고 다른 귀로 흘렸지만, 슐로모는 '사람 사는 곳은 어디나 같다'라는 사실을 깊이 경험한 사람이었다. 하지만 아내와 똑같이 생기고 이름도 골다인 여자가 차려 주는 밥을 먹으며 이따금 공상이 밀려오는 것은 어쩔 수 없었다.

'다른 슐로모는 지금 어디에 있을까? 그는 언제 이 집에 돌아올까? 그가 돌아와야만 사람들이 내 말을 믿을 텐데 왜 오지 않는 것일까? 내 진짜 아내 골다는 무엇을 하고 있을까? 나를 기다리고 있을까, 아니면 바르샤바에서 헤움으로 여행을 떠난 또 다른 슐로모와 살고 있을까? 그런데 난 왜 그곳으로 돌아가지 않지? 사람 사는 곳이 다 똑같다면, 그리고 다른 모든 마을도 이곳과 똑같다면, 온 세상이 하나의 거대한 헤움인 걸까? 그렇다면 굳이 돌아갈 필요가 있을까?'

아무리 생각해도 답을 알 수 없었다. 그래서 슐로모는 아직까지 헤움의 자기 집과 똑같이 생긴 바르샤바의 그 집에서 살고 있다. 잠이 많긴 해도 진실을 알기 위해서는 어떤 고난도 마다하지 않는 성격이기 때문이다.

하늘에서 내리는 나무

헤움은 동유럽과 서유럽 사이, 한때 러시아의 지배를 받은 적 있는 폴란드 남동부에 위치한 마을이었다. 마을이라고 하기에는 크고 도시라고 하기에는 작은, 은행과 영화관과 도서관과 관공서와 소방서 등 중요한 것을 제외하고 모든 것이 다 있는 그런 곳이었다. 멀지 않은 곳에 루블린이라는 대도시가 있고, 더 가까운 곳에 브제시치와 자모시치 같은 소도시가 있어서 필요한 것들은 그곳에서 구할 수 있었다. 그곳에 없는 것들은 천국에서 구하면 된다고 그들은 믿었다.

헤움이 유명해진 이유는 그들의 특별한 지혜 때문이었다. 헤움 사람들은 모두가 현자였다. 적어도 그들 자신은 그렇게 믿었다. 그들은 자신들이 세상에서 가장 지혜롭다고 자부했으며, 세상 사람들이 자신들을 바보라고 부르는 것에 개의치 않았다. 그들 자신이 어디서 왔는가에 대해 말할 때면 그들은 곧잘 '하늘에서 떨어졌다'라고 말하곤 했다.

헤윰 사람들은 자신들이 사는 마을을 사랑했다. 이웃을 사랑하고, 광장과 회당(유대교에서 집회와 예배 장소로 사용하는 장소)과 학교와 가족을 사랑했다. 마을을 둘러싼 숲과 강과 나무들도 사랑했다. 그리고 무엇보다 자신들의 특별한 지혜를 자랑스럽게 여겼다.

어느 여름, 뜨거운 태양이 날마다 내리쬐었다. 여러 달 동안 비 한 방울 내리지 않는 날들이 이어졌다. 강은 바닥을 드러내고, 우물물도 떨어져 갔다. 텃밭의 채소들은 시들고, 새와 동물들도 갈증에 허덕였다.

비 소식 없이 또 한 달이 지나자 마을 사람들은 무척 걱정이 되었다.

"어떻게 해야 물을 구할 수 있지? 살려면 물이 필요해."

그들은 방법을 찾기 위해 마을 한가운데 광장에 모였다.

"현자들에게 가서 물어요!"

라헬라가 소리쳤다. 그녀는 문제를 해결하려면 그들 중에서 가장 지혜로운 이들의 도움이 필요하다는 걸 알 만큼 지혜로웠다. 그녀의 말에 모두가 동의했다.

그들은 현자 중의 현자들로 구성된 의회를 소집할 생각이었으나, 그때 우연히 술집에서 나오는 최고 현자 하임을 발견했다. 그곳은 현자들이 종종 모여 갈증을 해결하는 곳이었다. 현자들이라 해도 목이 마른 것은 어쩔 수 없기 때문이었다.

사람들이 그에게 다가가 물었다.

"하임, 물을 구하려면 우리가 무엇을 해야 하죠? 어떻게 해야 지독한 가뭄에서 살아남을 수 있을까요?"

그것은 심각한 문제였으며, 심각한 문제에는 심각한 생각이 필요했다. 현자 하임은 눈을 감고 수염을 쓰다듬었다. 그것은 그가 깊은 생각에 잠길 때면 하는 습관이었다. 사람들은 숨을 죽이고서 기다렸다. 하임이 해답을 생각해 내는 데는 일정한 시간이 필요하다는 것을 모두가 알고 있었다.

마침내 하임이 눈을 뜨고 주위에 모인 사람들을 둘러보았다. 그 표정에서 사람들은 자신들의 고민이 마침내 해결되었음을 알 수 있었다.

"우리, 잠시 산책을 합시다."

하임의 말에 최면이 걸린 듯 다들 침묵 속에 하임의 뒤를 따랐다. 그들은 광장을 지나고, 회당 앞을 통과하고, 빈 양동이를 놓고 개 두 마리가 싸우는 공동 우물을 지나쳤다. 랍비(유대교 성직자)의 집 뜰에서는 거위들이 물 달라고 시끄럽게 울고, 공원에서는 식물들이 갈색으로 말라 가고 있었다. 그들은 긴 행렬을 이뤄 마을 건너편에 자리 잡은 숲을 향해 걸어갔다.

그들이 숲 한가운데 이르렀을 때 하임이 다시 흰 수염을 쓰다듬으며 말했다.

"주위를 둘러보시오. 무엇이 보입니까?"

그 말에 모두가 위를 올려다보고, 아래를 내려다보고, 주위를 돌아보았다. 무슨 대답을 해야 할지 망설이고 있을 때 라헬라가 말했다.

"나무들이 보여요."

여인숙 종업원 페렉이 맞장구쳤다.

"맞아요. 내 눈에도 나무가 보여요."

그러자 나머지 사람들도 고개를 끄덕이며 이구동성으로 소리쳤다.

"사방에 나무들이 있어요."

하임이 미소 지으며 물었다.

"우리의 숲에는 나무가 많습니다. 그렇지요?"

모두가 동의하자 하임이 재차 물었다.

"마을 안에는 어떤가요? 그곳에도 나무가 많지요?"

사람들이 힘주어 대답했다.

"네, 아주 많아요."

그가 다시 물었다.

"그리고 나무 종류도 매우 많습니다. 안 그런가요?"

"맞아요. 소나무도 있고, 전나무도 있고, 떡갈나무와 미루나무도 있고…….”

“잠깐!”

하임이 손을 들어 말을 끊으며 말했다.

“이제 우리의 문제에 대한 해결책을 발표할 시간입니다.”

모두가 숨죽이고 기다렸다. 헤움 사람들은 자신들의 현자를 존경할 줄 알았다. 더구나 지금은 끔찍한 가뭄으로부터 벗어날 해결책을 들으려는 중요한 순간이었다.

하임이 진지하게 말했다.

“우리의 가뭄 문제를 해결하기 위해 이제부터 우리는 나무를 ‘비’라고 부르기로 합시다. 그리고 비는 ‘나무’라고 부릅시다. 자, 주위를 둘러보세요. 무엇이 보입니까? 풍부한 비가 보이지 않습니까?”

모두가 고개를 들어 바라보았다. 두말할 필요 없이 그들은 온통 비에 둘러싸여 있었다.

현자 하임이 다시 물었다.

“여러분, 주위 모든 곳에 무엇이 보이나요?”

“비요!”

모두가 합창하듯 소리쳤다.

“우리는 온통 비에 둘러싸여 있어요! 이제 지긋지긋한 가뭄이 끝났어요!”

그렇게 그들은 문제가 해결되었다고 믿고 다시 행복하게 일상으로 돌아갔다. 누구도 생각하지 못한 지혜로운 방법으로 가뭄의 위기를 극복한 것이다. 그들 모두 자신들의 현자를 더없이 자랑스러워했다. 그리고 이듬해 봄, 밤낮으로 쉬지 않고 비가 내려 지붕이 새고 강이 넘쳤을 때는 현자 하임의 문제 해결 방식에 따라 '비'를 '나무'라고 부르며 마음을 놓았다.

해시계를 해에게 보여 주지 않는 이유

헤움 의회의 대표 베렉이 산도미에스(유리 공업이 발달한 폴란드 남동부의 도시)로 출장을 떠나게 되었다. 산도미에스는 높은 언덕에 자리 잡은 도시로, 언덕 아래로는 비스와강이 구불거리며 평화롭게 흘렀다. 강이 깊고 넓어서 크고 작은 배들이 온갖 종류의 물건을 싣고 부지런히 오갔다. 이름난 항구 도시답게 시민들은 부와 편리를 누렸다.

산도미에스를 방문한다는 것은 모든 면에서 고르게 발달한 장소를 여행하는 것을 의미했다. 그곳 사람들과 어떤 식으로든 관계를 맺을 수만 있다면 헤움 사람들의 삶에 큰 보탬이 되는 일이었다.

따라서 여행을 앞두고 베렉이 흥분한 것은 조금도 놀라운 일이 아니었다. 헤움의 다른 사람들도 덩달아 베렉의 여행에 대해 설렘을 감추지 못했다. 그들은 자신들의 일원이 이름난 도시 산도미에스를 여행한다는 사실에 큰 자부심을 느꼈다. 모두가 베렉과 함께 여행을 떠나는 기분이었다. 자신의 눈으로 직접 보는 것처럼 곧 베렉에게서 모든 정보를 들을 것이기 때문이었다.

헤움 사람들은 날마다 베렉에게 상기시켰다.

"여행에서 돌아오면 산도미에스에 대해 모든 걸 이야기해 줘야 해요."

베렉은 하나도 빠짐없이 이야기해 주겠다고 약속하고 길을 떠났다.

드디어 그가 여행을 마치고 돌아왔을 때, 갓난아기를 제외한 모든 사람이 그 유명한 도시에 대해 듣기 위해 광장에 모였다.

베렉이 이야기를 시작했다.

"먼저 산도미에스는 매우 큰 도시라는 걸 알아야 합니다. 높은 언덕 위에 세워져 있으며, 거리는 돌로 포장되어 있고, 크고 아름다운 성이 있습니다. 또한 깊고 넓은 강이 흐르고 있어 수많은 배와 여객선들이 지나다닙니다. 도시 한가운데는 넓은 광장이 있고, 그 중앙에 시청이라 불리는 큰 건물이 있습니다. 그 인상적인 건물에서 산도미에스 시의회가 열립니다. 그러나 내가 확인한 바로는 의회가 매우 드물게 열릴 뿐 아니라 몇 시간만에 끝난답니다. 아마도 산도미에스에는 우리 헤움과 달리 해결할 문제가 많지 않은 듯합니다."

베렉은 회상에 잠긴 듯 잠시 말을 멈췄다가 다시 이었다.

"솔직히 말해 가장 인상적이었던 것은 산도미에스 시청에 걸린 두 개의 시계입니다. 기계로 작동되는 시계는 지붕 탑에 걸려 있고, 또 다른 시계는 해시계로 벽에 설치되어 있습니다."

빵장수 헤르셸이 소리쳤다.

"산도미에스에도 우리처럼 지혜로운 사람들이 살고 있는 게 틀림없군! 그들의 의회가 자주 열리지 않는 것도 별로 놀랄 일이 아니야. 무슨 이유에선지 우리의 시계가 전부 고장 났었던 때를 생각해 봐. 그때 우리는 오전인지 오후인지 알기 위해 자모시치(르네상스 시대의 무역 중심지인 폴란드 남동부의 도시)까지 특사를 파견해야만 했잖아. 산도미에스에는 시간을 재는 두 가지 장치가 있으니 그런 문제를 겪을 일이 전혀 없을 거야."

그러자 모두 한목소리로 외쳤다.

"맞아, 우리에게도 해시계가 필요해!"

그때 마부 이히엘이 지적했다.

"헤움에는 회관이나 높은 건물이 없잖아. 그러니 해시계를 어디에 설치할 거야?"

모두가 머리를 짜내며 궁리했지만 어떤 결론에도 이르지 못했다. 그래서 의회가 긴급히 소집되었다. 오랜 토론과 불꽃 튀는 논쟁 끝에, 헤움 최초의 해시계를 나무로 만들어 광장 한가운데 세우기로 결론이 났다.

더 미룰 것도 없이 바로 다음 날, 해시계를 세우기 위해 목수가 고용되었다. 헤움 사람들이 어서 빨리 완성된 해시계를 보고 싶어 안달했기 때문에 목수는 숨 돌릴 겨를 없이 쉬지 않고 일해 5월 말이 되었을 때 드디어 완성작을 선보였다. 너무도 아름다운 해시계였다. 모두가 더없이 행복해했다. 드디어 자신들도 산도미에스에 버금가는 해시계를 갖게 된 것이다. 사람들은 날마다 해시계 주위에 모여 시간을 확인하곤 했다.

곧이어 7월이 오고, 비가 내리기 시작했다. 7월 말이 되자 더 많은 비가 내렸고, 해시계는 비를 맞으며 진흙 웅덩이 속에 서 있었다. 사람들은 차츰 염려가 되기 시작했다.

"지금보다 비가 더 많이 내리는 8월이 되면 우리의 해시계는 어떻게 되지? 그리고 겨울 몇 달을 생각해 봐. 우리의 해시계는 눈 속에 파묻혀 망가져 버리고 말 거야. 그러니 뭔가 방법을 찾지 않으면 안 돼."

다시 의회가 열려 현자들이 모였고, 이내 해결 방법을 생각해 냈다. 다음 날 아침, 의회는 목수에게 해시계가 잘 보호될 수 있도록 해시계 위에 널찍한 지붕을 설치할 것을 지시했다.

목수는 영리한 사람이었기 때문에 헤움 사람들의 해시계 보호 방식이 자신에게 많은 수입을 가져다주리라는 걸 알았다. 그래서 지붕 작업이 완성되고 의회가 보수를 지불하려 할 때 양해를 구하며 말했다.

"주제넘은 줄 알지만, 해시계에 관한 저의 의견을 여러분과 나누는 것이 의무라고 생각되기에 감히 말씀드립니다. 제 말이 쓸데없는 참견이라고 여겨지시면 언제라도 제 입을 막으시기 바랍니다."

베렉이 목수에게 말했다.

"전혀 그렇지 않소! 어서 말해 보시오."

목수가 말했다.

"그렇게 권하시니 헤움의 지혜로운 현자님들 앞에서 저의 생각을 말씀드리겠습니다. 아시다시피 신이 우리에게 내린 첫 번째 계율은 '시간을 성스럽게 여기라'는 것입니다. 시간을 성스럽게 여기기 위해서는 정확한 달력을 만들어야 합니다만, 시간을 정확히 관찰하지 않고서 어떻게 날짜가 지나는 것을 알 수 있겠습니까?"

베렉이 말했다.

"참으로 옳은 말이오! 일깨워 줘서 고맙소."

랍비도 말했다.

"이토록 합리적인 사람이 우리의 해시계를 책임지고 있다는 것은 우리에게 큰 행운이 아닐 수 없소."

"존경하는 랍비님, 보잘것없는 저의 역할을 너무 추켜세우진 말아 주십시오. 저는 그저 '언제든 할 수 있는 일은 결코 해낼 수 없다'는 속담을 상기시키고자 할 뿐입니다. 해시계 관리에 특별한 주의를 기울이는 것이야말로 여기 모이신 분들의 현명함을 증명하는 일입니다."

목수가 말을 마치자 의회의 현자들은 할 말을 잃었다. 어떻게 목수가 그런 사려 깊은 말을 할 수 있는지 믿기지 않았다. 그래서 머리를 맞대고 이 중요한 상황에 대해 다시 논의하기 시작했다.

랍비가 말했다.

"신이 우리에게 올바른 길을 일깨워 주기 위해 목수를 통해 메시지를 보내시는 것이 분명합니다."

양복장이 이체크가 말했다.

"맞습니다. 신의 음성이 틀림없습니다. 목수가 그런 지혜와 판단을 갖기란 매우 어려운 일입니다."

"그렇습니다!"

의회 대표 베렉이 힘주어 말했다.

"겸손한 목수로 가장하고서 신이 우리에게 전하시는 것을 반드시 실행에 옮겨야 합니다. 그러기 위해 무엇을 해야 할지 결정합시다."

7일 동안 토론을 계속한 끝에 현자들은 안식일에 맞춰 다음과 같이 최종 결정을 내렸다.

'해시계는 신의 원리에 맞게 살 수 있도록 도와주는 중요한 도구이다. 그것을 보호하기 위해 우리는 넓은 지붕만 만들 것이 아니라 해시계 둘레에도 높은 담을 세울 것이다. 그리고 해시계가 설치된 구역 전체에 울타리를 치고, 해시계로 향하는 문은 영구적으로 잠궈 놓을 것이다. 그 문은 새해의 시작을 확인하기 위해서만 일 년에 단 한 차례 열릴 것이다. 그리고 그 일은 오직 혜움의 성직자만 이행할 수 있다. 다른 사람은 누구라도 해시계를 직접 보거나 가까이 다가가는 일을 엄격히 금한다.'

우리가 구입한 정의에서 악취가 나는 이유는

세상 어디에서나 정의가 부패했기 때문이오.

정의를 구합니다

헤움의 주민들이 조금의 차이는 있어도 동일한 부를 소유했던 시절이 있었다. 모두가 거의 아무것도 갖고 있지 않던 평등한 시대가. 누군가는 조금 더 적게, 누군가는 조금 더 많이 갖긴 했어도 식량은 굶어 죽지 않을 만큼만, 옷은 겨울에 얼어 죽지 않을 정도만, 그리고 집은 세상의 위협으로부터 자신을 보호하고 사생활을 지킬 정도만 소유했었다.

그러나 시간이 흐르면서 바깥세상을 물들인 변화가 헤움에까지 영향을 미치기 시작했다. 가장 두드러진 변화는 소유에 관한 것이었다. 처음에는 한두 집이, 그다음에는 대여섯 집이, 또 그다음에는 더 여러 집이 부자가 되었다. 그들 중에는 사업이 커져서 성공을 거둔 집도 있지만, 미국으로 이민 간 사촌이 보내 주는 온갖 사치품을 누리는 이들도 있었다. 이는 작은 논밭에 의지해 살아가거나 품삯으로 생계를 유지하는 헤움의 나머지 사람들과 큰 차이가 있었다.

처음에는 그것이 잘못된 일이라고 누구도 생각하지 않았다. 세상 어디에나 부자와 가난한 사람이 있으니 헤움에도 그런 현상이 나타날 때가 된 것이라고 여겼다. 그러나 시간이 흐르면서 부자는 더 큰 부자가 되었고 높이도 달라졌다. 그들은 갈수록 고개를 들고 다녔기 때문에 자신의 높은 코끝밖에는 보이지 않았다.

반면에 가진 것 없는 사람들은 더욱 왜소해지고 주눅이 들었다. 그들의 힘없는 목소리는 부자들의 높은 귀에까지 들리지 않았다. 그들의 숫자가 점점 많아져도 그들은 스스로가 거의 보이지 않는 존재라고 느꼈다.

그러다 보니 유쾌하지 않은 일들이 일어나기 시작했다. 어느 시점부터인가 회당에서 예배를 볼 때 설교단에서 가장 가까운 자리를 차지하는 부자들과 점차 뒷자리나 구석 자리로 밀려나는 가난한 사람들 사이에 말없는 긴장이 일었다. 그리고 또 한 가지는 랍비가 특히 우려한 문제로, 가난한 사람들이 신과 다투기 시작한 것이다. 그들은 자신들의 질 낮은 음식과 옷에 대해 불행한 감정을 느꼈으며, 자신들에게 그런 무의미한 삶을 준 신에게 분노했다. 그들의 순수했던 행복은 끊임없는 절망과 불만으로 변했다.

혜움 사람들의 일반적인 느낌은 자신들이 사는 곳에 더 이상 정의가 존재하지 않는다는 것이었다. 어느 날부턴가 정의가 사라지고 불의가 지배하게 된 것이다. 그 문제를 해결하기 위해 의회가 소집되고 현자들이 모였다. 혜움에 절실히 필요한 정의를 어디서 구할 것인가를 놓고 이레 동안 열띤 토론이 이어졌다.

마침내 의회는 혜움 사람 두 명을 미국으로 보내 정의를 구해 오기로 결정을 내렸다. 들리는 소문에 의하면 미국에는 정의가 많은 것 같았기 때문이다.

두 사람을 선정하는 것은 쉬운 일이 아니었다. 의회의 대표 베렉은 그 두 사람이 상인이어야 한다고 주장했다. 아무래도 그들의 머리가 상업적인 거래에 능하기 때문이었다.

그러나 의회의 최고 현자 하임이 말했다.

"성공한 상인은 혜움에 정의가 없다는 사실에 크게 문제를 느끼지 못할 것입니다. 더구나 사업을 접고서 자신들에게 필요하지도 않은 것을 구하러 먼 길을 떠나고 싶어 하진 않을 것입니다."

"그 말이 맞아요."

모두가 진심으로 고개를 끄덕였다.

하임이 제안했다.

"마부 이히엘을 보내는 것이 어떻겠습니까? 여행을 많이 한 자라서 낯선 도시에 가도 당황하지 않을 것입니다."

또 다른 현자 모르데하이가 말했다.

"양복장이 이체크를 함께 보내는 것은 어떨까요? 이체크는 매우 실질적인 사람이어서 낡은 옷을 새 옷으로 만드는 놀라운 재능을 가지고 있습니다. 이 일에 적임자입니다."

그렇게 해서 모두의 동의하에 두 명의 특사가 선정되었으며, 아울러 공금에서 150달러를 사용하기로 결정했다.

마부 이히엘과 양복장이 이체크는 돈과 정신으로 무장하고서 배를 타고 대서양을 건넜다. 보스턴 항구에 도착해 배에서 내리자마자 두 사람은 좋은 가격에 정의를 구입할 수 있는 곳을 물색하기 시작했다. 사실 그들은 자신들이 찾고 있는 것에 대해 아무런 확신이 없었다. 어떻게 하면 정의를 살 수 있는지, 무게로 파는지 길이로 파는지도 알지 못했기 때문에 정의에 대한 정보를 구하기 위해 길에서 만나는 사람마다 큰 소리로 묻기 시작했다.

보스턴 상인 두 명이 항구 근처에 앉아 있다가 둘의 떠들썩한 대화를 엿듣게 되었다. 그들은 어리석은 혜움 여행자들을 속여 돈을 벌기로 마음먹었다.

"좋은 하루입니다, 선생들. 어디서 오셨소?"

한 상인이 우연을 가장하고서 물었다.

"오, 당신들도 좋은 하루이기를 기원합니다."

이히엘과 이체크가 한목소리로 답했다.

"우리는 때로는 폴란드 영토이고 때로는 러시아 영토인 곳에 위치한 헤움이라는 작은 마을에서 왔습니다. 어쨌거나 이곳에서 아주 먼 곳입니다."

다른 상인이 관심을 보이며 물었다.

"폴란드든 러시아든 지구 반대편에서 이 먼 곳까지 온 이유가 무엇이오? 여기에 오래 머물 계획이오?"

"아, 아닙니다. 오래 있지 않을 겁니다. 신이시여, 제발 그렇게 되지 않기를! 우리가 이곳에 온 것은 긴급한 일 때문입니다. 문제를 해결하는 대로 가능한 한 빨리 돌아갈 계획입니다."

"뭔지 모르지만 정말로 중요한 일인가 보군요. 해결책을 찾기 위해 그토록 먼 길을 온 것을 보면 말입니다. 무슨 일인지 우리가 알면 안 될까요?"

"물론 되고말고요! 사실 우리는 우리 마을에 필요한 '정의'를 구입하려고 합니다. 우리에게도 전에는 정의가 존재했었지만 지금은 완전히 고갈되어 버렸습니다. 그래서 새롭게 정의를 보충해야만 합니다. 혹시 당신들이 우리를 도울 수 있지 않을까요? 당신들은 이곳의 상인들과 상점들을 잘 알 테니까요."

"듣고 보니 당신들은 정말 우연히도 적임자를 만난 듯합니다! 우리가 마침 정의를 창고 한가득 보관해 놓았습니다. 그중 일부를 당신들에게 공급할 수 있다면 우리로서도 더없이 기쁜 일이 될 것입니다."

이히엘과 이체크는 뛸 듯이 기뻐하며 100달러를 내고 정의를 큰 나무통으로 한가득 구입했다. 그리고 단단히 밀봉된 통을 싣고 지체 없이 고향으로 돌아가는 배에 올라탔다.

항해 중에 두 사람은 갑판 아래 어딘가에 실려 있는 정의가 걱정되었다. 그들은 선장에게 그것이 공금으로 구입한 것이니 자신들 곁에 둬야 한다고 누누이 얘기했지만 선장은 들은 척도 하지 않았다. 그저 신의 가호 아래 아무 문제 없기를 기도하는 수밖에 없었다.

그들이 마침내 헤움에 돌아왔을 때, 그 역사적인 개봉 순간을 함께하기 위해 주민 전체가 광장에 모였다. 그러나 랍비와 의회 대표 베렉이 나무통을 여는 순간 모두가 경악했다. 정의가 있어야 할 통에 썩은 생선이 철철 넘치게 담겨 있었다.

베렉은 즉시 선언했다. 긴 여행 때문에 정의가 부패한 것이라고. 그리고 여인숙 주인 레이조르는 오늘날 우리가 구할 수 있는 정의는 오직 부패한 정의 한 종류뿐이라고 결론 내렸다. 모두가 그 말에 격하게 동의했다.

최고 현자 하임이 앞으로 나와 말했다.

"우리가 구입한 정의에서 악취가 나는 이유는 세상 어디에서나 정의가 부패했기 때문입니다. 따라서 우리만의 정의를 헤움에 세울 시간이 되었습니다."

그래서 어느 때보다 긴급히 의회가 열렸다. 회의는 안식일과

축일을 제외하고 한 달 가까이 계속되었다. 긴 토의와 숙고 끝에 다음과 같은 결정이 내려졌다.

'이제부터 헤움에서는 모든 음식과 옷에 〈최고급〉이라는 상표를 붙인다. 그리고 회당의 모든 좌석은 〈설교단에서 가장 가까운 자리〉라고 지정한다.'

아무리 사실이라 해도 말해선 안 되는 것

어느 날 루블린(폴란드 남동부에 있는 도시)의 존귀하신 선지자가 헤움을 방문한다는 소식을 알려 왔다. 두 명의 헤움 사람이 발견한, 하늘에서 신이 직접 던져 주신 것으로 여겨지는 메노라 촛대(유대교 종교 의식에 쓰이는 일곱 갈래의 큰 촛대. 하누카 축제에는 아홉 갈래의 촛대가 사용됨)를 보기 위해서였다.

선지자가 오기로 한 날, 이른 아침부터 남녀노소 모두 들뜬 마음으로 길에 도열해 서서 기다렸다. 지체 높은 손님이 어느 시각에 도착할지 가늠할 수 없었기 때문이다.

정오가 조금 지나자 마침내 루블린의 선지자를 태운 마차가 모습을 나타냈다. 사람들은 마차가 자기 앞을 지나갈 때 깊이 고개 숙여 절을 했다. 마차는 메노라 촛대가 모셔진 회당 앞에 정지했다.

회당 입구에서 기다리던 늙은 랍비는 마차가 멈추자마자 얼른 달려가서 진심 어린 환영 인사로 존귀한 손님을 맞이했다. 특별히 헤움을 방문해 준 데 대한 감사 표시도 빼놓지 않았다.

"신께서 언제나 헤움에 은총을 베푸시는 것을 저희는 잘 알고 있습니다. 이토록 귀한 손님을 보내 주시니 저희로서는 얼마나 큰 특권인지 모릅니다."

선지자가 답했다.

"나로서도 큰 영광이 아닐 수 없습니다. 헤움 사람들이 마을 부근 밭에서 그것을 발견했다고 들었습니다. 그 성스런 물건을 만나 보기 전에 그것이 발견된 경위를 설명해 주시겠습니까? 소문으로 듣긴 했지만, 이야기가 조금씩 달라서 정확한 내막을 알고 싶습니다."

"이야긴즉슨 이렇습니다."

랍비가 설명했다.

"하누카 축제(매년 11월이나 12월에 8일 동안 진행되는 유대교 축제)가 시작되기 직전 어느 어두운 저녁이었습니다. 우리의 빵장수 헤르셸과 양복장이 이체크가 브제시치(폴란드 옆 나라 벨라루스공화국의 도시)에 갔다가 돌아오는 길에 문득 길옆 밭둑에 떨어진, 밝게 빛나는 물체를 보았습니다. 말을 세우고 마차에서 내려 다가가 보니 무엇인가가 그곳에 놓여 있었습니다. 처음에는 평범한 건초용 쇠스랑처럼 보였습니다. 그러나 자세히 살펴

보니 아홉 갈래의 쇠갈퀴를 갖고 있었습니다. 하누카 의식에 사용하는 아홉 갈래의 메노라 촛대와 정확히 닮아 있었습니다! 두 사람은 그 신비의 물건을 회당으로 가져왔습니다. 저를 비롯한 헤움의 모든 현자가 자세히 살펴보았습니다. 우리 모두는 그것이 신께서 던져 주신 촛대라는 데 의견이 일치했습니다. 그렇지 않다면 왜 그것이 아무 이유 없이 길가 밭둑에 떨어져 있겠습니까? 그리고 발견된 장소와 상황을 고려해 볼 때 평범한 촛대가 아니라 매우 신비한 메노라 촛대이며, 특별한 존경과 관리가 필요하다고 우리는 결론을 내렸습니다. 며칠 후 우리는 이 성물의 특별함에 더 강한 확신을 갖게 되었습니다. 하누카 축제 다섯째 날, 그 촛대를 회당 밖에 설치한 단 위에 세워 놓았는데, 쇠의 한 갈래가 다른 여덟 갈래보다 더 길었습니다. 신께서 주신 기적의 촛대임에 틀림없었습니다."

루블린의 선지자가 고개를 끄덕이며 말했다.

"내가 맨 처음 들은 이야기도 그것입니다. 그런데 그 후에 또 다른 기이한 소문들이 귀에 들렸습니다. 심지어 어제는 어떤 농부가 헤움에 와서 그 물건이 자신이 분실한 건초용 쇠스랑이라고 주장했다고 들었습니다."

랍비가 말했다.

"그렇습니다. 그 농부가 아직도 약간의 문제를 일으키면서 이곳에 있습니다. 몇 시간이나 회당 문 앞에 서 있다가 제가 나오

면 우리의 경이로운 촛대가 자신의 쇠스랑이라는 주장을 되풀
이하고 있습니다."

염려가 담긴 눈빛으로 선지자가 물었다.

"그럼 그 농부를 어떻게 설득할 건가요? 그는 자신의 주장을
절대적으로 확신하고 있는 듯합니다. 그런 사람에게는 주장이
틀렸다는 것을 납득시키기가 쉽지 않습니다."

"정말로 그렇습니다! 그 농부 때문에 무척 골치를 앓고 있습
니다. 저는 우리가 발견한 촛대가 그의 건초용 쇠스랑과 매우
닮았다는 것에 동의한다고 그에게 솔직하게 말했습니다. 하지만
하누카 의식에 사용하는 메노라 촛대와 매우 닮은 것도 부인할
수 없는 사실입니다. 따라서 어느 한쪽의 주장을 관철시키는 것
이 불가능해 보입니다. 솔직히 이 문제를 어떻게 풀어야 할지
확신이 서지 않습니다."

"자세히 설명해 주셔서 감사합니다, 친애하는 랍비님. 이제 나
를 회당 안으로 안내해 주시겠습니까? 내 두 눈으로 어서 신비
의 촛대를 보고 싶습니다."

선지자와 랍비가 회당 입구를 향해 걸어갈 때였다. 갑자기 쇠
스랑을 잃어버린 농부가 그들을 향해 달려오며 소리쳤다.

"저의 무례를 용서해 주십시오. 당신께서 루블린에서 오신 위
대한 선지자이시라고 들었습니다. 그 말이 사실인가요? 만약 그
러하시다면 평범한 물건 속에 숨겨진 신의 불꽃을 볼 수 있으십

니까?"

선지자가 대답했다.

"네, 그렇다고 저는 믿습니다."

"그렇다면 부디 회당 안에 놓인 물건에 대한 분쟁을 해결해 주시길 간절히 바랍니다. 저는 그것이 저의 오래된 건초용 쇠스랑이라고 확신합니다만, 랍비는 그것이 신이 헤움 사람들을 위해 내려보낸 특별한 촛대라고 믿고 있습니다."

"알겠습니다. 내가 헤움에 온 이유가 이 문제를 해결하기 위해서라는 생각이 드는군요."

회당 안으로 들어간 루블린의 선지자는 오랫동안 그 물건을 살펴보았다. 그리고 마침내 밖으로 나와서 선언했다.

"헤움의 선한 사람들이여, 그대들이 들판에서 발견했으며 현재 회당 안에 보관해 둔 물건은 한때 건초용 쇠스랑이었을 수도 있습니다. 하지만 이제는 의식용 촛대로 사용되기 위해 신성한 물건으로 변화되었습니다. 따라서 평범한 연장으로 되돌아갈 수 없습니다. 헤움의 주민들은 신께서 내려주신 선물을 알맞은 장소에 보관하면서 그것에 합당한 존경심을 가지고 잘 다뤄야만 합니다. 하지만 한 가지, 잊지 말아야 할 것이 있습니다. 여기 이 농부에게도 보상을 해야만 합니다. 그가 새로운 쇠스랑을 살 수 있도록 말입니다."

위대한 선지자의 지혜에 모두가 깊이 감동받았다. 또한 어려운 분쟁을 해결할 수 있도록 가장 적절한 시기에 선지자를 보내 주신 신께도 감사했다.

루블린의 선지자는 말없이 고개를 끄덕였다. 그러고 나서 랍비에게 거듭 감사의 말을 한 후, 기도용 숄을 머리에 두르고 신비의 촛대에 절을 했다. 그런 다음 우아하게 마차에 올라타고 떠났다.

헤움 사람들은 자신들이 꿈을 꾸고 있는 것 같다고 느꼈다. 어쩌면 실제로 꿈을 꾸고 있는지도 모를 일이었다. 이제 신비의 촛대는 신께서 그들에게 직접 내려보내신 것이라는 사실이 공식적으로 확인되었다. 그것이 자신의 오래된 건초용 쇠스랑이라고 일관되게 주장하던 농부는 새 쇠스랑을 사기에 충분한 돈을 받고 만족스러운 발걸음으로 헤움을 떠났다.

전염병 미해결 사건

헤윰에 전염병이 돌았다. 지금까지 그런 적이 한 번도 없었기 때문에 모두가 큰 충격을 받고 공포에 휩싸였다. 더구나 병의 확산 속도가 어찌나 빠른지 감염이 확인될 때쯤에는 이미 주변 사람들까지 옮아 있었다.

갓난아기와 아이들까지 차례로 희생되어 슬픔과 고통의 울음이 끊이지 않았다. 이발사 겸 외과 의사인 하스키엘이 최대한 많은 생명을 구하기 위해 여러 날 잠도 자지 않고 진료했다. 약초에 능통한 민간요법사 테클라도 병을 물리치고 증상을 완화시키기 위해 최선을 다했다.

어떤 조치를 취해야만 하는지 결정하기 위해 긴급 의회가 열렸다. 의회의 일곱 현자는 숙고를 거듭한 끝에 마을 주민들로 구성된 '아침을 지키는 사람들'이라는 모임을 만들기로 결정했다. 이 회원들은 매일 동트기 전에 일어나 기도하고 경전을 공부하기로 했다. 그렇게 하면 의심할 여지없이 전염병이 물러갈 것이라 믿었다.

결정된 사항은 곧바로 실행에 옮겨졌다.

하지만 한 가지 문제가 있었다. 헤움 사람들은 잠을 무척 사랑하는 사람들이기 때문에 그렇게 일찍 일어나는 것이 죽었다 깨도 불가능했다.

다시 회의를 거듭한 끝에 의회는 '아침을 지키는 사람들' 모임을 만들되, 회원들 모두 잠을 사랑하는 사람들이므로, 회당지기를 한 명 고용하기로 결정했다. 그 회당지기의 임무는 동트기 전 이 회원들의 집을 일일이 찾아가 잠을 깨우는 일이었다.

결정된 사항은 곧바로 실행에 옮겨졌다.

하지만 바로 다음 날 아침, 늙은 회당지기는 밤이 너무 추워서 감기에 걸려 죽을 뻔했다고 울면서 말했다. 꽁꽁 얼어붙은 꼭두새벽에 사람들을 깨우러 다니는 건 불가능했다.

이 새로운 문제를 해결하기 위해 의회가 다시 숙고를 거듭한 끝에, '아침을 지키는 사람들' 모임을 만들되, 모임에 속한 회원들이 잠을 무척 사랑하는 사람들이므로 회당지기를 한 명 고용할 것이며, 그의 임무는 한밤중에 사람들을 일일이 방문해 잠을 깨우는 일이지만, 하마터면 감기에 걸려 죽을 뻔했기 때문에 그에게 양가죽 코트를 한 벌 지급하기로 결정했다. 그렇게 하면 몸을 따뜻하게 보호할 수 있고, 감기에 걸리지 않을 것이며, 따라서 죽지 않을 것이었다.

결정된 사항은 곧바로 실행에 옮겨졌다.

그런데 마을의 야간 경비원이 즉시 의회에 민원을 접수시켰다. 자신이 그동안 헤움에서 양가죽 코트를 입은 유일한 사람이었는데, 만약 회당지기도 양가죽 옷을 입는다면 사람들은 누가 야간 경비원이고 누가 회당지기인지 분간할 수 없을 것이라는 불만이었다.

또다시 의회가 열렸다. 긴 토의 끝에 의회는 '아침을 지키는 사람들' 모임을 만들되, 모임에 속한 회원들이 잠을 무척 사랑하는 사람들이므로 회당지기를 한 명 고용할 것이며, 그의 임무는 한밤중에 사람들을 일일이 방문해 잠을 깨우는 일이지만 너무 추워 감기에 걸려 죽을 뻔했다고 불평하기 때문에 양가죽 코트를 지급해 몸을 따뜻하게 보호하게 할 것이고, 그렇게 하면 감기에 걸리지도 죽지도 않을 것이나, 야간 경비원이 지금까지 헤움에 양가죽 코트를 입은 사람이 자기밖에 없었는데 만약 회당지기가 양가죽 코트를 입으면 누가 야간 경비원이고 누가 회당지기인지 아무도 모를 것이라고 불평하므로, 회당지기는 양가죽 코트를 털이 바깥으로 나오도록 뒤집어 입어야 한다고 결정을 내렸다. 그렇게 하면 누가 야간 경비원이고 누가 회당지기인지 분간할 수 있을 것이었다.

결정된 사항은 곧바로 실행에 옮겨졌다.

하지만 다음 날 아침 회당지기가 또다시 흐느껴 울며 말했다. 양가죽 코트를 뒤집어 입자 자신을 여우로 착각한 개들에게 공격을 받아 심한 부상을 입었다는 것이었다.

심각한 문제가 아닐 수 없었다.

그래서 다시 의회가 열렸고, '아침을 지키는 사람들' 모임은 계속하되, 헤움 사람들은 일찍 일어나지 못하므로 회당지기 한 명을 고용해 집집마다 찾아다니며 잠을 깨우게 해야 하나, 너무 추워서 감기에 걸려 죽을지도 모른다고 회당지기가 두려워하므로 양가죽 코트를 지급해야 한다고 결정을 내렸지만 만약 회당지기가 야간 경비원처럼 양가죽 코트를 입기 시작하면 누가 누구인지 분간하기 어려우니 회당지기는 털이 바깥으로 나오도록 코트를 뒤집어 입어야 할 것이지만, 양가죽 코트를 입은 회당지기를 개들이 여우로 오인하고 이빨로 물고 사정없이 공격하므로, 회당지기가 타고 다닐 말이 필요하다는 결정이 내려졌다. 그렇게 하면 개들은 더 이상 회당지기를 여우와 혼동하지 않을 것이며, 이빨로 물지도 않을 것이었다.

결정된 사항은 곧바로 실행에 옮겨졌다.

그런데 한 가지 문제가 생겼다. 낮 동안 그 말을 어디에 매어 두는가 하는 문제였다. 그래서 또다시 의회가 열렸으며, 말을 회당의 여자석에 매어 두기로 결정했다. 의회에서 결정한 사항은 곧바로 실행에 옮겨졌다.

이튿날, 회당에 기도하러 온 여자들은 커다란 말 옆에서 예배를 드리는 일이 너무 두렵다고 호소하기 시작했다. 요란한 기도 소리를 듣고 말이 흥분할 수도 있기 때문이었다.

신속히 의회가 다시 열려, 여자들이 말 근처에서 기도하는 것을 두려워하기 때문에 말을 회당의 남자석으로 옮길 필요가 있다는 결정이 내려졌다.

이튿날, 헤움의 남자들이 회당에 기도하러 모였다. 그런데 각자 말을 자기 자리에서 밀어냈기 때문에 말은 기도 시간 내내 회당 안을 배회하며 어디에도 설 자리가 없었다.

누구도 말에게 회당의 자리를 제공하는 것에 동의하지 않으므로 현자들이 다시 회의를 열어, 말을 설교단 바로 옆에 매어 두기로 결정했다.

이 결정은 큰 혼란을 불러일으켰다. 헤움 사람 절반은 그것이 옳은 결정이라고 여겼지만, 나머지 절반은 회당의 신성한 자리에 말을 매어 두는 것은 매우 불경스러운 일이라고 확신했다.

사람들은 자신들의 관점을 주장하느라 정신이 없었고, 어떤 일도 제대로 진행되지 않았다. 의회의 현자들은 자신들의 결정을 고수했으며, 랍비는 침묵을 지켰고, 회당지기는 누구와 말하느냐에 따라 하루에 적어도 두 번은 입장을 바꿨다.

그러던 어느 일요일 아침, 민간요법사 테클라가 광장에 서서 가녀린 목소리로 외쳤다.

"헤움 주민들이여, 전염병이 끝난 걸 모르겠는가? 역병은 올 때처럼 소리 없이 물러갔다. 그런데 당신들은 지금 무엇을 위해 논쟁하고 있는가?"

대신 걱정해 주는 사람

바깥세상과 마찬가지로 혜움 사람들도 한두 가지 걱정거리는 늘 있었다. 내일 해가 뜨지 않으면 어떻게 하나 하는 사람도 있고, 갑자기 월식이 일어나 달이 사라지면 어쩌나 걱정하는 사람이 있는가 하면, 조만간 큰 자연재해가 일어나 세상이 종말을 맞이할지도 모른다고 두려워하는 이도 있었다. 새로 태어나는 아이가 남자아이거나 여자아이거나 쌍둥이거나 더 나아가 세쌍둥이면 어쩌나 하는 고민도 있었다. 혜움 사람들은 누구보다 똑똑했기 때문에 문제를 발견하는 데도 뛰어났다.

라디오가 보급되자 신발 수선공은 사람들이 집 안에서 라디오를 듣느라 신발을 신고 밖으로 나오지 않는다고 걱정이었으며, 마차를 몰고 다니는 마부는 비 온 뒤에 땅이 너무 빨리 굳어지지 않아서 문제였고, 지렁이를 미끼로 쓰는 어부는 땅이 너무 빨리 굳어져서 문제였다. 생선 가게 주인은 생선의 비린내가 전보다 약해져서 다른 가게들에 비해 자기 가게의 존재가 희미해지는 것이 걱정이었다. 모자 가게 주인은 해마다 기온이 올라가는 탓에 모자 쓰는 사람이 줄어든다고 걱정이었으며, 반면에 사람들이 챙 달린 모자로 해를 가려야만 하도록 여름이 두 배로 덥지 않은 것이 불만이었다.

이런 걱정들이 각자의 삶에 나쁜 영향을 미치는 것이 분명했으므로 사람들의 마음을 해방시켜 줄 특별 조치를 취하지 않으면 안 되었다. 그래서 어느 날 의회가 소집되어 격렬한 걱정을 토로했다. 의회 대표 베렉이 먼저 이 문제를 어떻게 해결해야 할지 걱정이라고 입을 열자, 다른 의원들도 일어나 각자의 걱정을 보탰다. 마음을 갉아먹는 이 큰 문제에 대한 해답을 어떻게 해결할 수 있을지 걱정이었다.

최고 현자 하임이 일어나 한 가지 계획을 말했다.

"집 안에 앉아 걱정만 하는 것은 잘못입니다. 걱정으로 시간을 낭비하는 대신 밖으로 나가 우리의 일상에 매진합시다. 그럼 걱정들도 물리쳐질 것입니다."

모두가 동의하며 고개를 끄덕였다. 하지만 그때 양복 재단사 이체크가 강한 의문을 제기했다. 만약 미래에 대한 걱정을 멈춘다면, 어떻게 좋은 미래가 찾아올 수 있겠느냐는 것이었다. 그러자 보석상 바루흐가 한 가지 번뜩이는 제안을 했다. 사람들이 하루에 오직 한 가지씩만 걱정을 하도록 법률로 정하자는 것이었다. 누구도 미처 생각하지 못한 묘안에 모두 박수를 치려는 찰나, 지혜에 있어서는 남에게 뒤지지 않는다고 자부하는 여인숙 주인 레이조르가 반대하고 나섰다.

"그것은 오히려 한 가지 걱정을 더해 줄 뿐이에요. 걱정할 일이 수없이 많은데 그중에서 매일 한 가지를 고르는 일만큼 더 큰 고민이 어디 있겠어요?"

그런 식으로 아침부터 밤까지 격론을 벌인 끝에 의회는 헤움 사람 전체를 위해 대신 걱정해 줄 '걱정 전문가'를 한 명 고용하기로 결정했다. 그렇게 하면 나머지 사람들은 걱정에서 벗어나 마음 편히 일상에 전념할 수 있을 것이기 때문이었다.

현자들은 가난한 빵장수 모스코에게 그 직업을 제안했다. 그가 만드는 빵은 너무 맛이 없어서 물고기를 잡을 때 미끼로밖에 쓸 수 없었기 때문에 늘 걱정이 많은 사람이었다. 모든 밀가루 반죽이 그에게는 걱정 덩어리였다. 빵이 구워지는 오븐을 바라볼 때마다 걱정까지 함께 구워지는 것이 느껴졌다. 따라서 전문적인 고민가로서 적임자였다.

모스코는 새로운 직업에 흥미를 가지며 말했다.

"헤움 사람 모두의 걱정을 내가 대신 해 주는 일이란 말이죠? 그 대가로 보수는 넉넉히 줄 건가요?"

의회의 현자들이 고개를 끄덕였다.

"모든 사람의 고민과 걱정을 대신 해 주는 대가로 각각의 가정마다 한 달에 1그로시(폴란드의 화폐 단위. 100분의 1즈워티)를 주겠네."

그러자 모스코가 말했다.

"잘 안 될 겁니다. 걱정하는 대가로 나한테 그만큼 월급을 준다면, 내가 걱정할 일이 뭐가 있겠어요?"

현자들은 모스코의 말이 옳다는 걸 깨달았다. 그래서 그 자리에서 말을 바꿨다.

"반드시 보수를 지불하기로 약속하겠네. 하지만 자네도 알듯이 지금은 마을 전체가 형편이 어려우니 외상으로 하겠네."

그렇게 해서 모든 가정은 걱정에서 해방되었지만, 모스코는 걱정이 태산 같았다. 사람들이 정말로 지불 약속을 지킬지 알수 없었기 때문이다. 그리고 각각의 가정들도 한 달이 다가오자 다시 걱정에 휩싸였다. 걱정을 하지 않기 위해서는 걱정 전문가에게 지불할 돈을 매달 어떻게든 마련해야 했기 때문이다.

시인의 마을

보석상 바루흐가 루블린에 갔다가 헤움으로 돌아오는 길이
었다. 그의 머릿속에 한 가지 생각이 떠나지 않았다.

'헤움에는 아름다운 꽃이 많아. 계절의 변화도 뚜렷하고.'

바루흐는 혼잣말로 중얼거렸다.

'루블린처럼 헤움에도 가을에는 잎이 지고, 봄에는 움이 트
지. 밤에는 별들이 머리 위를 수놓고, 세상의 다른 곳과 마찬가
지로 헤움의 하늘에도 온갖 형태의 구름이 떠 있어. 새들은 감
미롭게 노래하고, 헤움 사람들도 이따금 사랑에 빠지곤 하지.
빗방울과 이슬방울이 있고, 일출과 일몰도 있어. 그런데 무엇이
문제란 말인가?'

바루흐는 자신의 마음을 괴롭히는 문제를 분석하느라 생각
을 멈출 수 없었다. 그렇게 여행 도중에 한순간도 쉬지 못했기

때문에 완전히 지쳐서 돌아왔다. 그런데도 밤에 잠을 이룰 수가 없었다. 머리가 너무 혼란스러웠다.

다음 날 아침, 바루흐는 그 문제를 상의하기 위해 의회 대표 베렉을 찾아갔다. 하지만 두 사람이 다루기에는 너무 큰 주제였기 때문에 의회의 도움이 필요했다.

그 자체로는 긴급한 사안이 아닐 수도 있지만, 그것 때문에 바루흐가 잠을 이루지 못한다는 사실이 그것을 긴급 안건으로 만들었다. 그날 당장 의회가 열려 일곱 현자가 한자리에 모였다.

바루흐가 입을 열었다.

"제가 루블린에 머물 때, 그리고 그 전에 코브린(벨라루스공화국의 소도시)에 머물 때도 교양 있고 학식 있는 사람들이 '시의 밤' 행사를 여는 것을 보았습니다. 두 도시에는 심지어 시인 협회까지 있습니다. 그 이후로 한 가지 생각이 저를 괴롭히고 있습니다. '왜 헤움에는 시인이 한 명도 없을까?' 나아가 '왜 과거에도 헤움에는 시인이 한 명도 없었을까?' 우리에게 은행과 도서관과 관공서가 없는 것은 참을 수 있습니다. 그런데 시인이 없다는 건 이상하지 않은가요?"

바루흐로부터 이미 같은 질문을 받은 바 있는 베렉을 제외한 모든 사람이 놀란 표정을 지었다. 다들 서로 얼굴만 바라볼 뿐 입을 열지 못했으므로 바루흐가 주장을 이어 갔다.

"헤움에 꽃이 부족합니까, 아니면 낙엽이 부족합니까? 봄에

나무의 움이 다른 곳보다 적게 틉니까?"

"아니오, 그렇지 않습니다."

두세 명이 속삭이듯 말했다.

"우리의 밤하늘에도 별들이 헤아릴 수 없이 많으며, 우리의 일출과 일몰도 말할 수 없이 아름답습니다. 낮의 하늘에 떠가는 구름들도 어느 곳 못지않게 독특한 모양입니다. 우리의 여성들도 아름다운 눈동자를 가지고 있고, 누군가는 사랑에 빠집니다. 그렇지 않은가요?"

"맞습니다."

속삭임이 조금 더 커졌다.

"그렇다면 무엇이 문제인가요? 왜 우리 헤움은 시인을 갖지 못할까요?"

바루흐의 설득력 있는 주장에 모두가 그 일이 심각한 문제라는 데 동의했다.

최고 현자 하임이 말했다.

"왜 전에는 이 문제를 생각하지 못했을까요? 이것에 대해 무엇인가를 하지 않으면 안 됩니다. 그것도 당장 말입니다! 루블린과 코브린에 시인들이 있다면 브제시치와 자모시치에도 한두 명의 시인이 있을 수 있습니다. 그렇다면 우리 헤움이 적어도 한 명의 시인을 갖지 못할 이유가 무엇입니까?"

"절대적으로 옳습니다!"

베렉이 하임의 주장을 열렬히 지지하며 말했다.

"그렇다면 우리가 무엇을 해야 할까요? 어떻게 해야 우리도 시인을 갖게 될까요?"

그리하여 여러 날 동안 밤낮으로 열띤 토론이 이어졌다. 그 결과 루블린이나 그 밖의 도시에서 두세 명의 시인을 초청해 '시의 밤'을 여는 것이 최선의 해결책이라는 결론이 났다. 그 시의 밤에 사람들은 시라는 예술 장르를 소개받는 기회를 갖게 될 것이며, 어쩌면 그 시인들 중 한 명은 헤움이 좋아져서 자신의 창작 본거지로 삼을지도 모를 일이었다.

즉시 여러 명의 시인에게 초청장이 발송되었다. 하지만 그중 두 사람만 긍정적인 답변을 보내왔다. 시인들이 오기로 한 날, 사람들은 너나 할 것 없이 흥분했다. 시인이 어떻게 생겼는지, 그들이 무슨 글을 쓰기에 이토록 큰 소동을 일으키는지 누구도 알지 못했기 때문이다. 그래서 자신들의 눈으로 직접 그들을 보고 싶어 했다.

한낮이 되었을 때 두 명의 시인이 각자 따로 여행을 해서 도착했다. 헤움 사람들에게는 그것이 기이하게 여겨졌다. 왜냐하면 자신들은 어딜 가든지 함께 갈 동행을 찾아서 여행의 지루함도 덜고 여행 경비도 아끼기 때문이었다. 시인들은 다르게 행동하는 듯했다.

또 다른 놀라운 것은 시인들이 머리에 쓴 검은 모자와 그들이 입은 검은 외투의 크기였다. 외투가 어찌나 큰지 평균 크기의 외투를 세 벌은 만들 수 있을 정도였다.

이윽고 시 낭송 시간이 되었다. 그런데 그들은 시의 내용보다 시를 낭송하는 방식에 더 치중하는 듯했다. 그것이 헤움 사람들을 다시 한 번 놀라게 했다. 두 시인은 상내방보다 더 깊고 큰 목소리를 내려고 노력했으며, 결국에는 큰 소리로 시를 부르짖는 상황이 되었다.

"이건 옳지 않아."

보석상 바루흐가 의회 대표 베렉에게 말했다.

"저들은 자신이 무엇을 낭송하는지, 누구에게 낭송하는지는 관심이 없어. 자신들이 어떻게 보이는지, 상대방에 비해 얼마나 돋보이는지에만 관심이 있을 뿐이야. 이런 경험을 통해 헤움 사람들이 시와 시인에 대해 무엇을 배울 수 있겠어?"

"당신 말이 전적으로 옳아."

베렉은 바루흐에게 말하고 나서 곧바로 시 낭송의 폐회를 선언했다.

시인들이 떠나고 난 후, 헤움에 시인이 없는 문제에 대해 더 나은 해결책을 찾기 위해 현자들이 다시 모였다. 또다시 긴 토론이 이어진 끝에 이 문제에 대한 가장 좋은 해결책은 시 경연 대회를 여는 것이라는 데 의견이 모였다. 최고의 시를 써 낸 사람은 헤움 역사 최초의 시인이 될 것이었다. 시의 심사는 다른 지역 시인들을 가장 많이 아는 바루흐, 학업 중에 필시 많은 시를 읽었을 학교 교사, 그리고 현자 하임이 맡기로 했다. 사안이 긴급했기 때문에 일주일 동안만 시를 접수받기로 결의했다.

그 일주일 동안, 헤움 곳곳에서 사람들이 홀로 서서 시상을 가다듬는 광경을 쉽게 볼 수 있었다. 빵장수, 신발 수선공, 양복장이, 푸줏간 주인, 목욕탕 관리인 등 모두가 가게문을 열어 둔 채 밖으로 나와 구름을 응시하거나, 꽃향기를 맡거나, 산들바람을 음미하곤 했다. 그들 모두 헤움에 대한 자부심이 컸기 때문에 시인을 한 명 갖는 것을 자신들의 의무라 여겼다.

일주일 후, 최고의 시를 가리기 위해 심사 위원들이 한자리에 모였다. 놀랍게도 심사를 기다리는 시가 탁자 위에 산더미처럼 쌓여 있었다. 기껏해야 다섯 편이나 열 편 정도를 예상한 그들 앞에 수백 편의 시가 기다리고 있었다.

심사 위원들은 접수된 시들을 읽고 또 읽었다. 그리고 글을 쓸 줄 아는 헤움 주민 거의 모두가 시를 제출했다는 사실을 알게 되었다. 거기에는 의회의 현자들과 심사 위원들까지 포함되어 있었다.

심사 위원들은 밤늦도록 시 원고를 읽었다. 마지막 시를 읽고 났을 때 그 어떤 시도 시인이 되기에 부족함이 없음을 깨달았다. 그래서 이튿날 다시 모여 시 전체를 재심사했으며, 역시 같은 결론에 이르렀다.

교사가 걱정하는 목소리로 말했다.

"어떻게 해야 하죠? 어떤 시를 최고의 시로 선정해야 할까요?"

하임이 제안했다.

"의회를 열어야 할 것 같소. 우리의 능력으로는 결정이 불가능하오."

그래서 다시 의회가 열리고, 제출된 시를 일곱 현자가 전부 돌려 읽는 데 하루하고도 반나절이 걸렸다. 그런 후 각각의 시를 놓고 세부적인 검토에 들어가 7일 후에야 최종 심사를 마칠 수 있었다. 그들은 헤움 사람 전체가 모인 자리에서 심사 결과를 발표하기로 했다.

다음 날 아침, 모두가 광장에 모였을 때 의회 대표 베렉이 '왜 헤움에는 시인이 없으며 과거에도 없었는가'에 대한 의문이 마침내 풀렸음을 자랑스럽게 선언했다. 접수된 시들을 몇 번이나 주의 깊게 읽은 결과, 그 이유가 밝혀졌다고 했다. 그것은 다름 아니라 헤움 사람 모두가 시인이기 때문이라는 것이었다.

베렉은 말했다.

"우리 모두가 시인이기 때문에 우리에게는 어떤 시인 협회도, 어떤 시의 밤도 필요하지 않았던 것입니다. 시를 쓰지 않아도 우리는 시처럼 살고 있기 때문입니다. 우리 모두는 시인이며, 우리는 그 사실을 자랑스럽게 여겨야만 합니다."

광장에 모인 사람들은 자신들이 시인들의 마을에 살고 있으며 자신들도 시인이라는 사실에 깊은 감동과 자랑스러움을 느꼈다. 그러고 나서 각자의 삶으로 돌아갔다. 전보다 더 시적인 삶으로.

그들은 단추 없이도 잘 살 수 있음을 깨달았다.

그래서 그것을 버리기로 결정했다.

누구를 살릴까요?

한 의사가 헤움에 왔다. 물론 그는 바보가 아니었으며, 모든 병에 전문가였다. 하지만 그에게는 치명적인 단점이 한 가지 있었다. 다름 아니라 책을 무척 좋아한다는 점이었다. 환자들이 진료를 받으러 올 때마다 그는 책상 앞에 앉아 늘 책을 읽고 있었다.

자신들의 의사가 늘 책을 읽는다는 사실을 안 헤움 사람들은 불안감을 감추지 못했다. 그토록 몰두해서 읽는 책들이 무슨 종류의 책인지는 알 수 없었지만, 책을 많이 읽는 것만으로도 의심을 사기에 충분했다. 게다가 독서가 시력에 해롭다는 것을 그는 모른단 말인가? 그렇다면 어떻게 의사라 할 수 있는가? 더구나 책은 인간의 정신에 심각한 영향을 미칠 수 있다. 이는 매우 우려되는 상황으로, 의회 현자들 모두 그 사실에 동의했다.

이 문제에 대해 장시간 토론한 끝에 현자들은 다음의 결정을 내렸다.

'독서가 가진 위험성에도 불구하고 의사가 계속해서 책을 읽는다는 것은 그가 아직 자신의 전문 분야에 대해 완전히 알지 못한다는 것을 의미한다. 자신의 전문 분야에 대해 잘 안다면 책을 계속 읽어야 할 이유가 무엇인가? 따라서 이 시간 이후부터는 그에게 치료를 받으러 가서는 안 되며, 즉시 다른 의사를 물색할 것이다.'

이 사실을 아무도 알려 주지 않았지만 어느 날부턴가 환자들이 더 이상 치료받으러 오지 않는다는 사실을 깨달은 의사는 곧 그 이유도 알게 되었다. 며칠 생각한 끝에 그는 헤움 곳곳을 다니며 남자, 여자, 어린아이 할 것 없이 모두 광장에 모여 달라고 알렸다. 자기가 죽은 사람도 살릴 수 있는 뛰어난 의사임을 증명해 보이겠다는 것이었다. 그는 모두가 보는 앞에서 죽은 사람을 부활시키겠다고 장담했다.

이 말을 듣고 부자든 가난한 자든, 높은 지위든 낮은 지위든 앞다퉈 광장에 모였다. 이윽고 군중 한가운데 나타난 의사가 당당한 목소리로 외쳤다.

"자, 내 앞에 시체를 가져다 놓으시오! 그러면 내가 이 자리에서 산 사람으로 만들겠습니다."

"누구의 시체를 가져와야 하지?"

사람들은 쉽게 결정을 내리지 못했다. 그때 군중 속에서 한 목소리가 외쳤다.

"하임 현자의 아들 라피를 살아나게 합시다. 좋은 청년이었는데 두 해 전에 젊은 아내와 두 아이를 두고 세상을 떠났소."

군중들이 동의하자 의사가 한 걸음 앞으로 나오며 말했다.

"그럼 여러분이 지켜보는 앞에서 그를 살아나게 하겠소."

그 순간 젊은 여성이 앞으로 달려나오며 울부짖었다.

"의사 선생님, 죽은 제 남편을 살려 내신다고요? 그것은 안 될 일입니다! 제발 그렇게 하지 말아 주세요! 그가 다시 살아나서 제가 다른 사람과 함께 살고 있는 걸 보면 저는 끝장입니다. 저는 재혼해서 잘 살고 있고, 지금의 남편을 사랑합니다. 그 사람도 저를 사랑하고요. 다른 사람들은 얼마든지 살려 내시더라도 저의 전남편만은 안 됩니다!"

"좋습니다. 그렇다면 누구를 살려 낼까요?"

의사가 다시 물었다.

군중 속에서 또 한 사람이 소리쳤다.

"작년에 죽은, 우리 마을에서 가장 부자였던 멘델 노인을 살려 내면 어떨까요?"

의사는 끄덕였다.

"그럼 그 노인을 지금 이 자리에서 살려 내겠습니다."

그 순간 죽은 멘델의 자녀들이 앞으로 달려나오며 자비를 간

청했다.

"안 됩니다! 그렇게 하면 큰일 납니다. 이미 우리는 유산을 나눠 가졌습니다. 한 자식은 집을 샀고, 다른 자식은 사업을 시작했으며, 셋째는 방앗간을 차렸습니다. 아버지가 살아 돌아오시면 모든 재산을 돌려드려야만 합니다. 제발 우리에게 자비를 베푸십시오, 훌륭하신 의사 선생님!"

누군가는 제안했다.

"몇 주 전에 아깝게 세상을 떠난 젊은 엄마 페이겔레를 살려 냅시다!"

"페이겔레? 좋습니다. 여러분이 보는 앞에서 지금 당장 그녀를 살려 내겠습니다."

의사가 열정적으로 말했다.

하지만 또다시 군중 속에서 한 남자가 의사 앞으로 달려 나왔다. 페이겔레의 남편이었다. 그는 창백해진 얼굴로 말했다.

"그녀를 되돌아오게 하지 말아 주세요. 이렇게 애원합니다! 저는 이미 젊고 예쁜 새 아내를 얻었습니다. 솔직히 첫 번째 아내와 다시 사는 것은 이제 불가능합니다. 만약 그렇게 된다면 지금의 아내는 어떻게 됩니까? 부디 저의 사정을 헤아려 주십시오."

의사가 군중을 향해 다시 물었다.

"그럼 도대체 누구를 살려 내길 원합니까? 나는 지금 모든 장례식장에서 사람들이 소망하는 불가능한 일을 실현해 보이고자 이 자리에 있습니다. 헤움에는 다시 살려 내고 싶은 사람이 한 명도 없단 말입니까?"

"고인이 된 빵장수 노암을 돌아오게 하면 어떨까요?"

군중 속에서 한 남자가 소리쳤다.

"그가 만든 할라(유대인들이 안식일에 먹는, 겉은 바삭바삭하고 속은 보드라운 빵)는 비교가 불가능합니다! 누구도 노암만큼 맛있는 빵을 만든 적이 없습니다. 노암이 만든 할라의 맛과 향기를 우리 모두가 아직도 기억하고 있습니다. 그를 살아나게 합시다."

"저희 아버지와 상의 없이 누구도 그런 결정을 내릴 수는 없습니다!"

노암의 손자이자 현재 빵 가게 상속자의 아들인 요세크가 소리쳤다.

"저희의 할라에 대해 지금까지 누구도 불평한 적이 없습니다. 여기 모인 사람들 중 단 한 명이라도 저희 할라에 불만이 있다면 저희 아버지는 할아버지를 살아나게 하는 데 전적으로 동의할 것입니다. 하지만 친애하는 여러분, 먼저 저희 할라에 대한 불만을 말씀하십시오. 여러분은 매주 안식일 때마다 신선하고 따뜻한 할라를 사기 위해 저희 빵 가게로 앞다퉈 오지 않으십니까?"

아무도 입을 여는 자가 없었다.

의사가 선언했다.

"이런 경우라면 나는 노암을 살려낼 권한이 없는 듯합니다. 그렇다면 나에게 이름만 말하십시오. 남자든 여자든 곧바로 여러분 앞에 살아 돌아오게 하겠습니다."

상황이 계속 반복되었고, 이ㄴ 순간 더 이상 군중 속에서 이름을 말하는 이가 아무도 없었다. 모두가 그 자리에 서서 침묵을 지킬 뿐이었다. 의사는 한참을 기다리다가 마침내 소리쳐 말했다.

"이제 여러분은 내가 죽은 사람을 살려 낼 수 있다는 것을 알았습니다. 내가 그런 실력을 갖고 있다면 아픈 사람도 당연히 치료할 수 있지 않겠습니까?"

그 순간 사람들은 깨달았다. 신의 은총 덕분에 자신들이 세상에서 가장 뛰어난 지혜를 가졌을 뿐 아니라 이제는 죽은 사람도 살려 낼 수 있는, 세상에서 가장 실력이 뛰어난 의사를 갖고 있다는 사실을. 어떤 의사가 그렇게 할 수 있겠는가?

단추한개

물장수 페이사흐는 아내 파이가와 함께 다섯 자녀를 데리고 아주 작은 뜰이 딸린 아주 작은 집에서 살았다.

파이가는 본래 잘사는 집안 출신이었다. 그녀의 아버지는 헤움에서 유일하게 자신의 상가 건물을 소유한 사업가였다. 어머니 역시 솜씨 좋은 의상 디자이너여서 벌이가 좋았다. 그들은 헤움에서 몇 안 되는, 넓은 창이 있는 큰 저택에 살았으며, 뜰에는 온갖 종류의 채소와 눈을 즐겁게 하는 다양한 꽃을 심을 공간이 충분했다.

사람들은 파이가가 운 좋은 처녀라고 생각했다. 얼굴도 수수할 뿐 아니라 잘사는 집의 외동딸이어서 최고의 신붓감으로 꼽혔다. 그래서 파이가와 결혼하는 남자는 더 운 좋은 사람일 것이라는 데 동의했다.

사람들의 예상과 달리 파이가는 고아로 자란 페이사흐와 사랑에 빠졌다. 직업도 없고 특별한 기술도 없는 남자였다. 파이가의 부모에게는 충격을 넘어 재앙이었다. 하지만 온갖 방법을 동원해도 사랑에 눈먼 두 사람을 뜯어말릴 수는 없었다. 결국 파이가는 자신의 사랑을 막는 부모와 결별하고 돈 한 푼 없는 페이사흐에게로 왔다.

헤움 사람들은 대부분 공동 우물에서 직접 물을 길어다 먹었기 때문에 물장수 페이사흐는 수입이 별로 많지 않았다. 뜰이 손수건만 해서 채소를 많이 기르지도 못했다. 헛간이나 동물 우리조차 없어 큰 동물을 키울 수도 없었다.

말 그대로 그들의 삶은 혹독했으며, 허기를 해결할 식량을 구입할 돈 외에는 가진 돈이 없었다. 그마저도 온 가족이 풍족히 먹을 만큼이 아니라 입에 풀칠하는 정도에 불과했다. 아이들은 연년생으로 태어난 데다가 큰애가 겨우 여덟 살이어서 부모를 도와 돈을 벌어 오는 것도 불가능했다. 여분으로 가진 것은 닭 몇 마리가 전부였다.

이런 어려운 상황에도 불구하고 페이사흐 가족은 전혀 가난하다고 느끼지 않았다. 작은 뜰과 작은 집에서 자신들이 생각해 낼 수 있는 온갖 재미를 누리며 행복하게 살았다. 그들의 울타리 너머로는 언제나 웃음이 새어 나왔다. 파이가는 늘 아이들과 시간을 함께했으며, 페이사흐는 인내심 많은 아버지였다.

아이들은 비록 가장 가난한 축에 속했지만 누구 못지않게 즐겁게 살고 있었다.

하루는 페이사흐가 행복한 얼굴로 집에 돌아와서는 행운이 자신들에게 미소 지었다고 말했다. 한 남자가 그들이 키우는 닭 한 마리를 사고 싶어 한다는 것이었다. 가족은 회의를 열어, 닭과 헤어지는 것은 슬픈 일이지만 그 남자가 잘 보살피기로 약속한다면 적은 돈을 받고 닭을 주기로 결정을 내렸다.

남자는 이에 동의했고, 그래서 작은 동전 하나를 건네고 얼른 닭을 가져갔다.

여분의 돈이 생기자 페이사흐는 가족을 데리고 자모시치에 가기로 했다. 작년에 페이사흐의 셔츠에서 떨어져 나간 단추 한 개를 사기 위해서였다.

다음 날 자모시치로 간 페이사흐 가족은 좋은 옷가게를 발견하고 단추를 사기 위해 안으로 들어갔다. 그런데 그들이 찾는 단추를 발견한 옷가게 점원이 셔츠 단추를 전부 새것으로 바꾸는 것이 좋을 것이라고 제안했다. 단추 하나만 새것으로 빛나면 이상하게 보인다는 것이었다. 곧이어 점원은 페이사흐의 셔츠가 새 단추들을 꿰맬 수 없을 만큼 낡았다는 사실을 알아차렸다. 그래서 새 셔츠를 가져다 권했다. 그런데 이번에는 셔츠가 페이사흐의 낡은 바지와 어울리지 않았다. 점원은 당연히 새 바지 한 벌을 즉시 가져왔다.

페이사흐를 새 옷으로 입히고 나자 점원은 가족 전체가 그들의 가장에 비해 너무 누추한 옷차림을 하고 있음을 발견했다. 그래서 파이가와 아이들에게도 새 옷을 입혔다.

모두가 새 옷을 차려입은 후, 점원이 페이사흐에게 옷값을 청구하는 순간이 다가왔다. 점원이 계산대 직원에게 가격을 말하자 그 직원이 돈 받을 준비를 하며 돈 서랍을 열었다. 하지만 페이사흐의 손에 달랑 동전 하나만 있는 것을 보고 그는 몹시 황당해했다.

"이걸로는 당신들이 산 옷값에 어림도 없어요!"

계산대 직원이 웃어야 할지 울어야 할지 모르는 표정으로 말했다.

페이사흐가 말했다.

"괜찮습니다. 우리는 사실 이 옷들이 필요 없어요. 그러니 도로 가져가세요."

"그럼 그렇게 하세요. 하지만 단추 하나는 가져도 됩니다. 동전 하나면 이 단추를 충분히 살 수 있으니까요."

페이사흐와 파이가와 아이들은 가게 점원들에게 감사하다고 인사하고는 단추 한 개를 손에 쥐고 가게를 나왔다. 애초에 자모시치에 온 것은 그 단추를 사기 위해서였다.

헤움으로 돌아오는 내내 그들은 침묵 속에서 걸었다. 마치 다른 가족이 된 것 같았다. 모두가 자신들이 가질 수 없는 것에 대해 아쉬워하고 후회했다. 페이사흐는 인생에 실패했다고 느꼈다. 파이가는 삶에 속았다고 느꼈다. 그리고 아이들은 잘사는 친구들에 비해 자신들이 보잘것없는 존재라고 느꼈다.

모든 것이 단추 한 개 때문이었다. 페이사흐는 침묵 속에 집으로 돌아오면서 생각을 멈출 수가 없었다. 집으로 돌아와 한자리에 앉고 나서야 그들은 자신들이 그 단추 없이도 잘 살 수 있음을 깨달았다. 그래서 그것을 밖에 버리기로 결정했다. 그리고 그렇게 했다.

진실을 말할 때 우리가 하는 거짓말

헤움 사람들은 자신들의 마을을 무척 사랑했고, 또 매우 자랑스러워했다. 특히 바깥세상을 여행할 때면 외지인들이 헤움을 바보들의 마을로 부르는 것에 자격지심을 느낀 나머지, 자신들의 터전이 행복한 사람들만 사는 낙원이라도 되는 것처럼 설명했다. 누군가가 "당신들은 왜 그렇게 행복한가? 마을에 행운의 우물이라도 있는 건가?" 하고 놀리듯 물으면 무척 진지하게 대답했다.

"맞아요. 사실 우리는 마을 한복판에 행운의 우물을 하나 가지고 있어요! 누구든 원할 때마다 그곳에서 어떤 제약도 없이 행운의 물을 맘껏 길어 마실 수 있어요. 그것이 우리가 언제나 행복한 비결이에요."

해가 거듭될수록 행운의 우물에 관한 이야기가 돌고 돌아 주변의 도시와 마을들에도 유명해졌다. 심지어 멀리 바르샤바와 오스트리아의 빈까지 알려질 정도였다. 그리고 그 소문은 몇몇 여행자들의 입을 타고 헤움으로 되돌아왔다.

어느 화요일 아침, 자모시치에 사는 상인이 물건을 팔러 헤움에 왔다. 그는 이 특별한 장소의 주민들을 상대로 장사를 하고 싶었다. 행복한 사람들은 새로운 물건을 시도해 보는 걸 좋아한다는 것이 그의 믿음이었다. 그는 특히 비눗방울 부는 신제품 완구를 팔고 있었기에 관심을 기울이는 고객이 필요했다.

시장을 향해 가는 길에 그는 마부 이히엘과 마주쳤다. 이히엘의 표정이 몹시 슬프고 힘들어 보였다. 상인은 걸음을 멈추고 분명 문제가 많아 보이는 그 마부에게 얘기를 건넸다.

"무슨 문제 있어요? 헤움에는 행운의 우물이 있지 않나요? 그곳에 가서 행운의 물을 반 두레박이라도 길어 마시면 될 텐데 그렇게 슬퍼하는 이유가 뭐예요?"

"음……."

이히엘은 대답을 망설였다. 왜냐하면 헤움 사람들은 사실 마을 안에서는 행운의 우물에 대해 잘 말하지 않기 때문이었다. 그리고 전에는 누구도 이 주제에 맞닥뜨린 적이 없었다.

이히엘의 느린 반응에 여행자는 약간 참을성을 잃었다.

"뭐라고요? 왜 말을 안 해요?"

"음……."

85

이히엘은 가능한 한 빨리 재치 있는 답변을 생각해 내려고 머리를 쥐어짜면서 계속 음, 음거렸다. 자모시치에서 온 이방인 앞에서 헤움의 명예를 실추시키고 싶지 않았던 것이다. 하지만 몇 가지 이유 때문에 머리가 돌아가지 않았다. 말 한 마리가 며칠 전부터 무릎 관절에 이상이 생겨 절뚝거렸으며, 엎친 데 덮친 격으로 아내 아다의 시원찮은 무릎에 관절염이 도져 루블린의 큰 병원으로 가야 하는데 마차를 끌 말이 절뚝거려서 갈 수가 없었다.

그때 고맙게도 연장 상자를 들고 즐겁게 휘파람을 불며 길을 걸어 내려오는 목수 유렉이 보였다.

"유렉! 이보게, 유렉!"

방문객의 생각을 우물에 관한 주제에서 다른 곳으로 돌리기 위해 이히엘은 소리쳐 유렉을 불렀다.

"오늘 별일 없지? 자모시치에서 온 이 신사 양반이 묻고 있네. 왜 내가 우울해 보이는지. 우리의 유명한 행운의 우물에서 행복을 조금 길어 마시면 되지 않느냐고 말이야. 자네는 방금 그 우물에서 오고 있는 것처럼 보이는군!"

유렉은 처음에는 조금 멍청한 표정을 지었지만 이내 재빨리 정신을 차리고서 자신 있게 외쳤다.

"맞아, 어떻게 알았지? 자넨 마차에 여러 손님을 태우고 다니다 보니 족집게가 다 됐군. 자네 말대로 난 방금 우리의 유명한 우물에 갔다가 오는 길이네! 적어도 이번 주말까지 행복이 지속될 수 있도록 물을 한껏 마셨지. 조금 줄이 길긴 했지만, 내 차례가 올 때까지 참을성 있게 기다렸어. 그래서 보다시피 지금 나는 세상에서 가장 행복한 사람이 된 기분이야!"

"아하, 그렇군!"

이제 이히엘도 할 말이 조금 떠올랐다.

"나도 지금 그 우물로 가는 길이야. 어서 서둘러야겠어."

그러고는 그 상인을 향해 말했다.

"그럼 나는 이만 실례합니다. 지금 시간이 우물이 붐비지 않고 물 마시기에 적당한 때이거든요!"

그렇게 변명한 뒤 이히엘은 짐짓 잰걸음을 놀려 광장이 있는 방향으로 달려갔다.

자모시치의 상인과 목수 유렉도 작별 인사를 나누고 각자 제할 일을 하러 갈 길을 갔다. 광장 옆을 지나가서 상인은 우물 옆에 줄 서 있는 몇 사람을 보았고, 그 줄에서 이히엘의 모습을 보았다고 생각했다. 하지만 걸음을 멈출 시간이 없었다. 이미 한낮이 되어 가고 있었기에 가능한 한 빨리 가판대를 설치해 행복한 헤움 사람들과 장사를 시작하고 싶었다.

몇 가지 알 수 없는 이유로 헤움 사람들과의 장사가 잘 되었음이 틀림없었다. 왜냐하면 다음 날 아침, 수천 개의 비눗방울이 무지개 빛깔로 반짝이며 마을 위로 날아가고 있었기 때문이다. 아이들은 전보다 더 빨리, 더 행복하게 학교로 걸어가면서 더 시끄럽게 재잘거렸다.

하지만 목수 유렉은 길을 걸어 내려가던 중에 어제처럼 변함없이 슬퍼 보이는 이히엘과 마주쳤다.

유렉이 웃으며 이히엘에게 물었나.

"어제 행운의 우물에 간다더니 안 갔었나?"

"줄이 너무 길었고, 기다릴 만큼 믿음이 강하진 않았어."

그렇게 대답하며 이히엘은 시선을 돌렸다.

유렉과 헤어진 후에도 이히엘은 잠시 그 자리에 서 있었다. 그는 생각했다.

'나도 한번 시도해 볼까? 혹시 모르잖아.'

그래서 지체 없이 우물로 가서 한 양동이의 물을 길어 몇 모금 마셨다. 그랬더니 갑자기 훨씬 더 기분이 좋고, 훨씬 더 행복하게 느껴졌다.

집으로 가는 길에 그는 구두 수선공 에지크와 마주쳤다. 에지크가 다가와 물었다.

"갑자기 자넬 행복하게 만든 게 무엇인가? 내가 자넬 마지막으로 보았을 때 자넨 마치 말의 네 무릎에 관절염이라도 생긴 것처럼 우울했었어. 그런데 지금은 자네 인생에 뭔가 좋은 일이 일어났나 보군."

"어떻게 그런 질문을 할 수 있지? 자네도 우리 마을에 행운의 우물이 있다는 걸 나만큼 잘 알잖아. 그런데 왜 내 행복에 놀라는 거야? 난 오늘 아침 그 우물에 가서 행복의 물을 한 두레박 길어 마셨어. 지금 나를 보면 알잖아! 그것이 뭐가 그렇게 이상하지?"

에지크는 잠시 동안 할 말을 잃은 표정이었다. 그가 말했다.

"그건 헤움에 사는 우리를 질투하게 만들기 위해 우리가 바깥세상 사람들에게 하는 지어낸 이야기일 뿐이잖아?"

"아냐, 절대 그렇지 않아! 어떻게 그런 생각을 할 수 있어?"

이히엘은 그렇게 말하고는 무척 기분이 상해서 가 버렸다.

에지크는 잠시 그 자리에 서서 생각했다.

'이히엘에게 효과가 있었다면 나한테도 효과가 있을지도 몰라. 한번 시도해서 손해 볼 것 없잖아. 정말 누가 알겠어?'

그래서 그는 곧장 우물로 가서 물을 한 두레박 길어 올렸다. 그리고 두레박을 입에 가져가 한 모금 마시기도 전에 갑자기 기분이 좋아지고 자신이 훨씬 더 행복하게 느껴졌다.

우물에서 돌아오는 길에 에지크는 헤움 최고의 제화공 고덱을 만났다.

"고덱, 자네 그걸 믿어? 우리 마을에 있는 행운의 우물이 정말로 효과가 있다는 걸? 난 그걸 오늘에야 알았어."

"고작 오늘에야 알았다고?"

고덱이 짐짓 놀란 듯한 목소리로 말했다.

"브제시치에 갔다가 우리 마을에 있는 행운의 우물에 대해 들은 이후로 나는 보석상 바루흐와 함께 매일 그 우물물을 마셨어. 그렇지 않고서야 자넨 우리가 인생에서 무슨 수로 이렇게 성공했을 거라 생각해?"

그런 식으로 한 사람이 또 다른 사람에게 말하고, 행운의 우물이 모든 이들의 대화 주제가 되기까지 오래 걸리지 않았다. 그들은 점점 강하게 자신들의 거짓말을 믿게 되었고, 그 강한 믿음에 따라 그것이 실제가 되었다. 누구도 그것을 의심하지 않았다. 사람들은 우물물을 마신 후 길에서 주운 옷핀에서부터 한 넝쿨에서 호박 세 개가 열린 사건에 이르기까지 자신들에게 일어난 온갖 종류의 행운에 대해 서로 이야기했고, 모두가 정말로 크게 놀랐다. 지금까지 누구도 그 우물물의 효력을 알지 못했었다는 사실이 믿기지 않았다.

그래서 어느 일요일 아침, 의회 대표 베렉이 공식 발표를 위해 헤움 주민을 광장에 모이게 했다. 지정된 시간과 지정된 장소에 모두가 모이자 베렉이 발언을 시작했다.

"나의 친애하는 벗들과 헤움 주민 여러분! 나는 이 발표를 하기로 결심했습니다. 왜냐하면 우리 중 누구도 광장 한가운데에 행운의 우물이 있다는 걸 몰랐었다는 것을 비로소 알게 되었기 때문입니다. 그래서 나는 의회 대표로서 이미 자모시치, 브제시치, 루블린, 산도미에스, 그리고 바르샤바와 빈까지 알려진 진실을 공식적으로 발표하는 것이 나의 의무라고 생각했습니다. 우리는 행운의 우물을 갖는 축복을 받았으며, 모두가 그 물을 나눌 권리가 있습니다!"

사람들은 너무도 명백한 일을 베렉이 너무 호들갑을 떨며 말하는 것에 조금 크게 놀랐지만, 그의 감정이 상처 입지 않길 바라며 아무 말도 하지 않았다. 어쨌든 그들은 어떤 거짓말을 믿고, 어떤 거짓말을 의심해야 할지 잘 알았다. 그리고 어떤 거짓은 굳게 믿으면 진실이 되기도 한다는 것을. 그들은 세상사에 훤했다.

이것이 오늘날에도 헤움을 여행하게 되면 광장 한가운데 있는 우물가에 사람들이 길게 줄 서 있는 것을 보더라도 크게 놀라지 말아야 하는 이유이다. 그리고 만약 당신이 헤움 사람들에게 행운의 우물을 진짜로 믿는지 묻는다면, 그 거짓말이 정말이냐고 묻는다면, 그들은 정색을 하고 대답할 것이다.

"그럼 당신은 믿지 않아요? 그렇다면 그건 당신의 선택이에요. 당신은 우리가 거짓을 말한다고 생각할 수 있지만, 우린 모두 믿어요. 그리고 행복한 우리를 보면 알 거 아녜요? 그런데도 여전히 의심할 수 있어요?"

천국으로 올라가는 사다리

헤움의 랍비들은 묵상과 기도를 통해 신과 가까운 관계를 유지했다. 그것이 신의 의지를 알 수 있는 길이기 때문이었다. 랍비와 신의 그런 관계는 랍비 자신뿐 아니라 헤움 사람 모두에게 신이 원하는 것에 대한 지식과 안전을 보장해 주었다. 사람들은 어렵고 의심 가는 순간이면 언제나 랍비에게 의존할 수 있으며 그를 통해 신에게 의존할 수 있음을 알았다. 이는 크게 안심되는 일이었다.

신의 말씀을 전하는 것 외에 랍비에게는 또 다른 중요한 임무가 있었다. 후계자를 교육시켜 신앙이 계속 이어지도록 하는 일이었다. 그래서 헤움의 랍비들은 몇몇 소년을 제자로 받아들여 가르치고 훈련시켰다. 그중 두각을 나타내는 아이는 장차 랍비 직을 계승할 수 있었다. 많은 소년들이 랍비가 되고 싶어 했지만 힘든 과정을 통과할 만큼 의지가 강한 것은 아니었다.

여러 해 전, 헤움에 종교적이고 헌신적인 랍비 한 명이 있었다. 그는 세속적인 일에는 관심이 없었으며 거의 모든 주의를 신에게 기울였다. 그리고 남는 시간은 제자들에게 쏟았다.

제자들은 몇 명 안 될 뿐 아니라 언제나 들락거렸다. 랍비의 기대치가 너무 높았기 때문이다. 하지만 랍비는 신의 뜻이라면 한두 명쯤은 좋은 후계자가 되리라는 걸 믿어 의심치 않았다. 그 확신이 너무도 강했기 때문에 엄격한 훈련을 견디지 못하고 제자들이 떠나도 개의치 않았다. 또한 가능한 한 혹독하게 제자들을 가르치는 것을 중단하지 않았다.

소년들이 무엇보다 힘들어한 것은 안식일 아침 기도 참석이었다. 랍비는 동트기 전부터 정오가 될 때까지 꼼짝하지 않고 앉아서 기도를 올렸다. 어린 제자들로서는 그토록 긴 시간 동안 회당에 앉아 있는 것이 몹시 힘들었다. 특히 정오가 가까워오면 안식일에만 먹는 특별한 음식 냄새가 코를 자극했다.

소년들은 여러 번 랍비에게 말하려고 했지만 랍비는 기도에 몰입해 꼼짝하지도 않았다. 결국 그들은 얼굴을 맞대고 긴 기도 시간에서 빠져나갈 궁리를 했다.

"내가 장담하건대 랍비는 기도에 몰입해 있어서 우리가 있는지 없는지조차 모를 거야."

제자들 중 가장 어린 테오도르가 말했다.

"우리가 랍비를 좋아하긴 하지만 아침 기도가 지나친 것도 사실이야. 어쩌면 랍비는 우리의 방해를 받지 않고 혼자서 기도를 올리고 싶어 하실지도 몰라. 우린 그냥 의무 삼아 회당에 오는 것이고."

"모를 수도 있지만 아실 수도 있어. 네 생각이 다 옳지는 않다는 걸 알아야 해."

가장 나이 많은 옌테가 테오도르의 코를 납작하게 했다.

"좋아, 좋아. 싸우지 말자. 우리가 모인 목적은 그게 아니잖아."

옌테보다 한두 살 어린, 평소에는 말수가 적은 카츠페르가 말했다.

"그 말이 맞아."

옌테가 인정하며 말을 이었다.

"이렇게 하면 어떨까? 안식일 아침 기도에 우리 모두 일단 참석하되 한 명씩 몰래 빠져 나가는 거야. 그래서 매주 두 명씩만 돌아가면서 끝까지 남아 있는 거지."

"좋아, 훌륭한 생각이야!"

그 계획에 모두 동의했으며, 다음 달 안식일부터 누가 끝까지 앉아 있을지 순번을 정했다.

첫째 주 안식일이 되었다. 계획이 완벽하게 들어맞았다. 둘째 주, 셋째 주 역시 성공적이었다. 랍비는 기도에 깊이 몰입해 있어 소가 회당을 들이받아도 알아차리지 못할 것처럼 보였다. 그래서 넷째 주 안식일에 소년들은 랍비가 전혀 알아차리지 못하므로 이번에는 기도가 끝나기 전에 모두 사라지기로 했으며, 실제로 그렇게 했다.

다음 날, 랍비가 끔찍한 사고를 당해 침대에서 일어날 수도 없게 되었다는 소문이 돌았다. 사람들은 걱정이 되어 랍비를 도울 방법에 대해 논의했지만 문제가 무엇인지 정확히 알지 못했기 때문에 도울 길이 없었다. 어린 제자들의 귀에도 소식이 전해졌다. 소년들은 어서 빨리 스승을 찾아가 무슨 일이든 도와야겠다고 마음먹었다. 그들 마음 깊은 곳에는 스승에 대한 사랑과 존경이 자리하고 있었기 때문이다.

랍비의 집에 도착하자 랍비의 아내가 냉랭한 태도로 소년들을 맞이했다. 그녀는 엄격한 시선으로 소년들을 둘러보고는 랍비의 침실로 들어가 보라고 속삭이듯이 말했다.

한낮인데도 커튼을 쳐놓아 방 안이 어두웠다. 침대에 누워 있는 랍비의 윤곽만 겨우 보일 정도였다. 스승의 상태에 충격받은 소년들은 스승이 회복될 수만 있다면 무슨 일이든 하겠다고 스승에게 다짐했다.

진심이 담긴 소년들의 말을 듣고 랍비가 간신히 고개를 들었다. 그리고 거의 들릴락 말락 한 목소리로 말했다.

"사랑하는 제자들아, 너희들 각자는 나의 희망이며 나는 진심으로 너희 한 사람 한 사람을 사랑한다. 내가 겪은 끔찍한 사고에 대해 궁금할 것이다. 나는 매우 높은 곳에서 떨어졌으며, 떨어지면서 심한 상처를 입었다. 온몸의 뼈가 부러진 것 같다. 너희는 자각하지 못했겠지만 내가 기도할 때 너희가 사다리를 붙들어 주고 있었으며 나는 그 사다리를 밟고 천국으로 올라갈 수 있었다. 그런데 너희 모두가 그 사다리를 놓아 버리고 사라지는 바람에 사다리에서 추락하고 말았다. 그래서 지금 이런 상태가 된 것이다."

소년들은 한 마디도 할 수 없었다. 그들은 조용히 랍비의 방을 떠났다. 그날 이후, 랍비가 되기를 희망하는 모든 소년은 무엇보다도 충실하게 사다리를 잡을 마음의 준비가 되어 있어야 한다는 것을 알았다. 그렇게 할 수만 있으면 무엇이든 이룰 수 있다는 것도.

헤움 근처에는 바다가 없습니다.

바닷물로 목욕을 하는 것에 대한 지식이 무슨 쓸모가 있나요?

모두가 교수인 마을

헤윰의 교사 세웨린은 무척 바빴다. 이른 아침부터 오후 늦게까지 학생들에게 읽고 쓰는 법을 가르치고, 기초적인 수학과 지리와 역사를 강의했다. 헤윰 주위를 맴도는 행성들과 동물들에 대해서도 설명했다. 아이들은 세웨린에게서 나무와 새들의 이름을 배웠으며, 독버섯과 안전하게 먹을 수 있는 베리 열매를 구별하는 법, 그 밖에도 인생에 유용한 많은 것들을 배웠다.

하지만 세웨린은 몇몇 분야에서 이미 자신의 지식과 능력이 한계에 다다랐음을 느꼈다. 예를 들어, 어느 날 두 학생이 이해할 수 없다며 시 한 편을 들고 왔을 때 그 시의 감상을 돕고 싶었지만, 세웨린 자신도 단어들에 담긴 시인의 의도를 어떻게 해석해야 할지 알 수 없었다. 또 한 번은 학생들에게 수학 문제 하나를 냈는데, 몇몇 학생이 세웨린이 전혀 생각하지 못한 방식으로 문제를 푸는 것이었다. 답도 정확했다.

한동안 혼자 고민하다가 세웨린은 의회 현자들에게 도움을 요청했다. 현자들은 세웨린을 초대해 그가 염려하는 것이 정확히 무엇인지 물었다.

자신이 느끼는 문제를 설명한 후 세웨린은 말했다.

"몇몇 아이들에게는 제가 가르칠 수 있는 것보다 더 많은 것을 가르쳐야 할 때가 왔습니다. 고학년 학생을 가르칠 교수가 필요합니다."

보석상 바루흐가 말했다.

"루블린에 교수가 여러 명 있다고 내 조카한테서 들었습니다. 혹시 그들 중 한 명을 헤움으로 초빙하는 것은 어떨까요? 아니면 두 명까지도? 아이들의 미래를 위해 우리가 그 정도는 충분히 지원할 수 있습니다."

그러자 최고 현자 하임이 우려하는 목소리로 말했다.

"그 교수들이 우리 아이들에게 진정으로 필요한 지식을 가르칠지 어떻게 알 수 있을까요?"

의회 대표 베렉이 말했다.

"그들을 초청해 모든 사람 앞에서 공개 강의를 하게 하면 어떨까요? 그러면 그들의 지식 수준을 판단할 수 있을 테니까요."

모두가 만장일치로 동의했기 때문에 곧바로 루블린에 사는 여러 명의 교수에게 초청장이 발송되었다. 하지만 세 명만이 초청에 응해 사람들 앞에서 강연을 하겠다고 답장을 보내왔다. 그들은 편지를 통해 자신들이 강의할 내용을 설명하며 의회의 동의를 구했다.

제시된 주제를 검토하기 위해 현자들이 모였다. 그 주제들이 헤움 사람들에게 적합한지 결정해야 했기 때문이다.

베렉이 첫 번째 편지를 소리 내어 읽어 내려갔다. 그 편지를 쓴 교수가 중력의 법칙에 대해 강의하려고 계획한 것을 알고 모두가 놀랐다.

하임이 확신에 차서 말했다.

"우리는 새나 나비처럼 날지 않고 땅 위를 걸어 다닙니다. 물건을 떨어뜨리면 바닥으로 곧장 떨어집니다. 중력의 법칙에 대해 이 이상 우리가 알아야 할 사항이 무엇이 있을까요?"

하임의 말에 모두 동의하면서 중력의 법칙에 관해 각자 관찰해 온 바를 낱낱이 이야기했다. 그러고는 누구나 분명하게 알고 있는 사실을 배우기 위해 소중한 공금을 사용하는 것은 이득이 되지 않는다고 결론을 내렸다.

베렉이 두 번째 편지를 읽었다. 고전 문학 전공자인 이 교수는 고대 그리스 시문학에 사용된 은유법에 대해 강의하겠다고 제안했다. 편지 내용을 들은 사람들은 한동안 침묵에 잠겼다. 교수가 강의 제목에 사용한 몇몇 단어들의 의미를 이해하려면 기억 속을 깊이 더듬어야만 했기 때문이다. 마침내 침묵을 깨고 보석상 바루흐가 입을 열었다.

"친애하는 동료 여러분, 잘은 모르지만, 오래전에 사라진 고대 그리스 시문학에 사용된 은유법에 대해 듣는 것이 우리에게 과연 얼마나 의미가 있을까요? 설령 의미가 있다 해도 우리가 그리스어를 읽을 수나 있나요? 우리가 시에 대한 강의를 들어야 한다면, 먼저 우리의 언어로 쓰인 시에 관심을 갖는 것이 바람직하지 않을까요?"

다른 사람들도 같은 의견이었기 때문에 소중한 시간을 더 낭비하지 않기 위해 베렉은 그다음 편지를 개봉했다.

현대인의 건강 연구 분야에서 명성을 얻고 있는 세 번째 교수는 해수욕의 이점에 대해 강의하겠다고 계획안을 보내왔다. 하지만 베렉이 편지를 끝까지 읽기도 전에 사람들 사이에서 뚜렷한 반응이 나타났다.

양복장이 이체크가 말했다.

"헤움 근처에는 바다가 없습니다. 그런데 해수욕에 대한 지식이 무슨 쓸모가 있을까요?"

다른 사람들도 자신들이 느끼는 의구심을 말했으며, 따라서 지금까지 제시된 세 가지 주제가 헤움 사람들에게 맞지 않을 뿐 아니라 헤움에서 가르칠 교수를 찾는 것이 쉽지 않으리라는 것이 분명해졌다. 그래서 이 문제에 대해 생각하기 위해 각자 집으로 돌아갔으며, 3일 후에 다시 모임을 갖기로 했다.

의회가 다시 열렸을 때, 모두가 생각에 생각을 거듭했음에도 토론이 쉽지 않다는 것을 알게 되었다. 다양한 각도에서 검토한 끝에 헤움 안에서 교수를 찾는 것이 유일한 해결책이라고 최종 결론이 났다.

하임이 확신을 삿고 말했다.

"우리는 세상에서 가장 지혜로운 사람들입니다. 그렇지 않습니까? 따라서 경쟁을 거쳐 우리 가운데에서 교수를 찾아야 합니다."

모두가 그 말에 고개를 끄덕였다.

사흘 뒤 헤움 사람 모두가 광장에 모였으며, 헤움 역사상 최초의 '제1회 교수채용대회'가 막을 올렸다. 누구든 대중 앞에서 15분 동안 강의하는 것이 허용되었다. 지원자가 헤아릴 수 없이 많았다.

첫 번째 지원자는 늙은 제분업자 메예르였다. 그는 모든 헤움 주민이 언젠가는 죽을 수밖에 없다는 사실을 상기시키면서, 적당한 크기의 공동묘지를 확보해 미래의 사망자들을 안치할 수 있어야만 한다고 역설했다. 그리고 그것에 대한 해결책을 제시하기 위해 과거의 일을 예로 들었다.

"전에 헤움의 공동묘지가 꽉 차서 여유 공간이 없었던 적이 있습니다. 그래서 새 매장지를 결정하기 위해 의회가 열렸습니다. 하지만 새 공동묘지가 얼마만 한 넓이여야 할지 확신이 서지 않았습니다. 그들은 크지도 작지도 않은, 정확히 필요한 만큼의 크기를 원했습니다. 3일 낮밤을 심사숙고한 끝에 의회는 훌륭한 결정을 내렸습니다. 여자와 어린아이들까지 포함해 헤움 주민 모두가 마을 밖 들판에 모여 나란히 땅에 눕기로 한 것입니다. 그런 다음 끈으로 그 폭과 넓이를 재어 미래의 공동묘지에 필요한 공간을 계산하기로 했습니다."

잠시 숨을 돌린 후 메예르가 말을 이었다.

"결정된 사항은 곧바로 실행에 옮겨졌습니다. 남자와 여자와 아이들과 심지어 젖먹이 아이까지 마을 밖 들판에 어깨를 맞대고 나란히 누웠습니다. 단, 배 속에 아기가 있는 여자는 옆에 한 사람분의 공간을 남겨 두었습니다. 그리고 끈으로 사방 넓이를 재었습니다. 그런 식으로 새 공동묘지가 정해졌습니다."

메예르의 강의에 청중은 깊이 감동했다. 특히 젊은 세대는 매우 시기적절한 주제라고 여기며 메예르에게 우레와 같은 박수를 보냈다. 그들은 언제든 새 공동묘지에 관한 문제 해결에 참여할 준비가 되어 있었다.

그다음으로 마부 이히엘이 강단에 섰다. 그는 헤움 사람들을 속이려고 했던 말 장사꾼을 기억했다. 따라서 사기를 당하지 않도록 모든 장사꾼의 제안을 신중하게 분석하는 방법에 대한 명강의를 시작했다.

"여러분, 잘 듣고 기억하시기 바랍니다. 왜냐하면 비슷한 일이 언제든 일어날 수 있기 때문입니다. 한번은 루블린의 말 장사꾼이 헤움에 왔습니다. 그는 자신의 말이 그다지 좋은 상태가 아니었음에도 헤움에서 그 말을 파는 데 아무 문제가 없을 것이라고 자신감에 차 있었습니다. 우리를 전부 바보라고 여겼기 때문입니다. 그는 우리의 시장으로 말을 한 마리 데리고 와서 입에 침도 바르지 않고 찬사를 늘어놓았습니다. 늙고 지치고 영양 결핍 상태였음에도, 그 말이 온갖 일에 적합하며 먼 길을 여행할 수 있는 튼튼한 말이라고 소리쳤습니다.

사람들이 그에게 물었습니다.

'우리에게는 이미 충분한 숫자의 말이 있소. 이 말이 우리가 가진 말에 비해 특별한 점이 무엇이오?'

말 장사꾼이 소리쳤습니다.

'이 말은 매우 빨리 달리기 때문에 자정에 헤움을 출발하면 바르샤바에 새벽 4시에 도착할 수 있소!'

헤움 사람들은 고개를 저으며 자리를 떴습니다. 왜냐하면 우리는 바르샤바에서 새벽 4시에 할 일이 없기 때문입니다."

다시금 청중은 마부 이히엘의 강의에 깊이 공감했다. 군중 속에서 사람들이 속삭였다.

"누구도 그런 식으로 우리를 속일 수는 없어! 우리에게 무엇인가를 팔려고 하는 자들의 말을 주의 깊게 들어야만 해. 진실이 그들의 입에서 말실수로 튀어나오게 마련이거든!"

메예르가 받은 박수에 비해 결코 작지 않은 박수가 이히엘에게 쏟아졌다. 그다음으로 현자 하임이 단상에 섰다. 사람들은 하임이 그들 중에서 가장 지혜롭다는 것을 알고 있었기 때문에 더 고차원적인 주제를 기대했다. 청중의 기대에 어긋나지 않게 하임은 오늘날 헤움에서 법과 질서를 유지하는 일에 변화가 필요함을 강의했다.

"옛날에 헤움 주민이 죄를 지어 감옥에 갇혔을 때는 그의 체면에 의지했습니다. 사람들은 그를 감방으로 데려가 의자에 앉힌 다음 말했습니다.

'이제 당신은 감옥에 갇혔다. 우리의 허락 없이는 이곳을 떠날 수 없다.'

죄수는 그 말에 순종하며 석방될 때까지 그곳에 앉아 있었습니다. 간수도 없고 감방 문을 잠그지도 않았습니다. 얼마 후 세상이 죄로 가득하고 사람들이 더 이상 순종하지 않게 되자 다른 방법이 필요해졌습니다. 하지만 이때도 간수가 필요하지 않았습니다. 그 대신 감옥 벽에 손을 집어넣을 만한 크기의 작은 구멍을 여러 개 만들었습니다. 죄수는 두 개의 구멍에 두 손을 넣도록 명령받았으며, 죄수가 그렇게 하면 바깥 쪽에서 죄수의 두 손에 빗자루를 하나씩 들려주었습니다. 빗자루가 바닥에 떨어지지 않도록 꼭 쥐고 있어야만 했기 때문에 죄수는 손을 구멍에서 뺄 수가 없었습니다. 그래서 도망치지 못하고 감방 안에 갇혀 있어야만 했습니다.

인간의 약속을 더 이상 신뢰할 수 없게 된 우리 시대에 와서야 죄수가 빗자루를 손에서 떨어뜨리고 감방에서 달아나기 시작했습니다. 그래서 최근에는 헤움의 감옥에 간수를 고용하게 된 것입니다."

사람들은 이 강의도 매우 의미심장하다고 생각했다. 사회의 변화를 주의 깊게 관찰할 필요가 있으며, 오래된 전통이라 해도 때로는 바꿀 필요가 있음을 알게 되었다.

찬사와 감탄의 박수가 끊이지 않는 가운데 '제1회 교수채용대회'가 밤늦도록 성황리에 이어졌다.

집 짓는 사람 기돈은 대학에서 가르치는 철학의 무의미함에 대해 자신의 경험을 예로 들며 강의했다.

"여러분도 아시다시피 저에게는 매우 똑똑하고 재능 있는 아들이 하나 있습니다. 어려서부터 학교에서 1등을 독차지했기 때문에 저는 의회의 조언을 받아들여 아들 나흐만을 루블린의 대학에 보내기로 결정했습니다. 학비를 대느라 저는 이렇게 허리가 휘었습니다. 몇 년 뒤 나흐만이 공부를 마치고 돌아왔을 때 저는 그 큰 대학에서 무엇을 배웠는지 물었습니다. 아들은 여러 가지 언어와 고등 수학을 배웠으며, 철학도 공부했다고 대답했습니다. 저는 그 철학이 무엇인지 궁금했습니다. 집을 지을 때 망치질을 하다가 잘못해서 손가락을 치면 말할 수 없이 아픈

데, 그 아픔을 느끼는 것이 손가락인지 내 영혼인지 저는 늘 의문이었습니다. 저는 그런 것을 철학이라고 생각했는데, 아들 녀석은 철학이란 서로 동떨어진 사실들을 논리적으로 연결하는 방법이라고 설명했습니다. 그 방법을 사용하면 지금 이 순간 제가 이곳 헤움이 아닌 루블린에 있다는 것을 증명할 수 있다고 했습니다. 그 순간 저는 아들의 어깨를 두드렸습니다. 아들이 이유를 묻기에 저는, 만약 내가 지금 이 순간 루블린에 있다면 어깨를 두드린 그 사람은 누구냐고 물었습니다. 아들은 제대로 대답하지 못했습니다. 저는 그 많은 학비를 쏟아부은 것이 후회되었으며, 자신의 어깨를 누가 두드리는지 증명하지도 못하는 철학을 배우게 하기 위해 고등교육기관에 자식을 보내선 안 된다고 주장하는 바입니다."

대부분 도시의 대학에 자식을 보내지 못하는 사람들이 열화와 같은 박수를 보냈다. 그들은 헤움의 철학 교수로 기돈을 임명하는 데 주저없이 한 표를 던졌다.

마지막으로 헤움의 이발사 겸 외과 의사인 하스키엘이 연단에 올랐다. 하스키엘은 헤움에서 매우 중요한 사람이었다. 인생의 어느 시점에서는 모두가 그의 도움을 필요로 했기 때문이다. 그는 머리를 깎아 줄 뿐 아니라 치통을 해결해 주고, 부러진 뼈를 맞춰 주고, 깊게 베인 상처를 꿰매 주었기 때문이다. 그가 엄숙한 목소리로 강의를 시작했다.

"저는 우리 헤움의 전통으로 내려오는, 거위 요리를 먹기 전에 박수를 치는 이유에 대해 그 유래와 역사를 설명하고자 합니다. 옛날에 헤움의 석공 나훔에게 열두 명의 자식이 있었습니다. 나훔은 벌이가 시원찮았기 때문에 아내 미라는 가능한 한 적은 돈으로 가능한 한 많은 양의 음식을 만들기 위해 최선을 다했습니다. 아이들은 식탁에 음식이 차려지는 즉시 한 입이라도 더 먹으려고 싸움을 벌였습니다. 그중 막내인 이델이 가장 좋아하는 음식은 구운 거위 요리였습니다. 특히 다리를 좋아했는데, 그것이 가장 맛있는 부위라고 생각했습니다. 그러나 막내이기 때문에 거위 다리를 먹을 차례가 거의 오지 않았습니다.

어느 날 이델은 식탁 밑에 숨어 기다리다가 거위 요리가 나왔을 때 번개 같은 속도로 손을 뻗어 접시에서 다리 하나를 훔쳐 식탁 밑에서 몰래 먹었습니다. 거위 다리 하나가 사라진 것을 식구들 모두가 금방 알아차렸습니다. 나훔은 아내 미라에게 혹시 푸줏간에서 다리 하나 없는 거위를 속아서 산 것이 아닌지 물었다. 미라는 조금도 망설임 없이 물갈퀴 하나 손상되지 않은 완벽한 거위를 샀다고 말했습니다. 이때 나훔은 왠지 거위 다리 먹은 듯한 입을 하고 있는 이델을 의심의 눈초리로 쳐다보며 물었습니다.

'아들, 거위 다리 한쪽이 어디로 사라졌는지 아니?'

자신에 찬 목소리로 이델이 대답했습니다.

'전 못 봤어요, 아버지! 하지만 한 다리로 서 있는 거위를 연못 근처에서 여러 번 봤어요. 아마도 이 거위는 그런 거위들 중 한 마리인 것 같아요.'

'정말로?'

'정말이에요. 제가 보여 드릴 테니 저를 따라오세요.'

그래서 저녁 식사가 끝나자마자 나훔은 막내아들 이델을 앞세우고 헤움의 저수지로 내려갔습니다. 그들이 저수지에 도착했을 때 정말로 몇몇 거위가 한쪽 다리로만 서 있었습니다.

'봤죠, 아버지?'

자신의 주장을 증명할 수 있게 된 이델이 신이 나서 외쳤습니다.

'네 말이 맞구나. 정말로 한쪽 다리로 서 있네.'

나훔이 맞장구를 치며 자신도 모르게 박수를 쳤습니다. 그러자 한쪽 다리로 서 있던 거위들이 놀라서 몸통 속에 감추고 있던 다른 쪽 다리를 재빨리 내리고 달아났습니다.

이델이 놀란 목소리로 말했습니다.

'아버지! 구운 거위 요리가 식탁 위에 놓였을 때 바로 이 방법을 쓰셨어야 해요. 만약 그렇게 했다면 틀림없이 다른 쪽 다리가 생겨났을 거예요.'

집으로 돌아오는 길에 나훔은 일부러 아무렇지도 않은 얼굴을 하고 있었지만 마음속으로는 기쁨을 감출 수 없었습니다.

두 사람이 집에 도착했을 때 이델은 어머니와 형제들에게 위험에 처하자 순식간에 다른 쪽 다리가 생겨난 거위에 대해 이야기했습니다. 그때부터 그들의 집에서는 새로운 전통이 시작되었습니다. 구운 거위 요리를 먹기 전에 식구들이 식탁 주위에 모여 일제히 박수를 쳤습니다. 혹시 모를 경우에 힌쪽 다리를 더 먹을 수 있을지도 모르기 때문입니다. 그리고 이 방식은 서서히 헤움의 모든 가정으로 전파되어 오늘날까지 우리의 강력한 전통으로 자리 잡은 것입니다."

하스키엘이 명강의를 끝내자, 그 어느 때보다 큰 박수 소리가 울려 퍼졌다. 다들 그동안 이유를 모른 채 거위 요리를 먹을 때마다 박수를 쳐 온 자신들에 대해 부끄러움을 느끼면서, 역사와 유래를 아는 것의 중요성을 새삼 깨달았다.

다음 날 아침, 최고의 강의를 선정하기 위해 의회가 열렸다. 몇 차례 투표를 거듭했지만 쉽사리 승자가 결정되지 않았다. 결국 단순히 투표를 통해서는 그것을 결정할 수 없음을 알게 되었다. 그것보다 훨씬 복잡한 문제였다.

며칠 동안 토론이 이어진 후 의회는 다음과 같은 결의안을 발표했다.

"친애하는 헤움 주민 여러분! 우리 모두 '제1회 교수채용대회'를 잘 지켜보았습니다. 우리의 고학년 학생들을 가르칠 교수 한 명을 우리 중에서 선정하기 위해 마련된 대회였습니다. 하지만 모든 참가자들의 강의를 잘 듣고 긴 토의를 거친 끝에, 의회는 반론의 여지 없이 다음과 같이 선언합니다.

'헤움의 주민 모두가 교수의 자격을 갖추고 있다. 우리 중 한 명을 가려내는 것은 불가능하다는 것이 입증되었다.'

따라서 우리의 청소년과 젊은이들은 외지의 엉터리 교수가 아니라 헤움의 지혜로운 사람들에게서 배워야만 합니다. 우리는 루블린은 말할 것도 없고 세상 그 어느 곳과도 비교할 수 없는 특별한 지혜를 갖고 있기 때문입니다."

내 입장이 돼 봐

불운이 계속해서 따라다니는 것처럼 보이는 빵장수가 있었다. 헤움 사람들은 대부분 주어진 삶에 만족하며 큰 불만 없이 시련을 넘겼지만, 그 빵장수의 인생 운에는 무엇인가 의심스러운 구석이 있다는 데 모두가 동의했다.

그의 이름에서부터 불운이 시작되었다고 사람들은 믿었다. 부모가 그에게 '걸레처럼 찢어진 옷'을 떠올리게 하는 '루덕'이라는 이름을 지어 주었는데, 사람들은 그런 이름을 전에 들어본 적이 없을 뿐 아니라 당연히 그 이후에도 없기는 마찬가지였다. 그 이름은 왠지 어둡고 습한 벽장에 버려진 옷을 연상시켰다. 물론 실제로 그런 의미는 아니었으며, 사실 그 이름이 무슨 뜻인지는 아무도 알지 못했다. 하지만 이름을 들을 때마다 누구나 그런 인상을 강하게 받았기 때문에 그것이 루덕의 인생을 결정짓기에 충분했다.

불운을 가져다주는 것은 이름만이 아니었다. 듣는 사람을 흠칫 놀라게 만드는 '혁'이라는 성도 마찬가지였다. '루덕 혁'이라는 이름 자체가 너무 기이해서 루덕의 학창 시절을 악몽으로 만들었다.

아이의 부모가 둘 다 귀머거리였던 것이 틀림없다고 다들 말하곤 했다. 아이에게 평생 따라다닐 그 이상한 이름을 직접 귀로 들었다면 성은 어떻게 할 수 없다 하더라도 이름은 당장 바꿨을 것이었기 때문이다.

학교를 마친 후 루덕 혁은 빵장수인 아버지에게서 빵 굽는 비법을 배우기 시작했다. 사람들은 루덕의 미래가 결정되었다고 여겼으며, 이상한 이름에도 불구하고 결혼해서 잘 살 것이라 믿어 의심치 않았다.

그런데 아니나 다를까 루덕의 아버지가 헤움 최고의 중매쟁이에게 아들의 신붓감을 물색해 달라고 청을 넣었지만, 어디에서도 신붓감을 찾는 것이 불가능했다. 헤움이든 근처 마을이든 '혁 부인'으로 불리고 싶어 하는 처녀는 아무도 없었다. '빵가게 여주인'으로 불리는 것은 괜찮겠지만, '혁 부인'으로 부르는 사람을 어떻게 막겠는가? 신도 그런 방정맞은 사람의 입을 막을 수 없으며, 어떤 경우든 그것이 그녀의 호칭이 될 것이었다.

몇 해에 걸쳐 결실 없는 노력을 한 끝에 루덕은 현실을 받아들이는 법을 배웠다. 결혼하지 않고 혼자서 빵을 굽고 여생을 위해 돈을 모으면서 독신자로 살기로 결심한 것이다.

어느 날 한밤중에 빵 가게에 불이 났다. 빵 굽는 화덕의 불을 끄는 것을 깜빡 잊은 것이다. 몇 가지 물건은 건졌지만 나머지는 심각한 수리를 해야 했다. 다행히도 사람들이 도움의 손길을 내밀어 가게가 금방 복구되었다.

화재가 나고 얼마 지나지 않아 이번에는 밀가루에 벌레가 끓어 많은 양을 못 쓰게 되었다. 밀가루를 전부 다시 사느라 그동안 저축했던 돈이 바닥났다.

빵장수로서의 경험에 몹시 실망한 루덕은 가게를 팔고 헤움의 대부분 주민처럼 농부가 되기로 결심했다. 농사에 대한 지식을 얻기 위해 논밭을 다니며 관찰한 끝에, 사람들이 채소는 많이 기르지만 특별한 날에 즐겨 먹는 거위는 아무도 키우지 않는다는 것을 알게 되었다. 그래서 거위를 키우기로 결정했다.

마음을 정한 후 루덕은 수레를 끌고 새끼 거위를 사기 위해 브제시치의 거위 농장으로 갔다.

거위 농장 주인에게 루덕이 말했다.

"나는 헤움에서 먼 길을 왔습니다. 헤움에는 거위 농장이 없지만 모두가 거위 고기를 좋아하기 때문에 새끼 200마리를 사서 키우려고 합니다."

농장 주인이 그의 이름을 듣고 흠칫했지만 이내 반색을 하며 말했다.

"훌륭한 생각이군요! 내 생애 최초로 헤움의 현자와 거래를 하게 되어 무척 기쁩니다. 이것을 시작으로 당신과 내가 사업에서 훌륭한 결실을 맺어 봅시다."

농부는 귀엽게 생긴 200마리의 새끼 거위를 루덕의 수레에 옮겼으며, 두 사람 다 거래에 매우 흡족해했다.

루덕은 휘파람을 불며 수레를 끌고 헤움으로 돌아왔다. 몇몇 사람들이 그의 새로운 사업을 돕겠다고 나섰지만 그는 혼자서도 할 수 있다며 사양했다.

몇 주 동안 힘들게 일한 후 루덕은 다시 새끼 거위 200마리를 구입하기 위해 브제시치로 갔다. 거위 농장 주인은 오랜 친구인 양 루덕을 환영했으며, 다시 200마리의 새끼 거위를 수레에 실어 주었다.

또다시 한 달 넘게 사람들은 루덕을 볼 수 없었다. 틀림없이 열심히 일하고 있을 것이라고 다들 생각했다. 그러던 어느 날 양복장이 이체크가 브제시치로 가고 있는 루덕을 발견했다. 또다시 200마리의 새끼 거위를 사러 가는 길이었다.

학창 시절 루덕이 언제나 대신 숙제를 해 주었기 때문에 이체크는 루덕을 무척 좋아했다. 그래서 관심과 염려하는 마음으로 루덕에게 말했다.

"루덕, 쓰러질 정도로 일하고 있군! 정말로 자네 혼자 600마리의 거위를 돌볼 수 있다고 생각하나? 이미 구입한 400마리에 집중하는 것이 좋지 않을까? 400마리를 키우는 것만으로도 한 사람에게는 벅찬 일이야. 자네는 우리의 도움마저 거절하는데, 우린 자네의 건강이 무척 염려되네. 혼자서 너무 힘들게 일하고 있어."

루덕은 길에 선 채 이체크의 말을 들을 뿐 좀처럼 입을 열지 않았다. 그러더니 갑자기 눈물을 글썽이면서 깊은 한숨을 내쉬며 말했다.

"400마리는 이미 세상을 떠났다네. 내 인생에서 본 가장 귀여운 거위들이었지만 더 이상 이 세상에 없어. 그래서 다시 200마리를 사러 브제시치로 가는 길이라네."

"죽었다고? 어떻게 그럴 수가 있지? 도대체 무슨 일이 일어난 거야?"

이체크는 귀를 의심하지 않을 수 없었다.

루덕이 다시 한숨을 내쉬며 말했다.

"무슨 일이 일어난 건지 나도 잘 모른다네. 내가 뭔가 큰 실수를 저질렀겠지. 며칠 동안 생각해 봤는데, 아마도 좁은 우리에 새끼들을 너무 많이 넣어서 그 가련한 것들이 제대로 클 수 없었는지도 몰라."

이체크는 얼이 빠진 채 서 있었다. 양복 만드는 사람으로서 가축에 대해 잘 알진 못했지만, 루덕처럼 불운한 사람은 지금까지 본 적이 없었다. 그래서 진심 어린 마음으로 더 이상 거위 병아리를 사지 말라고 충고했다. 그 일이 루덕에게 전혀 맞지 않는 것이 분명했기 때문이다. 루덕이 충고를 받아들여, 두 사람은 발길을 돌려 회당으로 가서 루덕의 앞날을 위해 함께 기도했다.

다음 날, 헤움 사람 모두 루덕에게 연거푸 닥친 끔찍한 불운에 대해 알게 되었다. 그 후에도 한 가지 불운이 끝나면 또 다른 불운이 루덕에게 찾아왔다. 이제 사람들은 불운이 그를 따라다니기 때문에 무슨 일을 하든 재앙이 일어나게 되어 있다고 믿었다. 이에 의회 현자들은 그 가련한 친구에게 조언을 해 줄 필요를 느꼈다. 왜냐하면 오직 루덕만이 불운이 자신을 따라다닌다고 믿지 않는 유일한 사람이었기 때문이다.

현자들은 루덕을 불러 그의 상황이 그다지 좋지 않음을 일깨웠다.

"친애하는 루덕, 그대가 지금까지 경험한 일들에 대해 우리의 생각을 말해 주기로 결정했네. 부디 기분 나빠 하지 않기를 바라네."

루덕이 말했다.

"아, 아닙니다. 천만에요!"

"그럼 그대가 들을 준비가 되어 있다고 믿고 말하겠네. 우리는 불운이 그대를 따라다닌다고 생각하네."

루덕이 놀라서 물었다.

"정말로요? 그것이 사실인가요? 그렇다면 저는 어떻게 해야 하죠?"

"이 문제에 대해 여러 날 숙고한 끝에 우리는 운을 바꾸는 유일한 해결책은 장소를 바꾸는 것이라는 결론에 이르렀네. 특히 그대의 불운은 매우 심각하기 때문에 아주 먼 곳으로 떠나는 것이 좋겠어. 이것이 우리가 줄 수 있는 최선의 조언이라네."

루덕이 잠시 생각에 잠겼다가 말했다. 사실 그는 자신이 나고 자란 헤움을 떠나고 싶지 않았다. 하지만 헤움을 대표하는 현자들의 제의를 무시할 수 없었다.

"알겠습니다. 저에게 아직 돈이 조금 남아 있으니, 그렇게 말씀하신다면 멀리 떠나겠습니다. 아예 미국으로 가겠습니다!"

"미국으로? 정말 좋은 생각이야!"

모두가 루덕의 결정에 기뻐했다. 현자들은 그를 축복해 주었으며, 루덕은 조언을 해 준 그들에게 감사를 표시했다. 그런 다음 신속하게 몇 가지 소지품을 챙겨 미국으로 향했다. 먼저 마차를 타고 간 후, 기차를 타고, 그다음에는 그다니스크(폴란드 발트해 연안의 항구 도시)에서 배를 타고 출발했다.

사람들은 이제 가련한 루덕에 대해 마음을 놓았다. 그 빵 굽는 친구가 미국에서 금방 좋은 일자리를 구할 것이라고 믿어 의심치 않았다. 그리고 어쩌면 그의 이름조차도 외국인들의 귀에는 그다지 혐오스럽게 들리지 않을 것이라고 생각했다. 미국에서는 '헉'이라는 성이 좋게 들릴지 누가 아는가? 루덕이라는 이름에 대해서는 아직도 의구심이 남아 있었지만 어쨌든 잘한 결정이라고 그들은 확신했다.

몇 달이 지난 어느 날 아침, 양복장이 이체크가 헤움으로 걸어 들어오는 한 남자를 발견했다. 생김새가 왠지 루덕의 모습과 비슷했다. 이체크는 큰길로 나가서 그 남자를 자세히 살폈다. 틀림없는 루덕이었다! 너무 충격을 받은 나머지 이체크는 인사가 끝나기 무섭게, 미국에 있어야 할 그가 어떻게 헤움에 나타났는지 물었다.

"믿기 어렵겠지만, 무슨 일이 일어났는지 말해 주겠네."

루덕이 행복한 얼굴로 조금도 망설임 없이 이체크의 호기심에 답했다.

"나는 계획대로 배를 타고 미국으로 향했네. 그곳에 아는 사람이 아무도 없어서 조금 걱정이 되긴 했지. 그래도 좋은 일이 기다리고 있을 것이라는 희망을 잃지 않았어. 그런데 미국에 도착했을 때 놀랍게도 한 남자가 다가와 인사를 하는 것이었어. 그는 나를 아주 잘 아는 듯했어. 그래도 나는 내가 누구라고 소개를 했지. 낯선 사람과 반갑게 인사를 나누는 것이 약간 어색했으니까. 그런데 그 낯선 남자가 이렇게 말하는 거야. 자기는 나의 불운이라고. 그는 우리가 평생 함께 해 왔지만, 내가 새롭게 살기 위해 먼 나라까지 왔으니 이제 나를 떠나겠다고 했어.
그래서 행운이다 싶어 그와 악수를 하고 헤어지려고 했지. 그런
데 도저히 그를 놓아줄 수가 없었어. 너무 오래 함께 살아 정이
들어선지 그가 어떤 행운보다 더 친근하게 느껴지는 거야. 불행
이 익숙한 나에게 행운이 어울릴까 싶기도 하고 말야. 그래서
얼른 그를 불러 세웠지. 그리고 나는, 아니 우리는 그다음 배를
타고 곧바로 모든 것이 익숙한 우리의 고향 헤움으로 돌아온
것이라네."

아흔 마리 비둘기와 동거 중인 남자

이른 아침, 랍비가 회당을 나서는데 문밖 계단에서 은퇴한 대장장이 아하브가 기다리고 있었다. 아하브는 한때 헤움뿐 아니라 근처 다른 지역에까지 연장 만드는 실력으로 명성이 자자했지만, 지금은 아들에게 대장간 일을 물려주고 아내와 단둘이 살고 있었다.

랍비를 보자 아하브는 더 이상 아내와 함께 살 수 없다고 선언했다. 랍비는 놀라지 않을 수 없었다. 많은 부부가 헤움에 있지만, 그중에서도 아하브 부부는 화목하기로 소문나 있었다. 시장 입구에 있는 그의 집에서 고함 소리가 새어 나온 적은 한 번도 없었다.

그도 그럴 것이 대장장이라는 직업은 하루 종일 뜨거운 불길 앞에서 망치를 휘둘러야 하는 육체 노동이어서 일을 마치고 집에 돌아오면 휴식을 취하기에도 바빴다. 더구나 쉬지 않고 두드려 댄 망치 소리가 머릿속에 가득해서 더 이상 시끄럽게 언쟁을 할 여유가 없었다. 아내가 뭐라 해도 아하브는 그저 조용히 있고 싶을 뿐이었다. 이것이 그를 말수 적은 선한 사람으로 만든 이유이기도 했다.

랍비가 놀라움을 감추고 두 사람 사이의 문제가 무엇이냐고 묻자, 아하브는 자신의 아내가 침실로 염소 두 마리를 데리고 들어오는 바람에 냄새 때문에 견딜 수 없다고 말했다.

랍비는 더더욱 놀라지 않을 수 없었다. 아하브의 아내 위에라는 성품이 착하기로 소문난 여자였기 때문에 갑자기 염소를 방 안에서 키우기 시작했다는 것이 이해되지 않았다.

랍비가 자초지종을 물으려는 찰나, 아하브가 다시 말했다.

"하지만 난 아무 불평도 하지 않았어요. 아내가 그다음에 소를 침실로 데려왔을 때도 어떻게든 냄새를 견뎠어요."

랍비는 아하브가 안쓰럽게 느껴졌다. 평생을 대장간 일만 하다가 망치를 손에서 놓은 후 자신이 쓸모없는 사람으로 여겨졌을 텐데, 아내에게 무시까지 당하는 것은 누구라도 견디기 힘든 일이었다.

랍비가 이마를 긁으며 물었다.

"위에라가 그런 행동을 하는 데는 이유가 있지 않을까요? 혹시 이유를 설명하진 않던가요?"

아하브는 굳은 얼굴로 고개를 저으며 말했다.

"전혀 한마디도 없었어요."

그러면서 말을 이었다.

"그것만이라면 내가 이러지 않아요. 어젯밤에는 말과 망아지까지 데리고 들어왔어요. 이젠 냄새가 지독하다 못해 숨조차 쉬기 힘들어요."

랍비가 무어라 위로의 말을 꺼내기도 전에 아하브는 화난 목소리를 높였다.

"모두가 그 여자 잘못이에요. 40년 동안 잘 살아왔는데 부부 관계를 악몽으로 만들고 있어요. 이대로는 도저히 같이 살 수 없어요. 난 언제라도 이혼할 준비가 되어 있어요."

아하브를 진정시키며 랍비가 제안했다.

"냄새가 그렇게 지독하면 일단 집의 창문을 모두 열어 환기를 시키면 어떨까요?"

그러자 아하브가 화들짝 놀라며 말했다.

"그건 절대로 안 됩니다. 창문을 열면 제가 집 안에서 키우는 흰 비둘기 아흔 마리가 모두 날아가 버릴 텐데요."

그들은 모든 낯선 사람을 특별한 방식으로 환영했다.

누가 메시아인지 알 수 없었기 때문이다.

메시아를 기다리며

겨울 어느 날 밤, 헤움의 랍비가 기이하고 의미심장한 꿈을 꾸었다. 모두가 갈구하던 메시아가 지상에 내려왔는데, 세상의 모든 장소들을 방문하면서도 헤움에는 오지 않기로 한 것이다.

꿈속에서 랍비는 왜 그런 일이 일어났는지 조사하고 다닌 끝에 불편한 진실 한 가지를 알게 되었다. 다른 도시와 마을 사람들이 헤움 사람들의 지혜를 질투한 나머지 메시아에게 헤움의 존재를 숨기기로 한 것이었다.

동이 트려면 아직 먼 시각에 랍비는 잠이 깨었다. 온몸이 식은땀으로 흠뻑 젖어 있었다. 그는 즉시 침대에서 뛰어내려 회당지기를 소리쳐 불렀다. 늙은 회당지기가 반쯤 눈이 감긴 채 뛰어오자 랍비는 단호한 목소리로 말했다.

"얼른 뛰어가서 지금 당장 의회를 소집하시오. 현자들에게 즉시 회당으로 모이라고 전하시오."

"알겠습니다. 당장 가서 전하겠습니다."

회당지기가 비틀거리며 사라졌다.

한 시간 후, 의회 의원들이 이토록 이른 시각에 갑자기 소집한 이유를 궁금해하며 한자리에 모였다. 랍비는 지체하지 않고 간밤에 꾼 꿈에 대해 이야기했다.

꿈 이야기를 듣고 모두가 충격에 휩싸였다.

"이런 비극이 있다니! 그런 일이 일어날 가능성을 미리 막기 위해 우리가 무슨 일이라도 해야만 합니다."

현자들 모두 같은 의견이었다.

불안하고 근심에 찬 목소리로 랍비가 말했다.

"그러나 메시아가 언제 오실지는 아무도 모릅니다. 더구나 여러분도 알다시피, 우리는 그것에 대해 추측하는 것조차 금지되어 있습니다."

의회 대표 베렉이 말했다.

"물론 그것에 대해 추측하는 것이 금지되어 있긴 합니다. 하지만 메시아는 특별히 좋은 세상이 되거나 특별히 나쁜 세상이 되면 오시는 것으로 되어 있습니다. 이것은 누구라도 아는 상식입니다."

"누구나 아는 상식이라고요? 어떻게 그렇게 단정 지어 말할 수 있죠?"

베렉의 주장을 듣고만 있을 수 없어 랍비가 말했다.

"물론 메시아는 자신을 가장 필요로 하는 시대에 오실 것입니다. 세상이 죄로 가득 차서 단죄가 필요하거나, 혹은 세상이 너무도 선해져서 자신이 존경받을 수 있을 때 말입니다. 하지만 그런 시대가 언제 도래할지 어떻게 압니까? 우리 헤움 사람들은 어느 순간에나 그분을 맞이할 준비가 되어 있지만 세상의 상황에 대해서는 우리가 알 길이 없습니다. 언제 그분이 오실지 우리가 어떻게 확신할 수 있겠습니까?"

"랍비의 말이 옳습니다."

양복장이 이체크가 말했다.

"헤움을 그냥 지나치지 않으시도록 메시아가 세상에 오신 것을 알 수 있는 확실한 방법을 생각해 내야만 합니다."

여섯 밤 일곱 날 동안 회의가 계속되었고, 마침내 해결책이 세워졌다. 메시아가 헤움을 지나가는 것을 확실히 알 수 있는 유일한 방법은 야간 경비원을 고용하는 것이라는 데 모두의 의견이 일치했다.

하지만 야간 경비원으로 누가 최적의 인물이며, 야간 경비원만 필요하고 주간 경비원은 필요 없는지에 대해서도 신중하게 결정을 내려야만 했다.

광장에 모인 사람들에게 베렉이 의회의 결정을 설명하고 나서 물었다.

"주간 경비원은 필요 없을지도 모릅니다. 낮 동안에 메시아가 오시면 우리 모두가 알아차릴 것이기 때문입니다. 하지만 모두 잠든 밤에는 반드시 필요합니다. 왜냐하면 잠을 사랑하는 우리 헤움 사람들은 한번 잠들면 묶어 가도 모르기 때문입니다. 과연 이 일을 히기에 누가 적임지일까요?"

베렉의 말을 듣고 군중 속에서 약간의 소동이 일었다. 메시아가 오는지 감시하는 일을 서로 맡고 싶어 했기 때문이다. 나아가 자신이 헤움에서 메시아를 본 첫 번째 사람이 되고 싶어 했다. 의회는 그토록 중요한 임무를 누구에게 맡길지 확신이 서지 않았다.

또다시 긴 토의 끝에 의회는 은퇴한 마부 얀키엘을 야간 경비원으로 지명하자는 데 의견이 모였다. 얀키엘은 평생 마부로 살았기 때문에 칠흑같이 어두운 밤에도 길을 관찰하는 눈이 뛰어났다.

"이 일에 대한 보수로 얼마를 받게 되죠?"

직책을 받아들이기 전에 얀키엘이 물었다.

베렉이 단호하게 대답했다.

"한 달에 5즈워티(폴란드의 화폐. 폴란드어로 '금'을 뜻하며, 현재 1즈워티는 약 300원)를 받게 될 것이오."

얀키엘은 실망감을 감출 수 없었다.

"그렇게 적은 액수를 주면서 어떻게 그토록 중요한 임무를 맡길 수가 있단 말이오?"

베렉이 말했다.

"당신이 원하지 않으면 다른 사람을 고용하겠소."

그래서 의회가 다시 열렸다. 헤움에는 남자들이 많긴 했지만 다들 일을 하느라 바쁘거나, 너무 어리거나, 너무 늙었다. 적합한 후보를 발견하는 일이 말처럼 쉽지 않았다. 마침내 보석상을 하는 바루흐가 한 가지 제안을 내놓았으며, 모두가 그 제안에 동의했다.

다음 날 아침, 광장에 모인 사람들 앞에서 공고문을 낭독하는 일이 회당지기에게 맡겨졌다. 회당지기는 목청을 가다듬으며 여러 차례 공고문을 읽었다.

'메시아가 이 세상에 오셨을 때 다른 사람들의 사악한 질투심으로 인해, 우리의 존재를 전혀 알지 못하고 헤움을 그냥 지나치실 가능성이 매우 높다는 경고를 우리는 받았다. 여러 날 동안 진지하게 토의한 끝에 의회는 야간 경비원 한 명을 고용할 필요가 있다는 결론을 내렸다. 그의 임무는 밤새 깨어서 메시아가 헤움을 그냥 지나치지 않으시도록 감시하는 일이다. 이것은 평생 고용이 보장되는 매우 특별한 직책이 될 것이다. 메시아를 기다리는 일보다 더 영원한 일은 없기 때문이다. 따라서 우리는 지원자에게 〈헤움의 야간 경비원〉이라는 명예로운 직함을 부여할 것이며, 매년 헤움의 재단사가 그를 위해 특별히 맞춘 제복을 제공할 것이다. 그리고 혹시라도 졸음에 빠질 가능성을 방지하기 위해 밤에 계속 걸어다닐 수 있도록 일 년에 한 켤레씩 목이 긴 부츠를 지급할 것이다. 그뿐 아니라 상징적으로 매달 5즈워티를 월급으로 지불할 것이다. 이 특별한 지위가 갖는 특권과 혜택과 명예는 아무리 많은 월급과도 비교가 되지 않을 것이다. 이 직책에 관심 있는 사람은 가능한 한 빨리 의회 대표 베렉에게 신청하기 바람.'

회당지기가 공고문을 읽은 지 한 시간도 채 지나지 않아 은퇴한 마부 얀키엘이 베렉의 집 문을 두드렸다.

베렉이 문을 열자 얀키엘이 서둘러 말했다.

"내가 그 일을 맡겠소. 헤움에 사는 사람들 중 적임자는 어둠 속에서도 눈이 밝은 나밖에 없소."

베렉이 망설이는 척하며 말했다.

"정말로 그렇게 생각한다면 당신에게 그 직책을 맡길 수 있소. 다만 우리의 기대를 충족시킬 수 있도록 최선을 다해야만 하오. 그럼 지금부터 당신을 공식적으로 〈헤움의 야간 경비원〉으로 임명하는 바이오. 축하하오!"

공식적으로 임명된 그날 밤부터 얀키엘은 근무를 시작했다. 그는 새 직책이 가진 특권에 대해 잘 알고 있었으며, 자신이 헤움 역사상 가장 능력 있는 야간 경비원임을 증명하고 싶었다. 그는 어둠 속에서 눈에 불을 켜고 헤움으로 들어오는 길을 감시하고 또 감시했다. 하지만 몇 주가 지나고 몇 달이 지나도 메시아가 올 기미는 보이지 않았다.

어느 날 밤 얀키엘은 의회가 자신이 성실하게 임무를 수행하고 있지 않다고 여길지도 모른다는 생각이 들었다. 그가 직책을 맡은 이후 아무 일도 일어나지 않았기 때문이다.

생각 끝에 그는 이제부터 누구든지 헤움 부근을 지나가기만 하면 샅샅이 조사하기로 마음먹었다. 일주일에 한두 번, 때로는 한 달에 한두 번만 한밤중에 외지인이 헤움을 지나갔다. 그럴 때마다 얀키엘은 마치 지금 당장 메시아가 온 것처럼 소동을 피웠다. 그래서 사람들은 언제라도 메시아를 환영할 수 있도록 가장 좋은 옷을 입은 채 잠자리에 드는 습관이 생겼다. 하지만 매번 허위 경보였다.

메시아로 오해받은 외지인들은 자신들의 도착에 열렬하게 반응하는 헤움 사람들의 태도에 겁을 집어먹곤 했다. 오래지 않아, 헤움에는 모든 야간 여행자들을 메시아로 오인하고 바짓가랑이를 잡고 늘어지며 소동을 피우는 미치광이 같은 야간 경비원이 있으니 밤에는 그쪽으로 가지 않는 것이 낫다는 소문이 퍼졌다.

그런 악의적인 소문은 선한 헤움 사람들이 좋아하지 않는 것 중 하나였다. 따라서 의회는 누구도 겁을 먹거나 무서워하지 않도록 하기 위해 모든 낯선 방문객을 메시아처럼 따뜻하게 환영

해야 한다는 결정을 내렸다. 이 전통은 헤움 사람들의 가슴속에 잘 자리 잡았다. 그래서 오늘날에도 그들은 자신들의 마을에 찾아오는 모든 낯선 사람을 매우 특별한 방식으로 환영한다. 그들 중 누가 메시아인지 알 수 없기 때문이다.

병원에서 살아남기

세상의 다른 장소들과 마찬가지로 헤움에도 다양한 질병이 있었다. 또한 다른 장소에 사는 사람들과 마찬가지로 헤움 사람들도 똑같은 두려움과 의지를 갖고 병마와 싸웠다. 외과수술 처치가 필요한 위기의 순간에는 이발사 겸 외과 의사에게 도움을 청했지만, 대개는 질병에 대처하는 자가 요법을 가지고 있었다. 그것이 듣지 않는 경우에는 숲속 오두막에서 혼자 사는 민간요법사 테클라를 찾았다.

테클라는 늙고 여윈 몸에 등이 굽었으며, 긴 코에는 검은 뿔테 안경을 걸치고 있었다. 좋은 사람이었지만 평범하지 않은 외모 때문에 아이들은 그녀를 무서워했다. 말년에는 기억을 대부분 잃긴 했어도 그전까지는 뛰어난 치료사였다.

매년 여름 테클라는 약초와 버섯과 곤충들을 채집해 햇볕에 말린 다음 다양한 가루약과 묘약을 만들었다. 그녀가 매우 고차원적인 의술에 통달했다는 사실을 알기 때문에 사람들은 심각한 병을 앓을 때만 도움을 청했다. 그녀가 준비한 묘약과 처방전은 한 번의 예외도 없이 효과를 발휘했다.

민약 신의 뜻에 따라 환자가 이 세상을 떠나야 한다면, 사람들은 테클라에게 환자를 데려가 일단 어느 정도 회복시켰다. 그러고 나면 테클라는 여기까지는 그녀가 할 수 있지만, 그 이상은 어떤 방법으로도 신의 결정에 저항할 수 없다고 말하곤 했다. 그녀의 말이 옳았기 때문에 사람들은 결과를 평온히 받아들였다.

헤움 사람들이 그 어떤 것보다 무서워한 한 가지가 있었으니, 그것은 의사에게 가는 일이었다. 그리고 더 나쁜 경우는 큰 병원에 입원하는 일이었다. 병원에 입원한 사람들에게 무슨 일이 일어나는지 다들 잘 알고 있었으며, 그것이 전혀 좋은 일이 아니라는 것도 잊지 않았다.

한번은 헤움 사람 하나가 한쪽 다리의 상태가 나빠져서 브제시치의 병원으로 실려간 적이 있었다. 사람들은 병원에 가지 말라고 충고했지만 그는 듣지 않았다. 브제시치에 사는 사촌이 헤움 사람들은 시대에 뒤처진 몰상식한 인간들이므로 돌팔이 의사나 늙은 주술사에게 도움을 청하지 말고 현대인답게 병원에 가라고 조언했기 때문이다.

그는 병원에 입원해 자신과 마찬가지로 다리에 심각한 문제가 있는 환자들이 줄지어 누워 있는 병실에 배치되었다. 하지만 그곳에서 벌어지는 일들이 전혀 마음에 들지 않았던 그는 자신의 방식으로 문제를 해결하기로 마음먹었다.

의사가 남자 간호사와 함께 나타나 환자들의 다리에 연고를 바르고 마사지를 할 때마다 환자들은 통증이 너무 심해 일곱 번째 하늘(물질 세계에서 가장 멀리 있으며 신에게 가장 가까운 위치)까지 울려 퍼질 만큼 비명을 질러 댔다. 그러나 헤움에서 온 이 환자는 아무리 심하게 다리를 마사지해도 매우 편안하게, 심지어 낄낄거리고 웃으면서 침대에 누워 있었다.

그런 기이한 상황이 날마다 반복되었다.

마침내 옆의 침상에 입원한 젊은 남자가 궁금증을 참지 못하고 그 헤움 사람에게 물었다. 그 젊은이는 의사와 간호사가 다리를 마사지할 때 가장 크게 비명을 지르곤 했다.

"실례지만 한 가지 질문을 드려도 될까요? 마사지 받는 동안 모두가 고통스러운 비명을 지르며 흐느껴 울기까지 하는데, 당신은 다리가 몹시 안 좋은 상황인데도 어떻게 그렇게 평화롭게 미소를 지을 수가 있죠? 비결이 뭔가요?"

우리의 헤움 사람이 대답했다.

"젊은이, 어떤 멍청이가 아픈 다리에 연고를 바르고 마사지하게 내버려 두겠는가? 그렇게 해 봐야 아픔만 더할 뿐이야. 그래서 나는 아픈 쪽 다리를 감추고, 날마다 건강한 다리를 내밀어 마사지를 받는다네. 얼마나 기분이 좋고 피로가 풀리는지 자네는 모를 거야!"

이후 헤움 사람들이 병문안을 올 때마다 옆 병상의 젊은이는 그 이야기를 들려주며 그 남자의 지혜를 높이 칭송했다. 병문안을 마치고 돌아온 이들은 병원 치료에서 살아남으려면 정말로 영리하지 않으면 안 된다고 서로에게 경각심을 일깨웠다.

하지만 이 헤움 마을 환자는 결국 다리의 문제에서 해방되지 못했다. 병원에서 발생한 몇 가지 합병증으로 고열에 시달리다가 일곱 번째 하늘로 가고 말았다.

모두가 그의 죽음을 애도하고 슬퍼했다. 하지만 나이 많은 프로임은 눈물 한 방울도 흘리지 않았다. 프로임이 누구보다 따뜻한 마음을 지닌 사람이라는 걸 알았기 때문에 사람들은 그의 냉정한 태도에 놀라지 않을 수 없었다.

의문을 참지 못한 여인숙 주인 레이조르가 단도직입적으로 물었다.

"다리가 아파 병원에 입원한 그 가련한 친구에게 무슨 일이 일어났는지 듣지 못했어요?"

"들었지."

프로임이 매우 평온하게 대답했다.

"그의 죽음이 마음 아프지 않아요?"

"전혀."

"이유가 뭐죠? 그 사람을 싫어하거나 혹시 무슨 일이 있었어요?"

"왜 내가 그를 싫어하겠는가? 그는 내가 무척 아끼던 사람이었어. 그렇기 때문에 그 끔찍한 병원에 가지 말라고 내가 그토록 누누이 경고한 거야. 그런데도 내 말을 듣지 않았어. 내가 직접 경험한 일을 얘기해 줬는데도 말야. 그러니, 그렇게 된 건 어디까지나 그 친구의 선택이었어. 따라서 슬퍼할 이유가 없지 않은가."

두 사람의 대화를 듣고 있던 사람들은 프로임의 끔찍한 경험이 무엇인지 알고 싶어 했다. 레이조르의 거듭된 질문에 노인이 자신의 경험담을 이야기했다.

"하루는 내가 나이를 먹었나 보다고 느끼게 되었지. 사람들이 나한테 뭐라고 말하는데도 귀가 잘 들리지 않았거든. 아내가 걱정을 했고, 사람들이 그 사실을 알게 하고 싶지 않았기 때문에 우리는 브제시치의 그 병원으로 가서 청력 전문의에게 진찰을 받아 보기로 했어. 그래서 둘이서 그곳으로 갔지. 당신들이 상상이나 할 수 있겠어? 온갖 기분 나쁘고 쓸데없는 검사를 한 다음에 의사는 결과를 장담할 순 없지만 내가 병원에 입원해서 치료를 받는다면 약간의 도움이 될 수 있을 거라고 말했어. 검사 결과 내가 늙었기 때문에 한쪽 귀가 잘 안 들리게 되었다는 거야. 나는 입원을 할지 집으로 돌아갈지 잠시 망설였어. 그런데 갑자기 이 의사가 실로 멍청한 친구라는 판단이 드는 거야. 왜 그는 나의 양쪽 귀가 똑같은 나이라는 걸 모르는 거지? 내가 늙은 것이 문제라면 똑같은 나이인데 왜 한쪽 귀는 멀쩡하고 다른 한쪽 귀만 안 들리는 거지? 그런 판단이 서자 나는 뒤도 안 돌아보고 병원을 빠져나와 전속력으로 집에 돌아왔어. 그래서 그런 곳에는 어떤 일이 있어도 절대로 가지 말라고 당신들에게 충고하는 거야."

바보들의 인생 수업

時대가 변하면서 헤움에도 정치적 야망을 지닌 사람이 나타났다. 마젤도 그중 한 사람이었다. 여러 차례의 시도 끝에 그는 정치 지도자로 우뚝 섰으며, 죽을 때까지 그 자리를 고수하기를 원했다.

헤움은 중앙 광장을 중심으로 형성되어 있었다. 광장 옆에 회당이 있고, 그 옆에는 학교, 공중목욕탕, 빵 가게가 있었다. 그리고 그 옆에 마젤이 똑똑한 자식들과 함께 살아가는 대저택이 있었다. 그 건물들 뒤로는 좁은 골목들이 있어, 단순하고 선한 사람들이 모여 살았다. 양복장이, 땜장이, 굴뚝 청소부, 신발 수선공, 푸줏간 주인 등이 그들의 닭과 말과 젖소와 함께 살았다. 그 너머에는 커다란 헛간이 있어서 외지에서 온 방문객이나 여행자들이 말과 마차를 보관할 수 있었다.

어느 날, 헛간이 있는 곳에서 검은 연기가 솟아올랐다. 맨 먼저 연기를 목격한 마젤의 아내가 학교 안으로 달려가 종을 치며 외쳤다.

"불이야! 헛간에 불이 났어요!"

사람들이 즉시 광장으로 모였다. 지도자 마젤이 외쳤다.

"얼른 헛간으로 갑시다! 불이 다른 건물로 번지기 전에 꺼야만 하오!"

사람들은 서둘러 마을 끝으로 달려갔다. 헛간 전체가 불길에 휩싸여 있었다. 목재로 지어진 벽은 안쪽으로 무너지고 있고, 가련한 동물들이 불길과 연기에 갇혀 울부짖었다. 헛간 바닥에 깔린 마른 짚 때문에 빠르게 불이 번졌다.

사람들은 어떻게 할 것인지를 놓고 논쟁을 벌였다. 제화공 슈물이 말했다.

"헛간을 지키기는 이미 늦었어. 동물들도 구조하기 어렵고. 조심성 없는 마구간지기가 담뱃불을 떨어뜨린 거야."

"맞아."

생선 가게 주인 모트케가 동의하며 말했다.

"사방에 마른 짚을 잔뜩 깔아놓은 것도 부주의했어. 미리 올바르게 판단했으면 재난을 막을 수 있었어."

우유 배달부 에덱이 말했다.

"지금은 그런 걸 신경 쓸 때가 아냐. 이미 엎질러진 우유야.

우유에 대해선 내가 잘 알지. 불길이 헤움 전체를 삼키기 전에 무슨 조치를 취해야만 해. 점점 거세져서 다른 건물로 번지는 건 시간문제야."

"당신들 말이 옳소!"

정치인 마젤이 소리쳤다. 그는 사람들의 의견이 서로 다를 때도 언제나 무조건 옳다고 말하기를 좋아했다. 그가 큰 소리로 외쳤다.

"지금 우리가 할 일은 서둘러 새 짚을 가져다 불길을 덮는 일이오! 그렇게 하면 헛간 안이 눅눅해질 뿐 아니라 새 짚에 불길이 가려져서 화마가 더 이상 날뛰지 못할 것이오!"

"그게 무슨 말이오? 무슨 바보짓을 하려는 거요?"

보석상 바루흐가 이의를 제기하며 말했다.

"그건 전혀 해결책이 못 되오. 불길을 세어지게 해서 더 파괴적으로 만들 뿐이오."

"오, 그렇게 생각하쇼, 영리한 장사꾼 나으리?"

마젤이 받아쳤다.

"내 해결책이 마음에 안 든단 말이지? 그렇다면 좋소. 어떻게 하면 이 불길을 잡아서 헛간을 원래 모습으로 복구시킬지 당신이 한번 말해 보시오."

보석상 바루흐가 머뭇거리며 말했다.

"유감스럽지만 이 시점에선 헛간을 되살릴 길이 없소. 다시 짓는 것이 유일한 길이오. 이 지경까지 불길이 커지도록 상황을 내버려 둔 우리가 어리석었소."

마젤이 소리쳤다.

"당신은 논점을 교묘히 피하고 있소! 나는 불길에서 헛간을 구할 당신의 계획을 물었소."

바루흐가 다시 말했다.

"유감이지만 그런 해결책은 존재하지 않소. 전에는 이런 큰불이 발생한 적이 없기 때문에 우리는 화재 진압 장비를 갖추고 있지 않소. 우물에서 헛간까지 물을 끌고 올 호스도 없고. 우리가 할 수 있는 최선의 방법은 상황이 더 나빠지지 않게 하는 일이오. 모두 줄지어 서서 양동이로 물을 길어 나른다면 불길이 다른 건물로 번지는 건 막을 수 있소."

"다들 들으셨죠?"

마젤이 조롱하듯 말했다.

"이 반대쟁이는 문제를 해결할 방법을 전혀 갖고 있지 못하답니다. 몇십 년에 한 번 일어날까 말까 한 큰 화재에 대비해 우물에서 헛간까지의 긴 호스를 구입하는 건 순전히 돈 낭비일 뿐이오. 그리고 양동이로 물을 길어 날라 불을 끄다니, 말도 안되는 일이오. 우리의 소중한 양동이를 그런 일에 사용한다면 양동이가 가진 가치를 무시하는 짓이오. 이 무의미한 논쟁을 중단하고 당장 내 해결책을 따라야 하오. 현재의 상황을 더 이상 두고 볼 순 없소."

"옳소, 그 말이 맞소! 어서 행동에 옮깁시다!"

마젤의 추종자들이 외치자 다른 사람들도 따르기 시작했다. 그들은 근처 오두막과 들판에서 마른 짚 더미를 날라다 헛간의 불길 속으로 던져 넣었다. 효과가 있어 보였다. 두껍게 덮은 짚 더미에 가려 불길이 더 이상 보이지 않았다. 검은 연기만 새어 나올 뿐이었다.

"와!"

사람들 모두 환성을 질렀다. 마젤이 외쳤다.

"모두들 보았습니까? 불은 진압되었소. 이제 집으로 돌아가 맘 편히 먹고 마십시다."

하지만 사람들이 채 떠나기도 전에 헛간 안으로 던져 넣은 짚 더미에서 새로운 불길이 치솟았다. 불길은 전보다 더 탐욕스러워져서 나무 기둥들을 삼키고 대들보와 지붕까지 무너뜨릴 기세였다.

"아하!"

마젤이 고개를 끄덕이며 소리쳤다.

"이것은 우리가 충분히 빠르고 확고하게 행동하지 않았기 때문이오. 어서 더 많은 짚을 가져옵시다!"

"당신 완전히 미쳤소? 혹시 술에 취했거나 정신이 이상해진 것 아니오?"

또다시 보석상 바루흐가 반대하고 나섰다.

"당신의 주장이 실패로 끝났다는 걸 모르겠소? 오히려 화재를 더 키울 뿐이었소. 불은 이제 훨씬 더 위험해졌소!"

"잘난 체하는 보석상 나리, 당신이 화재 진압에 대해 뭘 안다고 그러시오?"

마젤이 응수했다.

"당신은 이미 자신이 헛간을 구할 더 나은 해결책을 갖고 있지 않다는 걸 인정했소."

마젤은 사람들에게 두 배의 노력을 기울이도록 독려했으며, 사람들은 근처의 집과 마구간으로 허둥지둥 달려가 더 많은 짚 더미를 날라 왔다. 그리고 두 배나 많은 짚을 헛간 안으로 던져 넣었다.

새로 던져 넣은 짚 더미 아래로 불길이 사라졌다. 마젤은 화재 진압 축하 파티를 지시했으며, 회당의 지하 저장고에서 예배에 사용하는 포도주까지 가져왔다.

그러나 병마개를 따기도 전에 새로운 불길이 헛간의 잔해에서 치솟았다. 불꽃이 사방으로 튀어 인접한 여관과 오두막까지 화염에 휩싸였다.

"더 빨리 움직여! 게으름뱅이들 같으니라고."

마젤이 사람들에게 소리쳤다.

"그런 식으로 느릿느릿 짚 더미를 가져오면 아무 일도 안 된

단 말야. 얼른 새 짚을 투입해야만 해."

하지만 이때쯤 사람들의 불안과 분노도 함께 치솟았다. 그러자 마젤은 자갈이 깔린 길을 걸어 내려가며 투덜거렸다.

"좋아, 내가 사퇴하겠어. 내 해결책이야말로 유일한 방법이라는 걸 나는 믿지만, 당신들이 나를 따르지 않는다면 물러나는 수밖에 없지. 새 지도자에게 불길을 넘겨주도록 하겠어."

그러면서 마젤은 자신을 충실하게 따르는 후배에게 지도자 자리를 넘겨주었다. 새로 지도자 자리에 오른 에후드는 사람들에게 헛간에서 불타고 있는 짚들을 꺼내 골목과 건물들 속으로 흐트러뜨리라고 지시했다. 그는 외쳤다.

"그렇게 하면 열기가 흩어져서 온도를 낮추기 때문에 불길이 잦아들고 사그라들 것입니다. 나를 믿으십시오. 나는 오랫동안 불을 다뤄 온 준비된 지도자로, 불의 본성을 누구보다 잘 알고 있습니다."

"완전히 미친 사람이군!"

바루흐가 알 듯 모를 듯 신음 소리를 내며 말했다.

"당신의 미치광이 선배가 상황을 더 악화시킨 걸 못 보았소? 지금 당신은 더 파괴적인 결정을 내리고 있소."

에후드가 말했다.

"당신은 조용히 하시오! 헛간을 구하고 화재를 진압할 당신의 해결책이나 말하시오."

"아까도 말했지만, 이것에는 해결책이 없소. 우리가 할 일은 불길이 더 번지는 재앙을 막는 것이오."

"당신은 헤움의 적이야!"

에후드의 추종자들이 소리쳤다.

"지금이 위기 상황이라는 걸 모르겠소? 헛간이 무너지고 다른 집들까지 불타고 있소. 그런데 가만히 앉아서 이 상황을 방관하란 말이오? 진정한 해결책을 제시할 수 없다면 입 다물고 있으시오. 그러지 않으면 선동죄로 감옥에 집어넣겠소."

사람들은 새 지도자의 명령에 따라 헛간에서 불붙은 짚과 기둥들과 판자들을 꺼내 사방으로 흩뜨리고 다녔다. 그리하여 이제 나무 울타리와 가축우리와 판잣집들에 불이 붙기 시작했다. 불길이 지붕에서 지붕으로 옮겨 다니며 집들과 지붕 위의 닭들을 불살랐다. 사람들은 불길을 피해 뒷산으로 피신했다.

산 위에서 자신들에게 일어난 참상을 내려다본 사람들은 발을 구르며 탄식을 멈출 수 없었다. 에후드는 지도자의 위치에서 강제로 끌어내려졌다. 하지만 마젤과 에후드, 그리고 그 추종자들은 쉽게 포기하는 자들이 아니었다. 그들은 새 지도자로 헤움의 북부 지역을 대표해 온 또 다른 정치인을 선출했다. 그는 자신이 장차 헤움의 지도자로 나설 경우 지지를 받기 위해 몇 명의 도살업자들에게 불량 닭 판매를 허가해 부자로 만들어 준 인물이었다.

새 지도자는 큰 목청으로 사람들에게 외쳤다.

"마을을 구할 마지막 기회가 아직 남아 있습니다! 우리가 혼신의 힘을 다해 재난과 맞서 싸운다면 모든 걸 잃은 것은 아닙니다. 모두가 일심단결해야 합니다. 바루흐, 당신까지도 협력해야 하오. 나는 지도자로서 여러분 모두에게 명령합니다."

그런 다음 그는 광장이 떠나가도록 외쳤다.

"더 많은 짚을 가져오시오!"

지금 부자가 되면 이 세상에서도 돈을 돌려줄 수 있잖아.

굳이 다음 세상까지 기다려야 할 필요가 뭐야?

이번 생에는 빈자, 다음 생에는 부자

슈물이라는 이름의 제화공이 있었다. 구두를 만들고 수선해주는 것이 그의 직업이었다. 하지만 너무 가난해서 가게가 거의 비어 있었다. 새 구두를 만드는 데 필요한 재료를 살 돈이 없었기 때문이다.

고작해야 닳아빠진 굽이나 밑창, 뒤꿈치 수선이 전부여서 날마다 돈 문제로 조바심 내야만 했다. 밤이 되면 슈물의 아내 레베카는 낡은 식탁에 앉아 어떻게 살아가야 할지 막막해하곤 했다. 사실 그들은 서로에게 늘 말하듯이 많은 것을 필요로 하지 않았다. 조금만 더 경제적으로 안정된다면 충분히 행복하고 만족할 수 있을 것이었다. 그렇게 되면 아이도 가질 수 있을 것이다. 삶에 진정한 기쁨을 가져다줄 아이를. 하지만 지금의 현실에서는 그런 꿈을 실현할 기회가 주어지지 않았다.

슈물은 아내에게 말하곤 했다.

"지금 우리는 입에 풀칠할 것밖에 없어. 어떻게 다른 생명에게 우리처럼 평생 가난과 싸우는 형벌을 안겨줄 수 있겠어?"

그런 말을 들으면 레베카는 대개 아무 말도 하지 않았다. 하지만 마음 깊은 곳에서는 어찌할 수 없는 슬픔과 상처가 자리 잡았다. 자신이 여성으로서 역할을 다하지 못하고 있다는 느낌이 들었기 때문이다.

슈물도 아내의 눈에서 슬픔을 엿보곤 했지만 그 문제에 있어서는 자신이 어찌할 수 없음을 알았다. 하지만 아내를 깊이 사랑했기에 열악한 상황을 바꾸기 위해 최선을 다했다.

안식일이 되면 슈물은 어김없이 회당으로 가서 자신들의 미래가 풍요로워지기를 기도했다. 하누카 축제를 앞둔 어느 날 슈물은 설교 시간에 랍비가 말하는 것을 들었다.

"신은 모든 인간을 평등하게 창조했습니다."

슈물은 혼란스러움을 감출 길이 없었다. 주위를 둘러보면 랍비의 말이 믿기지 않았다. 대저택에 사는 은행가, 부유한 보석상, 물려받은 재산이 많아 먹고사는 데 아무 걱정 없는 양복장이, 그리고 가게에 먼지만 쌓인 구두장이인 자신……. 결코 평등하다고 할 수 없었다. 마침 하누카 기간을 맞아 자모시치의 은행가 준델이 가족과 함께 고향 헤움에 다니러 와 있었다.

슈물은 혼잣말로 중얼거렸다.

"누가 봐도 보석상과 양복장이는 나와 동등하지 않아. 은행가와도 같지 않고. 랍비의 말은 잘못됐어."

그때 우연히 슈물 곁을 지나가던 준델이 슈물의 불평을 듣고 랍비의 말을 옹호했다. 그는 거드름 피우며 말했다.

"나는 존경하는 랍비의 말씀이 옳다고 믿네. 신은 우리 모두를 평등하게 창조하셨지. 어떤 삶을 사는가는 각자에게 달렸을 뿐이야."

슈물은 아무 대꾸도 하지 않았지만 마음속에서는 더욱 화가 치밀었다.

슈물이 집에 돌아와, 설교 중에 랍비가 한 말과 준델이 거만한 태도로 랍비의 입장을 옹호한 것에 대해 이야기하자 아내 레베카가 말했다.

"뭔가 깊은 의미가 담겨 있을 거야. 준델에게 가서 부자가 되려면 어떻게 하는지 물어보는 게 어때?"

언제나 아내의 의견을 존중하는 슈물은 곧바로 자모시치로 준델을 만나러 갔다. 커다란 책상을 사이에 두고 준델과 마주 앉은 슈물은 연 손을 비비며 물었다.

"어떻게 우리가 평등하며, 모든 것이 우리 자신에게 달렸다고 할 수 있죠? 보시다시피 나는 누더기 옷을 걸치고 있고, 땔감 살 돈조차 없습니다. 아내와 저는 매일 저녁 풀죽으로 끼니를 해결하고 아이를 낳아 키울 능력조차 없습니다. 반면에 보석상과 은행가와 양복장이는 좋은 집에 살면서 좋은 옷을 입고, 자식들에게 많은 것을 해 주며, 주말마다 닭고기를 먹습니다. 분명 우리는 평등하지 않습니다."

독실한 신자 준델은 고개를 끄덕이며 슈물의 말을 주의 깊게 듣고 나서 말했다.

"한 가지 진실을 말해 주겠네. 이 세상에서 가난한 사람은 다음 세상에서 부자가 되고, 이 세상에서 잘사는 사람은 다음 세상에서 가난하게 된다네. 그런 방식으로 신은 우리 모두를 평등하게 만드셨지. 신은 나에게 이번 세상에서 은행가의 지위를 맡기셨고, 그래서 두말 없이 그 뜻을 따랐네. 다음 세상에서는 반대로 되겠지. 그러니 자네도 아무 불평하지 말고 신의 뜻을 따르면 되네. 신은 공정하시다네, 슈물."

그 말을 듣고 슈물은 기쁨을 누를 수 없었다. 당장에 집으로 달려가 레베카에게 그 소식을 전했다. 그날 밤 그는 다음 세상에서 자신의 부를 가지고 무엇을 할지 상상의 나래를 폈다. 다음 세상에서는 추위와 싸울 필요가 전혀 없을 것이다. 배도 고프지 않을 것이다. 멋진 옷에 최고급 신발을 신을 것이다. 레베카와 세 명의 자식에게 값비싼 선물을 안길 것이고, 안식일마다 온 식구가 살찐 닭고기 요리를 먹을 것이다. 아, 얼마나 풍요롭고 즐거운 삶일까!

아침에 슈물의 눈이 기쁨으로 반짝이는 것을 보고 레베카가 머리를 저으며 웃음을 터뜨렸다.

"슈물, 당신은 순진한 바보야. 당신이 다음 세상에서 부자가 될 거라고 말한 그 은행가는 영리한 사람이고."

슈물이 주장했다.

"아니야, 은행가가 진심을 담아서 말했어."

레베카가 말했다.

"난 그런 말은 절대로 안 믿어."

"그럼 그것이 사실이라는 걸 증명해 보이겠어."

슈물은 즉시 집을 나서서 다시 준델을 찾아갔다.

커다란 책상을 사이에 두고 은행가와 다시 마주 앉은 슈물이 말했다.

"아내는 내가 다음 세상에서 부자가 되리라는 걸 전혀 믿지 않아요."

준델이 근엄한 얼굴로 말했다.

"나는 언제나 진실만을 말한다네."

슈물이 다짐을 받듯 물었다.

"그렇다면 이 세상에서 가난한 사람은 다음 세상에서 부자가 된다는 말이 진실인가요?"

"물론이지."

준델이 힘주어 말했다.

슈물이 다시 물었다.

"그렇다면 구두장이인 이 슈물이 지금은 새 구두 만들 재료조차 못 살 정도로 가난뱅이이지만 다음 세상에서는 내가 원하는 구두를 전부 만들 수 있을 만큼 넉넉한 돈을 갖게 되리라는 뜻인가요?"

"바로 그 말이야."

준델이 현자인 체하며 고개를 끄덕였다.

슈물이 책상 앞으로 다가앉으며 말했다.

"그렇다면 내가 다음 세상에서 틀림없이 부자가 될 테니까, 당신이 지금 나에게 100루블(러시아의 화폐 단위)을 빌려주시면 안 될까요? 다음 세상에서 부자가 되면 그때 두 배로 돌려드리겠습니다."

은행가가 당황한 얼굴로 잠시 생각하다가, 슈물을 그곳에 기다리게 하고 다른 방으로 갔다. 곧이어 그는 작은 나무 상자를 가져와 은화 100루블을 꺼냈다. 놀라서 휘둥그레진 눈으로 슈물이 지켜보는 가운데 은행가는 숫자를 세며 은화를 한 개씩 책상 위에 떨어뜨렸다. 가난한 제화공은 자신에게 일어난 기적 같은 행운을 믿을 수 없었다.

"자, 친애하는 슈물, 돈을 가져가게."

백 개까지 센 후 준델이 말했다.

슈물이 떨리는 손을 뻗었다. 하지만 손이 은화들에 가닿기 직전, 은행가가 슈물의 손을 움켜잡으며 물었다.

"질문이 하나 있네. 이 100루블을 가지고 무엇을 할 건가?"

슈물이 말했다.

"구두 만들 재료를 살 계획입니다. 최고급 가죽과 가장 부드러운 천을 사서 구두를 만들 겁니다. 그래서 멋지고 아름다운 구두들로 내 가게를 가득 채우겠어요."

준델이 고개를 끄덕이며 한 손으로 다시 수염을 매만졌다.

"그럼 그 구두들을 팔 건가?"

"물론이죠. 모든 사람이 이 슈물이 만든 특별한 구두를 신고 싶어 할 겁니다."

준델이 책상 앞으로 몸을 숙이며 물었다.

"그럼 곧 부자가 되겠군."

"당연히 많은 돈을 벌 거예요. 그럼 내 모든 문제가 해결될 겁니다."

준델은 고개를 끄덕이며 은화들을 자기 앞으로 끌어모았다.

"그렇다면 미안하지만 이 돈을 빌려줄 수 없네. 자네가 이 세상에서 부자가 되면, 다음 세상에서는 가난한 사람이 될 것이기 때문이네. 그러니 나한테 이 돈을 갚을 수 없지 않겠는가?"

그렇게 말하며 은행가는 은화들을 도로 상자 안에 집어넣었다. 슈물은 슬픈 얼굴로 일어나 준델과 악수를 했다. 그러고는 말했다.

"보잘것없는 구두장이의 질문에 친절히 답변해 주셔서 감사합니다."

집으로 돌아오면서 슈물은 자신이 방금 은행가와 나눈 대화를 계속 생각했다.

'어쨌든 내가 이 세상에서 부자가 되면 이 세상에서도 돈을 돌려줄 수 있잖아. 굳이 다음 세상까지 기다려야 할 필요가 있을까?'

집에 도착해서는 아내에게 아무 말도 하지 않았다. 하지만 계속 그 생각이 마음을 괴롭혀 잠을 이룰 수 없었다. 슈물이 한순간도 안정을 취하지 못하는 것을 보고 아내 레베카가 무슨 문제인지 물었다. 슈물은 낮에 일어난 일과 자신의 의문에 대해 모두 설명했다.

긴 시간 얘기를 나눈 끝에 두 사람은 자신들의 문제를 해결할 유일한 길은 영리한 부자들이 아니라 자신들처럼 가난한 사람에게 돈을 빌리는 것이라는 결론에 이르렀다. 가난한 사람들은 다음 생에 돈을 돌려받으려고 할 만큼 여유가 없기 때문이었다. 다만 자신들에게 돈을 빌려줄 만큼 가난한 사람을 어디서 찾을 것인가가 의문이었다.

햇빛 옮기기

헤움의 회당지기가 브제시치에 가서 벽걸이용 달력을 사 왔다. 달력이 있어야만 신도들이 몇 월 며칠에 기도용 초를 켤지 알 수 있기 때문이었다.

같은 날, 자모시치를 방문 중이던 랍비도 우연히 벽걸이용 달력을 발견하고는 그것을 사 가지고 가면 좋겠다는 생각이 들었다. 정확한 달력을 회당 벽에 걸어 놓으면 신도들이 일 년 중 언제 초를 밝힐지 쉽게 알 수 있기 때문이었다.

두 사람이 돌아왔을 때, 사람들은 몹시 당황했다. 똑같은 해의 달력이 왜 두 개나 필요한지 이해할 수 없었다. 그래서 지체 없이 의회를 열었다. 현실적인 문제를 중요하게 여겼기 때문에 의회는 다음과 같이 결정을 내렸다.

'회당에는 한 개의 달력만 필요한데 이미 두 개의 달력을 구입하느라 돈을 썼으므로, 소중한 공금을 무의미하게 낭비하는 일이 없도록 하기 위해 두 번째 달력을 걸 회당을 하나 더 짓기로 한다.'

겨울이었기 때문에 땅이 얼어 작업을 진행할 수 없었다. 하지만 봄의 첫 햇살과 함께 땅이 부드러워지자 사람들은 넘치는 열정과 헌신으로 새 회당 건축을 개시했다. 문제는 그다음이었다. 건물 기초를 만들기 위해 널찍하게 땅을 팠는데, 거기서 나온 흙을 어떻게 처리해야 할지 판단이 서지 않았다.

긴 토의 끝에 의회는 새 회당 앞에 커다란 흙더미를 쌓아 둘 순 없으므로, 회당에서 멀리 떨어진 곳에 널찍한 구덩이를 파서 흙을 묻기로 결정했다. 하지만 이내 사람들은 두 번째 구덩이에서 파낸 흙을 처리할 방법이 없다는 것을 깨달았다. 또다시 긴 토론 끝에 두 번째 구덩이보다 두 배 큰 세 번째 구덩이를 파서 두 번째 구덩이에서 파낸 흙을 묻기로 결정했다. 그런 식으로 계속 구덩이를 파 나간 끝에 마을 경계선에 이르렀으며, 그곳에다 큰 흙더미를 쌓아 둔다 해도 아무도 신경 쓸 사람이 없을 것이므로 마음을 놓을 수 있었다.

기초가 준비되자 건물을 세우기 위해 산의 나무들을 잘라와야 했다. 큰 통나무들을 어깨에 짊어지고 내려오는 일은 여간 힘든 작업이 아니었다. 남자들 모두가 달려들어 나무를 운반하느라 진땀을 흘렸다.

그때 한 외지인이 지나가다 그 광경을 보고 웃음을 터뜨리며 말했다.

"이런 바보들이 있나! 무엇 때문에 힘들게 나무를 어깨에 지고서 운반하는가? 산 위에서 굴리면 저절로 내려올 텐데."

"저 사람 말이 옳다!"

모두가 그 말에 동의했다. 그래서 그들은 기진맥진한 상태에서 산 아래 쌓인 통나무들을 어깨에 짊어지고 다시 산 위로 옮겼다. 그런 다음 그곳에서 나무들을 굴려 산 아래로 굴러 내려가게 했다.

우여곡절 끝에 새 건물을 짓기 위한 목재가 한 장소에 운반되자 사람들은 즐거운 마음으로 조상 대대로 전해 온 기술에 따라 목재들을 연결하고 엇갈리게 하면서 부지런히 회당을 지어 나갔다. 순식간에 벽을 세우고, 작업을 더 빨리 진행하기 위해 전문 목수까지 고용해 바닥에 마루를 깔기 시작했다. 축제일에 그 마루에서 기도하고 춤출 수 있기를 기대하며 다들 꿈에 부풀었다.

그때 목수 유렉이 말했다.

"이 새 마룻바닥은 문제가 있어요."

사람들이 놀라서 물었다.

"무슨 문제가 있다는 거지?"

"새 마룻바닥은 금방 대패질을 하고 광택을 냈기 때문에 무척 미끄러울 거예요. 누구 한 사람이라도 미끄러져 팔에 금이 가거나 더 심하게는 다리라도 부러지면 어떻게 하죠?"

랍비가 놀라서 소리쳤다.

"그 정도는 아무것도 아닙니다. 만약 누구라도 미끄러져 넘어지는 바람에 신성한 경전을 바닥에 내동댕이치기라도 하면 어떻게 합니까? 매우 불경스러운 일이라는 건 여러분도 잘 아실 겁니다. 그런 재앙이 일어나지 않도록 막아야 합니다."

"하지만 어떻게 막을 수 있죠?"

모두가 해결책을 찾느라 머리를 움켜쥐었다.

목수들이 최종 결정을 기다리는 동안 부랴부랴 의회가 열렸다. 그리고 긴 토론 끝에 바닥 목재를 대패질이나 광택 마감을 하지 않고 그냥 두기로 했다. 그렇게 하면 미끄럽지 않을 것이기 때문이었다.

목수 유렉이 다시 말했다.

"바닥을 거친 상태로 두면 속죄일에 신발을 벗고 회당에 들어왔을 때 발바닥이 온통 가시에 찔릴 텐데요."

의회는 다시 토론을 벌였다. 부드러운 바닥을 원하는 사람들과 미끄럽지 않은, 거친 상태의 바닥을 원하는 사람들 사이에 격한 논쟁이 일었다. 거의 주먹다짐이 오가기 직전, 랍비가 싸움을 진정시켰다.

"회당의 마룻바닥을 절반은 광택 나는 면이 위로 오게 하고,

나머지 절반은 거친 면이 위로 오게 합시다. 이렇게 하면 우리는 세상의 어떤 회당에도 없는, 두 종류의 바닥 면을 가진 마루를 갖게 될 겁니다."

현명한 최종 결정을 들은 사람들은 세상에 둘도 없는 완벽한 회당을 갖게 되리라는 기대감에 전보다 더 흥분했다. 목수들이 두 팀으로 나뉘어 최선을 다한 결과, 여름이 끝날 무렵 회당 건축이 마무리되었다.

건축이 완성된 다음에야 헤움 사람들은 새로 지은 회당 안이 칠흑같이 어둡다는 사실을 알아차렸다.

현자 하임이 탄식하며 말했다.

"창문 만드는 걸 잊었어!"

사람들은 실망이 이만저만이 아니었다. 세상에서 가장 완벽한 회당이라고 여겼는데 창문도 없는 감옥 같은 건물이 되어 버린 것이다.

어떻게 하면 좋을지 결정하기 위해 의회는 일곱 날 동안 토론을 거듭했다. 그리고 마침내 특별 사절단을 보내 루블린에서 커다란 가죽 가방들을 사 오기로 결정했다.

이튿날 아침 사절단이 부리나케 루블린으로 달려가 바로 다음 날 큰 가방들을 잔뜩 구입해 왔다. 의회 현자들은 각자 가방을 들고 광장으로 가서 가방 안에 햇빛을 가득 담았다. 그런 다음 회당 안으로 가서 가방 안에 든 햇빛을 쏟아 놓았다. 그들

뒤를 따라, 가방이 없는 사람들은 두 손으로 햇빛을 가득 모아 회당 안으로 날랐다.

그리하여 오늘날에도 헤움에서는 예배가 열리는 날이면 신도들이 줄지어 서서 바깥의 햇빛을 회당 안으로 나르는 전통이 이어지고 있다.

진실은 구리다

어느 날 헤움 사람들은 자신들만의 진실이 없다는 사실을 깨달았다. 전 세계의 장소들이 각자 자신들만의 진실을 가지고 있는데, 헤움만 그렇지 못하다는 것은 자존심이 허락하지 않는 일이었다. 그들은 세상에서 가장 지혜로운 사람들이긴 했지만, 그것만으로는 충분하지 않았다. 자신들만의 진실 없이 공동체를 유지해 나간다는 것은 불가능한 일이었다.

모든 주민이 의회의 현자들과 함께 광장에 모여 긴 토의에 들어갔다. 그리고 마침내 누군가를 보내 진실을 구입해 올 필요가 있다는 결론에 이르렀다.

하지만 어디로?

다시금 심사숙고를 거친 끝에 동쪽 국경 너머 벨라루스공화국의 브제시치로 결정되었다.

즉시 한 마부가 이 임무에 고용되었다. 마부는 쉬지 않고 마차를 달려 밤이 될 무렵 어느 여관에 도착했다. 말과 마차를 마구간에 넣은 뒤 술집을 겸한 여관 안으로 들어가자, 여관 주인이 반갑게 맞으며 인사를 건넸다.

"평화와 진실이 당신과 함께하기를! 어디서 오는 길이오?"

마부가 말했다.

"헤움에서 왔습니다."

여관 주인이 다시 물었다.

"헤움의 현자가 이곳에는 웬일이오?"

마부가 솔직히 말했다.

"브제시치로 가는 중입니다. 우리 공동체를 위한 진실을 사러 갑니다."

"진실을 사러 간다고요?"

여관 주인이 의아해하며 물었다.

마부가 말했다.

"그렇습니다. 다른 도시와 마을들에는 그들만의 진실이 있는데, 헤움에는 우리만의 진실이 없기 때문에 구입하러 가는 중입니다."

여관 주인은 영리했기 때문에 지금 자신이 상대하고 있는 사람이 어떤 인물인지 금방 알아차렸다. 그는 태연을 가장하고서 말했다.

"당신이 찾고 있는 진실을 내가 팔 수 있소."

마부가 놀라서 물었다.

"정말입니까? 당신이 파는 진실은 값이 얼마죠? 어떻게 하면 그걸 살 수 있죠?"

마부는 신이 그 여관 주인을 보내 준 것이라고 여겼다. 여행을 절반도 하지 않았는데 진실을 구입할 수 있게 된 것이다.

여관 주인이 말했다.

"나는 진실을 큰 항아리에 담아서 팝니다. 항아리 하나당 가격은 500탈러(유럽 여러 나라에서 사용하던 은화)밖에 안 됩니다."

"500탈러라고요? 너무 비싸지 않나요? 나한테는 지금 그만한 돈이 없습니다."

마부가 당황해하자 여관 주인이 애써 담담한 투로 말했다.

"좋은 진실일수록 비싸다는 걸 헤움의 현자들이 모르진 않을 텐데요. 누구나 아는 상식입니다."

마부가 말했다.

"내가 헤움으로 돌아가 의회에 보고하겠습니다. 그럼 현자들이 결정할 것입니다. 의회가 돈을 더 주면 이곳으로 다시 와서 그 진실을 구입하겠습니다."

이튿날 아침 마부는 부리나케 헤움으로 돌아왔다. 그리고 브제시치로 가는 도중에 진실을 파는 한 여관에 우연히 들렀는데, 한 항아리에 은화 500개라는 사실을 전했다.

또다시 주민들이 광장에 모였다. 사람들 앞에서 의회가 회의를 거듭한 끝에, 500탈러는 정말 큰돈이긴 하지만 진실 없이 공동체를 유지한다는 것은 실제로 불가능한 일이며, 또 만약 브제시치에 갔는데 진실을 구할 수 없거나 가격이 훨씬 높으면 더 낭패라는 결론을 내렸다. 그래서 마부는 의회가 건네는 공금 500탈러를 소중히 들고 진실을 구입하기 위해 다시 그 여관으로 갔다.

마부가 카운터에 은화 500개를 내려놓자, 여관 주인은 미리 준비해 둔 큰 항아리 안에 그 '물건'을 가득 채웠다. 진실이라는 이름에 걸맞게 이 세상 누구라도 알아차릴 수 있는, 심지어 멀리서도 알아차릴 수 있는 것이었다.

여관 주인은 항아리 뚜껑을 신중하게 닫은 후 마부가 끌고 온 마차에 실었다.

진실이 담긴 항아리를 싣고 마부가 돌아왔을 때 헤움 사람 전체가 의회 현자들과 함께 기다리고 있었다. 진실을 맞이하는 만큼 격식에 맞는 환영식이 거행되었다.

마부가 광장으로 진실 항아리를 옮겼다. 그곳에도 구름처럼 사람들이 몰려들었다. 현자들의 대표 하임이 사람들과 함께 항아리를 들어 광장 한복판에 조심스럽게 내려놓았다. 그런 다음 단단히 묶인 항아리 뚜껑을 간신히 열고, 그곳에 코를 갖다 대 냄새를 맡았다.

"이런, 몹시 구린 냄새가 나잖아!"

현자 하임이 소리를 지르며 코를 움켜쥐었다.

그 후 한 사람씩 돌아가면서 항아리 가까이 다가가 냄새를 맡고는 소리쳤다.

"정말 구려! 구린 걸 보니 진실이 틀림없어!"

그렇게 한 사람씩 돌아가면서 그것이 정말로 진실 그 자체라고 소리쳤다.

"진실이 맞아! 진실은 원래 심한 구린내가 나잖아!"

고독한 천사에 관한 우화

민들라라는 이름의 가난한 여인이 있었다. 누추한 집에 세 들어 살면서, 다른 사람의 집을 청소하거나 옷을 수선해 주며 겨우 생계를 이어 갔다. 누구도 그녀의 가족 사항에 대해 알지 못했다. 오래전 헤움으로 이사 올 때부터 혼자였고, 염소 한 마리를 키우며 변두리에서 살았다. 잘사는 사람들이 종종 그녀를 고용해 일을 시켰으며, 그래서 보석상 바루흐의 집에서도 일하게 되었다.

사람들 사이에는 바루흐에 대한 편견이 있었다. 많은 부를 모은 반면에 인색해서 그를 가까이하지 않으려 했고, 콧대 높은 아내와 세 딸들에 대해서도 좋지 않은 소문이 오갔다. 결론적으로 말해 사람들은 바루흐와 그의 가족을 잘 알지도 못하고 좋아하지도 않았다.

민들라가 일을 마치고 돌아갈 시간이 되면 바루흐는 매번 넉넉히 수고비를 주었다. 때로는 빵집에서 배달한 갓 구운 빵, 밭에서 딴 잘 익은 딸기, 지역의 낙농장에서 만든 부드러운 치즈를 선물했다.

민들라는 바루흐가 건네는 돈과 선물을 받을 때마다 고개를 끄덕일 뿐 감사하다는 말을 전혀 하지 않았다. 그 대신 이렇게 말할 뿐이었다.

"모든 것은 당신 자신을 위한 것이에요."

민들라의 반응을 들을 때마다 바루흐는 당황했다.

하루는 바루흐가 아내와 딸들에게 입지 않는 옷들을 가져오게 했다. 그중에는 비단으로 지은 옷, 무명으로 된 겉옷, 작아서 못 입게 된 아름다운 코트도 있었다. 저녁에 수고비와 함께 그 옷들을 민들라에게 건네면서 바루흐는 이번에는 틀림없이 감사하다는 말을 듣게 될 것이라고 기대했다. 어쨌든 사소한 선물이 아니었다.

하지만 민들라는 단지 고개를 끄덕이면서 돈과 옷을 받아들고 똑같이 말할 뿐이었다.

"모든 것은 당신 자신을 위한 것이에요."

그런 다음 돌아서서 떠났다.

바루흐는 몹시 혼란스러웠다.

"적어도 감사하다는 말은 해야 하는 것 아닌가? 수고비도 넉넉하게 치르고 좋은 옷까지 주었는데 이상한 말만 하다니."

바루흐의 아내 새라가 물었다.

"그 여자가 뭐라고 말했는데?"

바루흐가 여인이 한 말을 반복하자, 새라는 영문을 몰라 하며 물었다.

"그 말이 무슨 뜻이지? 말이 안 되잖아. 당신이 그녀에게 준 선물이 어떻게 당신을 위한 것일 수가 있어?"

바루흐도 그 말이 무슨 의미인지 이해할 수 없었다. 그래서 다른 사람들에게 가서 그녀에 대해 물었다. 먼저 민들라가 세 들어 사는 집주인에게 물었다.

"그녀가 당신에게 감사하다는 말을 한 적이 있나요?"

집주인은 고개를 저었다.

"이따금 나는 한두 달씩 월세를 받지 않고 살게 해 줍니다. 가난한 독신녀인 걸 아니까요. 하지만 감사하다는 말을 한 번도 들은 적이 없습니다. 그저 '모든 것은 당신 자신을 위한 것입니다'라고 말할 뿐이에요."

그다음에는 빵장수, 푸줏간 주인, 재단사를 찾아가 감사하다는 말을 들은 적이 있는지 물었다.

"당신들이 선의를 베풀었을 때 그녀가 감사하다고 말하던가요?"

빵장수가 고개를 저었다.

"이따금 빵을 사러 오면 한두 덩이씩 덤으로 줍니다. 하지만 감사하다는 말은 들은 적이 없어요. 단지 '모든 것은 당신 자신을 위한 것이에요.'라고 말할 뿐입니다."

푸줏간 주인도 마찬가지였다.

"기름진 국을 끓이라고 양고기 넓적다리를 주기도 하는데, 감사하다는 말을 하는 법이 없어요."

재단사도 동의했다.

"당신이 그녀에게 준 옷들을 돈 한 푼 받지 않고 치수에 맞게 수선해 주었지만, 감사하다는 말은 듣지 못했어요."

바루흐는 그 이상한 말의 의미를 이해할 수 없어 화가 나기까지 했다. 그래서 랍비를 찾아가 말했다.

"그녀는 감사하다는 말을 전혀 하지 않습니다. 나는 그녀에게 많은 보수를 지불하고, 음식을 주고, 옷을 선물합니다. 빵장수는 빵을 몇 개 더 얹어 주고, 푸줏간 주인은 양의 넓적다리를 줍니다. 재단사는 수선비도 받지 않고 옷을 수선해 줍니다. 집주인은 월세를 받지 않을 때도 있습니다. 그런데도 감사하다는 말을 한 적이 없습니다."

랍비는 고개를 끄덕이며 바루흐가 하는 말에 귀를 기울였다. 그러고 나서 말했다.

"나는 많은 것을 알지만 어떤 것은 당신이 스스로 노력해서 이해해야만 합니다. 그 말 속에는 깊은 의미가 담겨 있을 수도 있기 때문입니다. 당신도 알다시피, 구덩이를 판 사람이 먼저 그 구덩이에 빠지게 되어 있고, 구덩이에서 사람을 끌어올리는 자는 자신도 끌어올려지는 법입니다."

그러면서 덧붙였다.

"어리석은 영혼들을 모아서 데려오라는 신의 지시를 받고 지상에 온 천사를 기억합니까? 그 천사 덕분에 우리가 이곳에 살게 되었지요."

바루흐가 말했다.

"물론입니다, 랍비님. 우리가 어디서 왔는지 잘 기억하고 있습니다."

랍비가 말했다.

"한번은 신이 그 천사에게 세상에서 가장 소중한 것을 가져오라고 했습니다. 지상에 내려온 천사는 아기를 바라보며 짓는 엄마의 미소를 가지고 돌아갔습니다. 신은 매우 기뻐하며, 정말로 아름답다는 데 동의했습니다. 하지만 가장 소중하진 않았습니다. 천사는 다시 지상에 내려와 꾀꼬리의 노래, 사랑하는 연인이 서로를 바라보는 눈빛 등을 신에게 보여 주었지만 신의 눈에는 충분하지 않았습니다. 마침내 포기하기 직전에 천사는 어느 초라한 집의 작은 부엌 한구석에서 들리는 나즈막한 울음소리를 들었습니다. 누구에게서도 다정한 말을 듣지 못했던 가난한 여인이 누군가가 베푼 친절한 행위에 감동받아 기쁨의 눈물을 흘리고 있었습니다. 천사는 그 눈물 한 방울을 가져다 신에게 보여 주었습니다. 신이 찾고 있던 것이 바로 그것이었습니다. 그리고 신은 그 기쁨의 눈물을 선사한 영혼들을 기록해 두었습니다."

세상의 참견쟁이들

젊은 부부가 살았다. 아이직은 가난한 마부이고, 사비나는 양복 재단사의 딸이었다. 두 사람은 하늘에 구름 한 점 없는 여름날 결혼식을 올렸다. 그래서 다들 그들이 행복한 인생을 살아갈 것이라고 내다보았다. 어떤 면에서는 그럴 수도 있었다. 끔찍한 병이 돌아가면서 식구들을 비극 속에 몰아넣지만 않았다면.

비극은 첫아들로부터 시작되었다. 아이는 너무 작게 태어나 얼마 안 가 숨을 거두고 말았다. 어떤 방법으로도 아이를 살리는 건 불가능했다. 아이직은 사비나를 애처롭게 여겼고, 사비나는 아이직을 측은하게 여겼다. 두 사람은 한층 가까워졌고, 전보다 더 많이 서로를 사랑했다.

그다음에 태어난 둘째 아들 요엘은 부모의 헌신적인 보살핌에 의해 간신히 죽음을 면하고 멋지게 성장했다. 그러나 요엘을 낳은 후 사비나는 회복하지 못했다. 출산하면서 출혈이 심해 급성 빈혈에 걸렸으며, 날이 갈수록 점점 허약해졌다.

아이직은 사방에서 의사들을 데려오고 온갖 비싼 약을 구해 먹였지만 사비나는 그의 눈앞에서 시들어 갔으며, 그는 아무것도 할 수 없었다. 결국 세 살도 되기 전에 요엘은 다정한 엄마를, 아이직은 사랑하는 아내를 잃었다.

그때부터 아이직과 요엘은 모든 것을 함께했다. 사람들은 아버지와 함께 있지 않은 아들을 한 번도 본 적이 없으며, 아들과 함께 함께 있지 않은 아버지를 한 번도 본 적이 없었다. 아이직은 사람들에게 말하곤 했다. 사랑하는 사람은 언제나 지켜줘야 한다고. 그러지 않으면 사라질 수 있다고.

사람들은 아이직의 태도에 감동받아 진심으로 그를 존중했으며, 언제든 필요한 도움을 아끼지 않았다.

요엘은 잘생긴 청년으로 성장했다. 요엘이 아버지의 일을 돕고 집안일 거드는 모습을 볼 때마다 이웃들은 흐뭇해하고 깊이 감명받았다. 아버지와 아들 사이의 그토록 깊은 유대는 헤움에서조차 드문 일이었기 때문이다.

그래서 세상을 좀 더 알고 싶다는 요엘의 소망에 따라 아들과 함께 헤움을 떠나겠다고 아이직이 선언했을 때 사람들은 별로 놀라지 않았다. 그럼에도 한편으로는 그들이 정든 고향을 떠나려 한다는 사실에 놀랐다.

"왜 우리를 떠나려고 하는가?"

의회 대표 베렉이 놀라움을 감추지 못하고 물었다.

아이직이 말했다.

"요엘이 아직 젊어서 더 넓은 세상을 알고 싶어 하는 마음이 강하니까요. 요엘은 시로 돕는 선한 사람들, 편단하지 않고 이해하려고 노력하는 사람들, 어려움에 처한 이를 보살피는 사람들에 익숙해져 있어요. 요엘은 세상을 그런 식으로만 알고 있으며 다른 세상이 있으리라고는 조금도 상상하지 않아요. 따라서 그렇지 않은 세상을 경험해 보는 것도 좋은 일이에요."

"그런 경우라면 떠나는 수밖에 없겠네."

베렉이 고개를 끄덕이며 말했다.

"하지만 이것을 잊지 말게. 우리는 자네와 자네 아들이 돌아오는 것을 언제든 환영하네."

아이직은 모두에게 감사의 말을 하고 돌아갔다.

다음 날 아침, 사람들은 아이직과 요엘이 걸어서 헤움을 떠나는 모습을 보았다. 마음속에서는 궁금한 점이 많았지만 그들이 그렇게 떠나는 데는 이유가 있으리라고 짐작했다. 그래서 더 이상 묻지 않고 그들의 행동을 존중했다.

헤움을 벗어나 계속 걸어가던 아이직과 요엘은 길에서 낯선 남자를 만났다. 그는 두 사람에게 어디로 가는 중이냐고 묻고는 놀라움을 감추지 않았다. 아들에게 세상을 보여 주는 것도 좋지만, 먼저 학교를 보내야 한다고 남자는 충고했다. 그래야만 남들에게 무시당하지 않고 인생을 살 수 있다는 것이었다. 아이직은 논쟁을 원치 않았기 때문에 고개를 끄덕였으며, 그 사람은 고개를 저으며 떠났다.

얼마 가지 않아 또 다른 낯선 이가 지나가면서 거친 어조로 아이직을 비난했다. 아들을 무의미하게 데리고 돌아다닐 것이 아니라 하루라도 빨리 마부가 되는 훈련을 시키라는 것이었다. 그래야만 얼른 자리 잡을 수 있다는 것이었다. 아이직은 논쟁을 피하려고 고개를 끄덕였으며, 그 사람은 다시 한 번 훈계하고 자신의 길을 갔다.

조금 더 갔을 때 또 다른 행인이 그들을 향해 다가왔다. 그는 두 사람에게 왜 방황하느냐고 묻고는 거의 고함치듯이, 아들을 혼자서 다른 나라로 보내라고 충고했다. 그래야만 세상 물정을 익히고 똑똑한 인간이 될 수 있다는 것이었다. 아이직이 고개를 끄덕였으며, 행인과 두 사람은 각자의 길로 갔다.

헤움에서 10킬로미터도 채 가지 않았을 때 네 번째 행인과 마주쳤다. 그 행인은 두 사람이 빈둥거리며 돌아다니는 것은 소중한 인생을 낭비하는 것이라고 훈계했다. 어떤 일을 하기 전에 먼저 신의 뜻이 무엇인지 알아야 하며, 그러기 위해서는 루블린의 유명한 랍비 밑에 들어가 경전부터 배워야 한다고 요엘에게 충고했다.

그 낯선 행인이 자신의 길로 간 후, 아이직과 요엘은 길옆 풀밭에 앉아 한동안 서로를 바라보았다.

마침내 요엘이 아이직에게 말했다.

"아버지, 이제 우린 어떻게 할까요? 우리가 어떻게 해야 사람들이 우리 삶에 대해 참견하고 지적하지 않을까요? 전 이해가 가지 않아요. 자신들의 일도 아닌데 왜 우리 일에 나서죠? 각자의 삶을 살아가면 되는 것 아닌가요? 아버지는 왜 아무 말도 안 하셨죠?"

"아들아, 우리가 어떻게 한다고 해도 사람들은 참견하고 지적하는 일을 멈추지 않을 것이다. 그것은 우리가 그들보다 가진 것이 없어 보이기 때문이다. 조금이라도 우리보다 가진 것이 없으면 그들은 우리가 자신들보다 못한 존재라고 여긴단다. 그것이 세상의 이치다. 그렇기 때문에 나는 아무 말도 하지 않은 것이다."

아버지와 아들은 그렇게 한동안 말없이 앉아 있었다. 마침내 침묵을 깨고 아들은 아버지에게 헤움으로 돌아가자고 말했다. 그곳이야말로 사람들이 자신의 지혜에 따라 살면서 필요할 때 도움을 주되, 함부로 참견하지 않고 각자의 삶을 살도록 허용하는, 세상에서 유일한 장소로 여겨졌기 때문이다.

차는 왜 단맛이 나는가?

해가 더 중요한가, 달이 더 중요한가?

사람은 어떻게 성장하는가?

바보도 아는 질문, 천재도 모르는 답

헤움 의회는 세상의 어느 시의회나 지방의회보다도 열심히 일했다. 사람들은 현자들의 조언이 필요한 많은 문제들을 가지고 왔으며, 의회는 거의 중단 없이 열띤 회의와 토론을 이어 나갔다. 헤움에서 가장 열심히 일하는 사람들을 들라면 단연 의회의 일곱 현자들이었다.

어느 날 랍비는 일상의 문제들이 의회의 관심과 시간을 독점한 나머지 더 중요한 문제들에 대해서는 주의를 기울일 여유가 없음을 깨달았다. 루블린 시의회에 특별 손님으로 초청받아 다녀온 후로는 절망감이 커졌다. 그곳에서는 시의원들이 일상적인 문제들보다 훨씬 수준 높은 주제들을 다루고 있었기 때문이다. 예를 들어, 그가 참석한 회의에서는 다음과 같은 주제들이 논의되었다.

첫째, 차는 왜 단맛이 나는가?

둘째, 해가 더 중요한가, 달이 더 중요한가?

셋째, 사람은 어떻게 성장하는가?

루블린 시의회에서 이 문제들을 의제로 토론을 계속하고 있었기 때문에 헤움으로 돌아오면서 랍비는 특별 의회를 소집하기로 마음먹었다. 오직 그 중요한 주제들에 대해서만 토론한다는 조건으로.

랍비가 돌아오는 즉시 의회가 열렸다. 월요일 저녁이었기 때문에 랍비는 최대한 서둘렀다. 적어도 안식일 전까지는 그 의문들에 대한 해답을 발견해야만 했다. 현자들이 모두 모이자 랍비는 의회 개시를 선언한 후 루블린 시의회를 예로 들면서 일상의 자질구레한 문제뿐 아니라 고차원적인 주제들에 대해서도 주의를 기울일 필요가 있음을 역설했다. 모두 동의했기 때문에 랍비는 먼저 '차는 왜 단맛이 나는가?'라는 주제부터 제시했다.

몇 시간에 걸친 토론 끝에 의회는, 차에서 단맛이 나는 것은 단순히 설탕 때문이 아니며 오직 바보만이 설탕 때문이라고 생각한다는 결론에 이르렀다.

여인숙 주인 레이조르가 말했다.

"찻숟가락 때문이 틀림없습니다. 설탕을 넣은 다음에 숟가락으로 젓지 않으면 달지 않기 때문입니다."

랍비가 이의를 제기했다.

"어쩌면 그럴지도 모릅니다. 하지만 아무것도 없는 빈 찻잔에 찻순가락을 넣고 휘젓는다고 단맛 나는 차를 얻을 수 있는 건 아니잖습니까?"

"맞습니다! 설탕도 그 안에 들어 있어야 합니다."

레이조르를 포함해 모두가 한목소리로 동의했다.

랍비가 이어서 말했다.

"그렇다고 빈 찻잔에 설탕을 넣고 찻순가락을 휘젓는다고 해서 찻잔에 달콤한 차가 생겨납니까?"

"아닙니다!"

"그럼 그 찻잔에 뜨거운 차를 붓고 찻순가락을 저으면 달콤한 차가 얻어집니까?"

"그렇습니다!"

모두가 탄성을 질렀다. 그리하여 랍비는 기쁜 마음으로 첫 번째 문제가 풀렸음을 선언했다. 이후부터 헤움 사람들은 차에 단맛이 나는 이유는 설탕이나 찻순가락 때문이 아니라 단순히 차 그 자체가 달콤하기 때문이라고 확신하게 되었다.

이제 두 번째 문제의 답을 찾을 차례였다. 이미 수요일 저녁이었고, 안식일까지 얼마 남지 않았기 때문에 서둘러야 했다. 게다가 랍비는 다가오는 일요일에 브제시치에서 열리는 현자들의 모임에 초빙받은 상태였다.

그래서 의회는 두 번째 문제를 놓고 모여 앉았다. 루블린 시 의회조차도 너무 복잡해서 아직 풀지 못하고 있는 문제, 즉 '해가 너 중요한가, 달이 더 중요한가?' 하는 것이었다.

랍비가 자리에서 일어나, 자신이 이미 그 문제에 대해 깊이 숙고해 봤는데 당연히 달이 더 중요하다고 굳게 믿는다고 말했다. 그 이유는, 해는 어쨌든 빛이 매우 많은 한낮에 빛나지만 달은 빛이 절실히 필요한 밤에 빛나기 때문이라는 것이었다.

현자 모르데하이가 반론을 제기했다.

"그렇더라도 해는 고맙고 지혜로운 존재입니다. 날이 추울 때 우리를 따뜻하게 녹여 주는 것만 봐도 알 수 있죠."

양복장이 이체크가 반박했다.

"나는 달이 더 중요하다고 믿습니다. 달은 상황에 따라 커지고 작아질 줄 아는데, 해는 늘 같은 크기이니까요."

보석상 바루흐가 반대하고 나섰다.

"나는 동의할 수 없소. 어떻게 달이 해보다 더 중요할 수 있소? 달은 며칠씩 사라지지 않소? 중요한 것은 결코 사라지지 않는 법이오."

양복장이 이체크가 다시 반박했다.

"그 의견이 옳을 수도 있지만, 해는 달처럼 변화하는 법을 모릅니다. 따라서 달이 해보다 더 중요합니다."

그런 식으로 격렬한 논쟁이 이어지다 금요일이 되자 의회의

문을 닫고 안식일을 지키기 위해 일상으로 돌아갔다.

안식일 다음 날, 랍비는 예정대로 브제시치로 여행을 떠났다. 도중에 여인숙에서 하룻밤을 보내게 되었다. 늦은 시각인데다 일인실이 만실이었기 때문에 다인실에서 낯선 남자들과 함께 묵어야만 했다. 그중 한 남자가 이튿날 아침 일찍 기차를 타야 했기 때문에 여인숙 주인에게 날이 밝기 전에 깨워 달라고 부탁했다. 잠들면서 랍비는 창문으로 비쳐 드는 달빛을 지켜보며 어둠을 밝히는 달의 위대함을 찬양했다.

이튿날 아침 잠에서 깼을 때 랍비는 화들짝 놀랐다. 자신의 의상이 사라진 것이다. 랍비 복장을 갖추지 않고서는 브제시치 시의회에 참석할 수 없었다. 랍비가 항의하자 여인숙 주인은 새벽에 급히 일어나 떠난 남자가 어둠 속에서 실수로 랍비의 옷을 입고 간 것이 틀림없다고 말했다.

랍비는 이마를 긁으며 천천히 수염을 쓰다듬었다. 그러고는 중얼거렸다.

'해가 떴으니 남자는 틀림없이 자신의 실수를 알아차렸을 거야. 헤움의 현자들에게 말해 줘야겠어.'

브제시치행을 포기하고 헤움으로 발길을 돌린 랍비는 의회에 참석해 말했다.

"해와 달은 둘 다 빛을 제공해 줍니다. 그리고 사람들은 빛이 필요합니다. 따라서 나는 해와 달 어느 쪽도 다른 쪽보다 덜 중요하지 않다는 결론을 내렸습니다. 둘 다 동일한 가치를 지니고 있습니다. 이것이 나의 최종 결론입니다."

그 결론에 모두가 만족했다. 사실은 그것이 자신들의 지적 수준으로는 결론 내리기 매우 어려운 문제였기 때문에 재빨리 동의한 측면도 없지 않았다. 그들은 이제 세 가지 문제 중 남은 한 가지, '사람은 어떻게 성장하는가?'의 문제로 나아갔다.

평생 사람들의 신체 치수를 재며 살아온 양복장이 이체크가 먼저 입을 열었다.

"사람은 머리에서 아래쪽으로 성장하는 게 분명합니다. 나는 그것을 잘 압니다. 왜냐하면 한번은 병사들이 입을 군복을 주문받았는데, 내 앞에 선 병사들을 보니 그들의 바지 길이가 둘쑥날쑥이었습니다. 이것은 키가 아래쪽으로 자라기 때문에 몇몇 병사는 바지가 짧아졌음을 의미합니다."

모자 만드는 안젤름이 화를 내며 말했다.

"지금 무슨 말을 하는 거요? 그 정반대요! 사람은 위로 크는 법이오. 내 경험으로는 이것이 엄연한 진실이오. 왜냐하면 한번은 병사들의 모자를 주문받았는데, 내 앞에 선 병사들을 바라보니 그들의 머리 높이가 들쑥날쑥이었소."

두 사람은 서로에게 화를 내며 둘 다 자신이 옳다고 확신했다. 그것에 대해 누구도 입을 여는 이가 없었다. 아무 의견도 갖고 있지 않았기 때문이다. 별 소득 없이 의회를 해산해야만 할 것 같은 느낌이 들었을 때 무슨 결론이라도 내려야 했기 때문에 랍비가 나서서 말했다.

"둘 다 틀렸습니다. 사람은 안에서 밖으로 크는 법입니다. 그것은 너무도 분명한 사실이기 때문에 굳이 다른 예를 들 필요도 없습니다. 여러분 모두 이 진리를 조금도 의심 없이 받아들여야만 합니다. 이것으로 헤움 최초의 철학적이고 고차원적인 토론을 성공적으로 마치도록 하겠습니다."

랍비의 강력한 선언에 모두가 흠칫 놀랐다. 지금까지 랍비가 그런 식으로 강하게 말한 적이 없었기 때문이다. 그 위세에 눌려 한목소리로 랍비의 주장에 동의했다.

그날 이후 헤움 의회의 현자들은 자신들이 일상의 자질구레한 문제뿐 아니라 차원 높은 문제들도 해결할 수 있다는 사실에 큰 자부심을 가졌다.

완벽한 결혼식에 빠진 것

헤움의 돈 많은 보석상 바루흐가 훨씬 더 부자인 루블린의 은행가 집안에 딸을 시집보내게 되었다. 양가의 결혼은 헤움에서 가장 뛰어난 중매쟁이가 놀라운 능력을 발휘한 결과였다. 이 결혼을 성사시키기 위해 중매쟁이는 최선을 다했다. 신부의 부모에게서 거액의 사례금을 받을 것이므로 어떤 어려움도 마다하지 않았다.

바루흐는 자신의 딸이 이 세상 누구도 견줄 수 없을 만큼 아름답다고 믿었다. 그래서 딸이 훌륭한 신붓감이라는 걸 믿어 의심치 않았고, 좋은 배우자를 물색하기 위해 노력과 비용을 아끼지 않았다. 먼저 중매쟁이에게 값비싼 옷을 입히고 대도시 사람들에게 어울리는 태도와 예절을 익히게 했다. 바루흐 자신의 가족뿐 아니라 헤움 사람들이 무시당하지 않도록 하기 위해서였다. 또한 사돈이 될 집안에 무슨 말을 해야 하고 무슨 말을 하지 않아야 하는지 수없이 교육시켰다.

마침내 두세 달에 걸친 준비 끝에 중매쟁이는 헤움을 떠나 루블린으로 적당한 신랑감을 찾아 떠났다. 처음으로 큰 도시에 도착한 그는 어디서부터 시작해야 할지 확신이 서지 않았다. 그래서 시장 한복판에 앉아서 사람들의 대화를 엿듣기로 마음을 정했다.

며칠 지나지 않아서 중매쟁이는 어디서 신랑감을 구해야 할지 정확히 알았다. 루블린 사람들이 끊임없이 어떤 벼락부자에 대해 이야기했기 때문이다. 그 졸부가 어디 출신이며 어떻게 돈을 모았는지는 신만이 아는 일이었다. 항상 콧대를 높이고 다녔지만 그의 집안 배경에 대해 아는 사람이 아무도 없었다.

영리한 중매쟁이는 고상한 체하는 속물들을 다루는 법을 잘 알고 있었다. 그는 재빨리 신부 측 아버지에게 연락해 값나가는 선물을 마련하고는 그 벼락부자에게 접근했다. 그리고 수없이 교육받은 대로 할 말은 하고 하지 않아야 할 말은 하지 않았다.

그렇게 최선을 다한 결과 구체적인 대화가 오가고, 마침내 중매쟁이는 희소식을 가지고 헤움으로 돌아왔다.

바루흐는 기쁨에 넘쳤다. 아내 새라도 마찬가지였다. 딸도 대도시 중심가에 있는 저택에서 살 기대에 한껏 부풀었다. 마음에 드는 아름다운 의상도 넘쳐 나고, 그녀의 시중을 들어줄 하인들도 많을 것이었다. 그녀의 꿈속에 미래의 남편에 대한 것은 전혀 없었지만, 이미 결혼이 확정되었으므로 그것은 중요하지 않았다.

마침내 결혼식 날이 다가왔을 때, 바루흐와 새라는 자신들의 딸이 영화배우보다 예쁘게 보여야 한다는 생각에 웨딩드레스와 면사포를 리비우(이웃 나라 우크라이나의 도시)의 값비싼 의상실에서 특별히 맞췄다.

결혼식은 신부의 집에서 열리는 전통에 따라 가장 성대하게 치르기로 했다. 헤움 역사상 그 어떤 예식보다 많은 손님을 초대할 계획이었다. 결혼 케이크는 루블린에서 직송해 왔으며, 잔치 음식을 준비할 요리사들도 라돔(폴란드 동부의 도시)에서 데려왔다. 자비로우신 신께서 결혼식 날 완벽한 날씨를 선물하리라는 것도 믿어 의심치 않았다.

드디어 결혼식 날이 되었다. 신부는 그 어느 때보다 아름다웠다. 아니, 그 어느 때보다 부잣집 딸처럼 보였다. 완벽하게 예복을 차려입은 그녀와 그녀의 부모, 그리고 신부 집안의 일가친척들을 포함한 모든 하객들이 완벽한 예식장에서 치밀하게 계획된 성대한 준비를 끝내고 신랑 측 사람들이 당도하기만을 긴장 속에 기다렸다.

은행가 부부는 신부 가족에게 선물할 옷과 장신구와 보석을 어디서 구입해야 하는지 꼼꼼히 챙기고 확인했다. 신부 측 사람들의 현재 지위보다 한 단계 높은 명품들이어야만 했다. 그들의 아들은 아무것도 하는 일 없이 한 달 반 동안 먹고 자고 놀기만 했다. 얼굴에 피곤한 기색이 없이 부티가 나도록 하기 위해서였다.

그들이 결혼식에 입을 옷을 재단할 양복장이는 오스트리아 빈에서도 명성이 높은 의상 디자이너였으며, 그들이 들고 갈 선물은 전부 파리에서 구입한 것이었다. 결혼식장까지 타고 갈 마차들은 수도 바르샤바의 귀족이 사는 궁전에서 직접 빌렸다. 모든 준비를 완벽히 갖춘 신랑 측 가족과 하객들은 눈이 부시도록 휘황찬란한 마차들에 올라타고 출발했다.

그들이 예식장에 도착했을 때 세심하게 준비된 화려한 환영식이 그들을 맞이했다. 나팔이 울리고 색종이가 공중에서 흩뿌려졌다. 하지만 무엇보다도 신랑 측 부모들을 기쁘게 한 것은, 자신들이 모든 면에서 신부 측 가족들을 훨씬 능가하게 차려입었다는 사실이었다.

"역시 시골 부자에 불과해."

은행가가 자신의 아내에게 귓속말을 했다.

"아무리 차려입어 봐야 신분은 못 속이지."

"하지만 신부가 못생기진 않았잖아요. 게다가 지참금도 제법 가져오고."

그의 아내도 속삭였다.

"우리가 저 애를 싹 뜯어고쳐서 머지않아 도시 여자로 만들면 돼요."

이윽고 신랑 신부를 후파(유대인들이 혼인할 때 식을 거행하는 작은 천막) 아래로 인도할 시간이 다가왔다. 바로 그 순간 그들은 깨달았다. 신랑을 데려오는 걸 깜빡 잊었다는 사실을.

부탁을 하러 온 게 아닙니다

헤움에는 다양한 직업이 있었지만 은행가는 없었고, 당연히 은행도 없었다. 은행 업무가 필요한 사람은 자모시치나 심지어 루블린까지 가야만 했다. 하지만 자모시치가 더 가까웠기 때문에 돈 많은 부자가 아니면 자모시치의 은행을 방문하는 것이 더 편리했다. 이 은행은 헤움이 고향인 준델이라는 사람의 소유로, 그가 은행장이기도 했다.

사람들은 일반적으로 은행가가 인색하다고 생각하지만 준델은 인색함에 있어서는 둘째가라면 서러워할 인물이었다. 실제로 세상에서 가장 인색하고 탐욕스러운 사람으로 명성이 자자했다. 하지만 가난한 사람들은 달리 대안이 없기 때문에 그에게서 대출을 받는 수밖에 없었다.

준델의 고객 중에 하야라는 이름의 나이 많은 여인이 있었다. 은퇴한 재봉사인데 꼼꼼한 일솜씨로 혜움에서 존경을 한 몸에 받았다. 그녀가 해진 옷에 천 조각을 덧대어 얼마나 아름다운 옷을 만들었는지를 사람들은 잊지 않았다. 그래서 그녀의 노후 생활에 관심을 갖고, 도움이 필요하면 언제든 도울 준비가 되어 있었다.

하야가 은행 대출 이자를 갚을 수 없게 되어 야비한 은행가 준델이 그녀의 손바닥만 한 집을 압류한다는 소식이 전해졌을 때, 혜움의 모든 사람이 들고일어난 것도 그 때문이었다. 의회는 하야를 돕는 성금을 걷자는 결의안을 신속히 통과시켰다. 그러나 바로 그 순간 회의실에 들어온 랍비가 반대하고 나섰다.

"우리가 한 번 그렇게 하면, 자모시치의 은행가는 혜움의 가난한 고객들을 위협하기만 하면 우리가 돈을 모아 대신 갚을 것이라고 생각할 겁니다. 하늘 아래서 가장 불공정하게 계산된 이자를 말입니다. 그자가 그렇게 생각하게 해선 안 됩니다. 우선 내가 가서 그와 만나 보겠습니다. 만약 그래도 안 되면 우리가 하야를 위해 돈을 걷읍시다."

의회 대표 베렉이 말했다.

"랍비님이 아니라 하늘에 계신 이가 말해도 그 은행가는 듣지 않을 겁니다. 그자가 베푸는 성품이 절대 아니라는 건 우리 모두가 알고 있습니다. 왜 랍비님의 귀한 시간과 기운을 낭비하십니까?"

"내가 일단 그를 만나 얘기해 보겠습니다. 그런 다음 결과를 지켜봅시다."

그렇게 말하고 나서 랍비는 자모시치로 떠났다.

헤움의 랍비는 지혜와 경건함으로 자모시치에서도 무척 존경받는 인물이기 때문에 그 도시의 지도층 인사들은 단 며칠만이라도 자신의 집에 그를 머물게 하는 것이 소원이었다. 그러다 보니 누구의 집에서 묵을지 선택하는 것이 랍비의 특권이었다. 이번에 랍비는 은행가 준델의 대저택에 머물기로 결정했다.

물론 준델은 자신의 보잘것없는 집에 헤움의 랍비를 모실 수 있어 무한히 기쁘고 영광스럽다고 말하는 수밖에 없었다. 하지만 마음속에서는 왜 랍비가 서로 모시길 원하는 많은 사람을 물리치고 하필 자신의 집에서 머물려고 하는지 이해가 가지 않았다.

준델의 집에 도착하자마자 랍비는 은행가에게 자신이 '무엇을 부탁하기 위해 온 것이 아님'을 분명히 했다. 이 말이 오히려 은행가로 하여금 더욱 궁금해하게 만들었다.

저녁 식사를 마친 후 랍비는 준델에게, 은행의 압류로 집에서 쫓겨날 처지가 된 늙은 여인 하야에 대해 말했다.

"하야는 당신이 상상할 수 있는 최고의 바느질 솜씨를 가진 재봉사였습니다. 언제나 완벽하게 옷을 수선했으며, 누구라도 감탄할 정도였습니다. 그녀의 유일한 결점은 결혼을 하지 못했다는 것과, 그래서 아이를 갖지 못했다는 것입니다. 이제 늙어서 눈이 예전 같지 않기 때문에 온종일 일을 할 수 없게 되었고, 그래서 생계를 위해 은행에서 돈을 조금 빌려야만 했습니다. 만약 이자가 그토록 높지만 않았다면 벌써 오래전에 다 갚고도 남았을 것입니다. 정말 슬픈 이야기입니다."

"그렇군요, 정말 슬픈 이야기입니다."

랍비의 말에 진심으로 감동받은 듯 준델이 말했다.

"하지만 친애하는 랍비님, 은행은 이자로 유지되는 곳입니다. 대출금을 회수하지 않으면 은행은 망하고 맙니다. 그 피해는 고스란히 예금자들에게 돌아가고요. 대출을 받은 사람들은 은행에 빚을 진 것이기 때문에 반드시 갚아야 합니다. 이것은 모두가 아는 제도이며, 모두가 지켜야 할 제도입니다. 하늘에 계신이께서도 제 말에 동의할 것입니다."

"물론 그렇고말고요, 그렇고말고요."

랍비가 중얼거리듯 말했다. 그리고 두 사람은 밤 인사를 나눈 후 잠자리에 들었다.

하야에 대한 이야기는 랍비가 사흘 동안 그 집에 머무는 내내 대화 때마다 등장했다. 준델은 은행의 요구가 정당한 것임을 증명하기 위해 모든 이유를 동원했으며, 그럴 때마다 랍비는 매우 적극적으로 동의했다.

마침내 셋째 날 점심 식사 자리에서 준델이 더 이상 견디지 못하고 소리치듯 말했다.

"좋습니다, 좋아요! 저의 양심을 걸고 그 가난한 여인의 집을 압류하지 않겠습니다. 랍비님께서 더 이상 다른 부탁을 하지 않겠다고 약속하신다면, 그녀가 은행에 진 모든 빚을 제가 대신 갚겠습니다."

"오, 친애하는 준델 씨, 당신의 따뜻한 가슴에서 우러난 아름다운 행동에 깊이 감동받았습니다. 하지만 당신이 나에게 말하는 조건에 대해서는 분명하게 밝히고 싶습니다. 나는 처음부터 당신에게 어떤 부탁을 하기 위해 온 것이 전혀 아닙니다."

도무지 갈피를 잡지 못하는 준델을 뒤로하고 랍비는 자모시치를 떠났다. 그리고 헤움으로 돌아와 사람들에게, 하야가 그녀의 오두막을 잃는 일은 없을 것이라고 알렸다. 자모시치의 은행가 준델이 어떤 압력도 받지 않고 전적으로 자신의 결정에 따라 그녀의 은행 빚을 탕감해 주었다고. 어떻게 그런 일이 가능하게 되었는지 아무도 이해하지 못했지만, 감히 물어볼 수도 없었다. 그래서 끝내 아무도 알지 못했다.

이 돌은 왜 여기 있을까?

석공이 수레에 석재를 가득 싣고 혜움으로 난 길을 통과하다가 길의 돌출부에 바퀴가 걸리면서 큰 돌 하나가 길 한복판에 떨어졌다. 비가 내린 직후여서 길이 질척거렸기 때문에 석공은 돌이 떨어지는 소리를 듣지 못하고 가던 길을 그냥 갔다.

잠시 후 한 군인이 광장을 향해 걸어가다가 길을 가로막은 돌을 보고 의아해했다.

'광장 부근에 큰 돌이 놓여 있다니 흥미롭군. 길 한복판에 돌을 가져다 놓은 이유가 무엇일까? 혹시 의회가 우리의 전쟁 영웅을 기리는 기념탑을 만들기로 결정한 걸까? 그렇다면 정말 훌륭한 계획이야. 기념탑이 완성되면 무척 좋겠어.'

그는 잠시 서서 턱을 긁으며 돌을 내려다보다가 옆으로 돌아서 가던 길을 갔다.

얼마 후에는 도로 건설자가 마차를 타고 지나다가 돌을 발견하고 멈춰 섰다.

'도로 한가운데에 왜 이렇게 큰 돌을 가져다 놓았지?'

앞서 다른 수레와 마차들이 돌을 우회해 지나간 자국을 보며 그는 생각했다.

'헤움이 발전하고 있군. 의회가 도로를 넓히려고 결정한 게 분명해. 정말 훌륭한 계획이야. 내 경험에 비춰 봐도 길을 넓히는 건 언제나 좋은 일이야. 발전을 의미하지. 도로가 완성되면 무척 자랑스러울 거야.'

그런 다음 말을 한쪽으로 몰아서 돌을 우회해 지나갔다.

또 얼마 후, 사업차 출장을 떠났다 돌아오던 상인이 시장 가까운 곳에 놓인 그 돌을 목격했다.

'이 돌이 무엇이지? 아마도 우리 상인들을 위해 시장 건물을 새로 지을 모양이군! 헤움은 정말로 발전하는 곳이야. 미래를 내다볼 줄 알고. 시장 건물이 완성되면 무척 기쁘겠어.'

그다음에는 학교 교사가 여행에서 돌아오다가 도로 한가운데 놓인 돌과 마주쳤다.

'이게 뭐지? 길 한복판에 이렇게 큰 돌이라니! 아마도 헤움에 새 학교를 지으려고 미리 주춧돌로 표시를 해 둔 모양이군. 정말 멋진 계획이야. 새 학교가 완성되면 얼마나 뿌듯하겠어.'

왕진을 마치고 돌아오던 의사는 그 돌을 보고 의회가 병원을 지으려는 것이라고 확신했다. 법률가는 재판정을 지을 계획이 틀림없다고 믿었다. 랍비는 신도들이 새 회당을 건설해 자신을 놀래 주려는 것이라고 추측했다. 그런 식으로 그 돌을 보며 각자 다른 상상을 했다.

이튿날은 특별한 날이어서 가두 행진이 악대를 울리며 지나갔다. 길 한가운데 놓인 돌과 맞닥뜨리자 행진 참가자들은 이구동성으로 돌의 용도에 대해 의견을 제시했다.

군인이 앞으로 나와 미소 지으며 말했다.

"내 추측에는 우리의 전쟁 영웅들을 추모하기 위해 기념탑을 세울 계획인 듯합니다."

도로 건설자가 거만하게 미소 지으며 말했다.

"그렇게 생각하는 건 고맙지만, 도로 건설자인 내가 이 돌 주위에 나 있는 바퀴 자국들로 미뤄 볼 때 도로 확장 공사를 하려는 게 분명합니다."

의사도 한 걸음 나와 웃으며 말했다.

"당신들의 생각도 소중하긴 하지만, 이 돌이 헤움 최초의 병원을 세우려는 표시임을 모르겠소?"

법률가가 고개를 저으며 말했다.

"아닙니다. 여기는 헤움 최초의 재판정이 세워질 자리입니다. 모두가 알다시피 재판정은 언제나 중심가에 세워집니다. 이곳이 바로 그 지점이고요!"

각자의 주장이 격렬한 언쟁으로 이어지고, 이내 주먹다짐으로 번졌다. 누구도 자신의 신념을 양보하지 않았다.

그때 가두 행렬에 참가한 한 아이가 소리쳤다.

"우린 지금 행진하는 중이니 비켜주세요. 그리고 싸우는 대신 의회에 이곳에 무엇을 지을 계획인지 물어보면 되잖아요."

그들은 다 같이 의회로 가서 대표 베렉을 만나 물었다. 그러자 베렉은 머리를 긁적이며 말했다.

"우리 의회 의원들도 이 돌이 왜 이곳에 있는지 알지 못합니다. 공공시설에 사용할 계획도 아직 없고요. 따라서 이 돌의 용도에 대한 여러분의 질문에 답하려면 의회에서 토의를 해야만 합니다. 이 돌이 왜 이곳에 놓여 있는지 추측이 가능하신 분은 누구라도 환영하니 의회에 참석해 말씀해 주시기 바랍니다."

그날 바로 의회가 열려 군인과 도로 건설자, 상인, 학교 교사, 법률가, 의사의 의견을 경청했다. 또한 랍비의 의견에도 귀를 기울였다. 하지만 누구의 의견이 옳은지 판단을 내리기 어려웠다.

그때 현자들의 연장자인 하임이 말했다.

"자모시치에 사는 나의 학식 많은 조카에게 들은 바에 따르면, 산에서 큰 돌이 굴러떨어져 도로 한복판에 놓이면, 비가 내릴 때마다 그 돌이 갈라진답니다. 길에 언제나 자갈이 많은 이유가 그 때문이랍니다. 그 자갈들도 한때는 큰 돌이었으니까요. 이 돌이 이곳에 놓인 이후로 지금까지 비가 한 번도 내리지 않앉기 때문에 아직 갈라지지 않은 겁니다. 우리는 비가 올 때까지 기다리면 됩니다. 우리의 도로에는 자갈이 많이 필요합니다. 그래야 비가 내려도 질척거리지 않으니까요. 바로 그 이유 때문에 신의 은총으로 이 돌이 우리의 도로에 착륙한 것입니다."

하임의 지혜에 모두 감탄했다. 비에 갈라지는 돌을 가지고는 어떤 건물도 지을 수 없다는 것을 다들 잘 알았다. 하지만 다음 달 내내 비가 내렸는데도 돌은 원래 상태 그대로였다. 놓여 있는 장소도 처음 발견된 곳에서 한 치도 달라지지 않았다. 상황이 그러했기 때문에 의회를 다시 소집해 돌의 진짜 정체에 대해 토론할 필요가 있었다. 회의를 시작하며 베렉이 의문을 표시했다.

"돌이 갈라지지 않으리라는 것은 이제 분명해 보입니다."

보석상 바루흐가 동의했다.

"맞습니다. 그것만큼은 우리가 확신할 수 있습니다."

그다음에는 아무도 입을 여는 사람이 없었다. 하임도 침묵한 채 앉아서 자모시치에 사는 학식 있는 조카의 지식에 의문을 품을 뿐이었다. 마침내 바루흐가 다시 입을 열었다.

"보석상으로서 나는 돌에 대해 많은 것을 알고 있습니다. 물론 돌의 종류는 조금 다르지만, 어쨌든 모든 보석과 돌은 지질학적으로 형성된 것입니다. 각각의 돌들은 특별한 에너지를 가지고 있으며, 우리는 그 에너지를 존중하지 않으면 안 됩니다.

하임께서 처음에 정확히 말씀하셨듯이, 이 돌은 신의 은총에 의해 우리의 도로 한복판에 나타난 것입니다. 따라서 우리는 이 돌을 어떻게 취급할지 진지하게 고려하지 않으면 안 됩니다."

바루흐의 연설 다음에 다시 침묵이 감돌았다. 다들 이마를 찌푸리며 머리를 긁적이거나 수염을 잡아당길 뿐, 누구도 쉽게 입을 열지 못했다.

베렉이 침묵을 깨며 말했다.

"내 생각에는 돌이 우리에게 해가 될 것 같지는 않습니다. 우리의 혜움에 나타난 돌의 존재를 기념하기 위해서라도 그 자리에 그대로 놓아두도록 합시다. 돌 주위에 울타리를 쳐서 수레와 마차들이 우회해서 가게 합시다. 강물이 흘러가다 강 한복판에 갑자기 나타난 바위를 돌아서 흘러가듯이 말입니다. 이 돌은 이 세상에는 우리가 이해할 수 없는 일들이 있다는 것과, 때로는 그 위치에 그대로 놓아두는 게 더 좋은 것이 있다는 사실을 상기시켜 줄 것입니다."

모두가 베렉의 해석이 마음에 들었다. 그래서 그 제안을 따르기로 결정했다. 곧이어 돌 주위에 울타리가 세워지고, 울타리 정면에 특별한 기념 명판이 걸렸다. 그 명판에는 이렇게 적었다.

'이 세상에 있는 모든 것이 설명 가능한 것은 아니다.'

아무도 믿어 주지 않는 이야기

하임은 인생이 주는 선물을 누릴 줄 아는 즐겁고 쾌활한 사람이었다. 솔직히 말하면 어떻게 해서 사람들이 그를 헤움 역사상 가장 경건한 사람이라고 여기게 되었는지 그는 기억조차 없었다. 친구와 이웃들에게 자신이 그들과 다를 바 없는 평범한 사람이라는 걸 누차 이해시키려 했지만, 그럴수록 사람들은 그의 겸손함을 칭송하고 그를 더욱 특별한 존재로 여겼다.

하임은 그것이 하루 한 끼조차 제대로 먹지 못하던 자신의 궁핍했던 시절로 인해 일어난 착각일지도 모른다고 추측했다. 헤움의 선한 사람들이 그의 가난을 경건함으로 오해한 것일 수 있었다. 그는 자신이 가난하다는 사실을 주위에 말한 적이 없었기 때문이다.

하지만 훗날 형편이 나아져 충분한 먹거리를 살 수 있게 되고 편리한 생활 도구들을 누리게 되었음에도 그에게 붙은 '경건한 사람'이라는 호칭은 사라지지 않았다.

대중의 믿음과 맞서 싸우다 지친 하임은 결국 자신이 어떤 삶을 살든 사람들은 자신에 대한 시각을 바꾸지 않으리라는 사실을 받아들였다. 따라서 경건한 사람으로 불리는 것을 즐기기로 마음먹었다. 그 이후 무결점의 인간이라는 세간의 명성에 개의치 않고 자신의 마음에 따르며 살아갔다.

헤움 사람들은 그토록 경건한 사람이 자신들과 한 공동체에 살고 있다는 사실을 너무도 자랑스러워한 나머지 가는 곳마다 하임의 경건함을 이야기했다. 따라서 하임에 대한 전설적인 일화들이 주변 마을과 도시들로 퍼져 나갔으며, 다양한 장소에서 많은 사람들이 자신들의 눈으로 직접 전설적인 인물을 보기 위해 헤움을 찾아왔다.

어느 날 한 외지인 청년이 헤움을 방문했다. 그는 길에서 마주친 랍비에게 물었다.

"이곳에 주말에만 음식을 먹고 주중에는 금식을 행하는 경건한 분이 있다면서요?"

랍비가 고개를 끄덕이며 현자 하임이 사는 집을 가리켜 보였다. 청년은 곧장 그 집으로 향했다. 가까이 가자 하임의 집 창문 맞은편에 벤치 하나가 눈에 띄었다. 청년은 그곳에 앉아 몇 시간 동안 역사상 가장 경건한 사람이 하루를 어떻게 보내는지 주의 깊게 관찰했다.

날이 어두워져서야 청년은 벤치를 떠났다가 이튿날 아침 다시 나타났다. 그런 식으로 날마다 그 자리를 지키며 현자의 일상생활을 지켜보았다.

일주일 후, 청년은 처음 만났던 랍비를 찾아와 현자 하임의 경건함에 의문을 제기했다.

"랍비님, 어떻게 이런 사람을 경건하다고 주장하실 수 있죠? 일주일 동안 지켜본 결과 그는 단지 사기꾼에 불과하다는 사실이 밝혀졌습니다. 주중에 금식을 하는 것이 아니라 매끼마다 온갖 음식을 즐깁니다. 가짜이고 엉터리 성자예요! 인생을 마음껏 즐기면서 게다가 그것을 숨기려고도 하지 않아요! 누군가가 자신을 지켜보고 있다는 사실을 분명히 알았을 텐데도 거리낌없이 모든 음식을 즐겼어요!"

랍비는 무척 당황했다. 외지인이 혜움의 현자를 비난하는 말을 듣고 기분이 상했다. 그래서 한동안 입을 다물고 마음을 진정시키고 나서야 차분히 말할 수 있었다.

"내 말을 들어보게, 젊은이. 그대가 첫 번째로 알아야 할 사실은, 그대의 판단이 완전히 틀렸다는 것이네. 두 번째는, 우리의 최고 현자 하임이 세상에서 가장 경건한 사람이라는 사실에는 의심의 여지가 없네."

청년이 말했다.

"그럼 주말을 제외하고 매일 금식을 실천한다는 사람이 일주일 내내 온갖 요리를 즐기는 것에 대해서는 뭐라고 설명하실 건가요?"

랍비가 말했다.

"의심 많은 친구여, 겉으로 보이는 모습만으로 사람을 판단해선 안 되네. 자만심과 의심에 눈이 어두워 그대는 하임이 매우 겸손한 사람이라는 사실을 보지 못했어. 그대가 본, 혹은 그대가 보고 싶어 한 그 모습들 속에서 하임은 실제로 겸손을 실천하고 있었어! 그가 주중에 음식을 먹는 유일한 이유는 온갖 다양한 장소에서 그를 보려고 찾아오는 사람들 앞에서 자신이 금식을 실천한다는 사실을 과시하고 싶지 않기 때문이야. 하임은 그만큼 겸손한 분이야. 대중이 보는 앞에서 금식을 자랑한다면 그것이야말로 가짜 경건함이 아닌가? 이 점을 생각해 보았는가, 젊은이?"

랍비의 지혜로운 말을 생각하며 청년은 한동안 말이 없었다. 마침내 긴 숨을 내쉬며 청년이 입을 열었다.

"이제야 이해했습니다!"

그런 다음 청년은 인사를 하고 헤움을 떠났다.

이후 여러 해에 걸쳐 청년은 가는 곳마다 헤움의 경건한 현자 하임에 관한 이야기를 들려주었다. 일주일에 닷새 동안 금식을 실천하는, 하지만 자신의 금식 실천을 감추기 위해 일주일 내내 음식을 즐기는 겸손한 위인에 대해.

청년의 이야기를 듣고 사람들은 놀라움을 감추지 못했다. 어떤 사람은 하임의 경건함에 놀랐고, 또 다른 사람들은 또 다른 이유 때문에 놀라워했다.

이 세상에는 이해할 수 없는 일들이 있고,

그 위치에 그대로 놓아두는 게 더 좋은 것이 있다.

문제를 해결하는 문제

혜움에도 다른 곳과 마찬가지로 가난한 사람이 많았다. 그중 모제라는 이름의 이발사가 있었다. 오래된 가위와 때 묻은 빗, 이 빠진 면도기, 뒤로 젖혀지지도 않는 하나뿐인 녹슨 의자로 어렵사리 벌어서 아내 율라와 다섯 아이를 먹여 살려야 했다.

그들이 사는 집은 사실 집이라기보다는 방 한 칸에 불과했다. 유산으로 물려받은 보자기만 한 땅에 모제가 직접 지은 집으로, 작은 헛간과 두세 이랑밖에 안 되는 텃밭이 딸려 있었다. 율라는 그 텃밭에 채소를 길러 대가족을 굶기지 않으려고 무진 애를 썼다. 부엌도 따로 없어 방 한구석의 협소한 공간에서 음식을 만들어야 했다. 방이 한 칸만 더 있어도 행복하겠다는 것이 모제가 회당에서 늘 비는 소원이었다.

신은 모제의 기도를 들어주기는 고사하고 더 큰 시련을 보내 주었다. 친척 결혼식 참석차 크라쿠프(폴란드 남부의 도시. 폴란드 왕국의 옛 수도)에서 온 처갓집 식구들이 헤움의 평화로운 분위기에 반해 아예 모제의 집에 눌러살기로 한 것이다. 아이들은 신이 났고 모제도 기뻤지만, 부모와 여동생을 오랜만에 만나는 율라가 가장 들떴다. 문제는 작은 집이었다. 비좁은 공간에 열 명의 식구가 모이니 편히 누울 자리조차 부족했다.

고민 끝에 모제는 의회의 일곱 현자를 찾아가 조언을 청했다.

"하루 종일 힘들게 일하고 집에 돌아와도 쉴 수가 없습니다. 단칸방에서 아내와 다섯 아이, 그리고 장인 장모와 처제가 함께 살아야 합니다. 처갓집 식구들을 돌려보낼 수도 없고, 그렇다고 넓은 집으로 이사할 형편도 못 됩니다."

모제의 처지를 들은 현자들은 자신의 문제인 것처럼 머리를 긁적이며 고민했다. 잠시 후 첫 번째 현자가 말했다.

"모제, 좋은 해결책이 있네. 우리가 하라는 대로 하겠는가?"

모제가 그렇게 하겠다고 약속하자, 두 번째 현자가 말했다.

"그대는 닭을 키우는가?"

모제가 대답했다.

"네, 그렇습니다. 식구들에게 먹일 달걀이 필요하니까요."

세 번째 현자가 말했다.

"오늘부터 그 닭들을 집 안으로 데려와서 키우게."

모제는 이해가 가지 않았지만, 그들이 매우 지혜로운 사람들이라는 걸 알기 때문에 그대로 따르는 수밖에 없었다. 집에 돌아온 모제는 뜰에 돌아다니는 닭들을 집 안으로 데리고 들어왔다. 하지만 선보다 덜 시끄러워지기는커녕 더 나빠졌다. 닭들이 시도 때도 없이 방 여기저기 똥을 싸고, 가구를 쪼아 댔다. 식구들은 닭들을 내보내라고 성화였으며, 닭들도 이 난데없는 상황이 싫은 듯 계속 날개를 푸드득거리며 벼룩을 떨어뜨렸다.

가련한 모제는 다시 일곱 현자를 찾아갔다.

"집 안이 혼란 그 자체입니다. 닭들 때문에 자리에 편히 앉지 못하고 서성여야 합니다. 장인과 장모는 저를 미친 사람 취급합니다."

현자들은 이마를 긁으며 생각에 잠겼다. 잠시 후 네 번째 현자가 말했다.

"집에 염소를 키우는가?"

모제가 말했다.

"물론입니다. 아이들에게 먹일 우유가 필요하니까요."

그러자 다섯 번째 현자가 말했다.

"오늘부터 그 염소를 방 안에서 키우게."

모제는 더욱 혼란스러웠지만 현자들이 지혜롭다는 것을 알기 때문에 헛간에 있는 염소 두 마리를 집 안으로 데리고 들어왔다. 상황은 더욱 심각해졌다. 닭들이 여기저기 똥을 싸고, 가구를 쪼아 대고, 날개를 푸드득거리는 동안 염소들은 시도 때도 없이 울고, 가구와 서로의 머리에 이마를 들이받았다.

식구들의 성화를 견디다 못한 모제는 다시 일곱 현자를 찾아갔다.

"처갓집 식구에 닭과 염소까지 합세해서 집 안이 아우성입니다. 닭들이 침대를 차지해 장인 장모는 누울 자리조차 없고, 염소들이 온갖 것에 박치기를 해서 조용한 날이 없습니다."

현자들이 고개를 기울이고 생각에 잠겼다. 잠시 후 여섯 번째 현자가 물었다.

"집에 또 다른 가축이 있는가?"

모제가 약간 두려워하며 말했다.

"양 한 마리가 있습니다. 양털을 팔아 아이들 학비를 대야 하니까요."

그러자 일곱 번째 현자가 말했다.

"그 양을 얼른 집 안으로 들이게."

모제는 현자들의 조언을 이해할 수 없었지만 하는 수 없이 양을 집 안으로 들였다. 상황은 걷잡을 수 없이 악화되었다. 닭들이 여기저기 똥을 싸며 가구를 쪼아 대고 날개를 푸드득거리는 동안, 염소들은 시도 때도 없이 울며 가구와 서로의 머리에 이마를 들이받고, 양은 매애애 하고 울면서 모제의 안경을 깔고 앉아 부러뜨렸다.

모제는 절망한 얼굴로 현자들을 찾아갔다.

"처갓집 식구에 닭과 염소와 양까지 합쳐져 견딜 수가 없습니다. 하나밖에 없는 소파 위에서 닭이 알을 품는 바람에 앉을 곳도 없습니다. 염소들은 울면서 박치기를 하고, 양은 안경을 짓밟아 부러뜨리고, 식구들은 저를 쪼아 댑니다. 인생이 가축 냄새 나는 지옥 그 자체입니다."

마침내 첫 번째 현자가 모제에게 말했다.

"그 어떤 것도 효과가 없다면 동물들을 모두 밖으로 내보내게. 이것이 우리가 해 줄 수 있는 마지막 조언이네!"

모제는 나는 듯이 집으로 달려가 그대로 했다. 양과 염소를 헛간으로 돌려보내고 닭들을 뜰로 날려 보냈다. 동물들이 집에서 나가자 아내 율라와 처갓집 식구들이 집 안을 깔끔히 정리했다. 집이 한결 넓어 보이고 조용해졌다. 얼마 후 처갓집 식구도 섭섭하게 크라쿠프로 돌아가자 모제 가족은 더없이 행복해졌다. 자신들의 집이 세상 어떤 집보다 넓고, 안락하고, 평화롭다는 데 온 식구가 동의했다.

무엇을 보고 싶으신가요?

　제화공 고텍은 믿을 수 없을 만큼 편안하고 세련된 구두를 만들어 큰 재산을 모았다. 멀리 떨어진 리보프(과거에 폴란드 영토였던 우크라이나 서부의 도시)와 프셰미실(폴란드 남부의 도시)에서도 그에게 신발을 주문했다. 루블린의 상인이 미국에 사는 사촌들에게 선물하기 위해 감탄이 절로 나는 고텍의 수제화를 여러 켤레 주문하기도 했다.

　고텍은 유명 인사가 되었으며, 자신의 신발 디자인에 자부심이 높았다. 제작 기술을 비밀에 부쳤기 때문에 견습생도 두지 않았다. 그래서 모든 공정을 혼자서 다 해야만 했다. 그렇게 해서 번 돈으로 아내 랄라와 아들 모텍에게 안락한 생활을 제공했다. 그들은 크고 멋진 집을 소유했으며, 다른 사람들이 와서 청소를 대행했다. 멋진 정원도 다른 사람들이 와서 손질했다.

매일 훌륭한 요리를 맛보았으며, 역시 다른 사람들이 와서 음식을 만들었다. 헤움의 누구도 그렇게 많은 하인을 거느릴 수 없었다.

고덱은 밤낮으로 일해야 했다. 새로운 주문이 끝없이 밀려와 눈코 뜰 새 없이 바빴다. 반면에 랄라는 가정주부가 해야 할 일을 하인이나 다른 사람들이 대신했기 때문에 시간이 남아돌았으며, 하나밖에 없는 아들을 버릇없이 키웠다. 모텍은 어려서는 부모에게 큰 자랑거리였지만, 커 가면서는 근심과 슬픔 외에 안겨 주는 것이 없었다.

모텍이 어떤 일도 제대로 하려 하지 않았기 때문에 고덱은 제화 기술을 물려줄 기대를 진작에 접어야 했다. 랄라는 사랑하는 아들을 위해 사방으로 일자리를 구하러 다녔으나 헛일이었다.

마침내 어머니와 아들은 모텍이 행복하게 사는 유일한 길은 예술가가 되는 것이라고 결론 내렸다. 어려서부터 색깔을 좋아했기 때문에 모텍은 화가가 되기로 마음을 정했다.

고덱은 아들의 화실을 꾸며 주고 캔버스와 물감과 터무니없이 비싼 붓들을 장만해 주느라 거액을 써야 했다. 모든 것이 마련되자 젊은 화가는 화실에서 그림 작업에 돌입했다. 몇 달 동안 매일 열 시간씩 캔버스 앞을 떠나지 않았다. 그리고 마침내 첫 번째 그림 전시회를 할 준비가 되었다고 부모에게 선언했다.

고텍은 또다시 거액을 들여 대도시 루블린의 고급 화랑을 빌렸다. 그리고 아들의 첫 번째 전시회를 위해 만반의 준비를 갖춰 주었다.

모텍의 그림을 포장해 루블린으로 운반하는 날이 다가왔다. 고텍은 잠시 일손을 멈추고 행운을 빌어 주기 위해 아들의 화실에 들렀다. 하지만 화실 안으로 발을 들여놓는 순간 공포로 온몸이 얼어붙었다.

놀란 가슴을 진정시키며 가까스로 고텍이 아들에게 물었다.

"이 텅 빈 캔버스들을 포장해 마차에 싣는 이유가 뭐니? 이게 대체 어찌 된 일이냐?"

아들이 말했다.

"아버지, 저는 추상화를 그리는 화가가 되기로 했어요. 이 그림들은 전부 제가 그린 것으로, 한 가지 주제를 여러 가지로 다르게 표현한 거예요."

"대체 무슨 소리를 하는 거니? 아무것도 없이 흰색으로 배경만 칠한 텅 빈 캔버스들에 불과하잖니. 이런 그림들을 어떻게 루블린의 화랑에서 전시하려고 하는 거니?"

"아버지가 현대미술을 이해 못하실 줄 알았어요. 사실 루블린 시민들도 이해하지 못할까 봐 걱정되긴 해요. 하지만 저는 성서에 기록된 이야기에서 강한 영감을 받기 때문에 다른 그림은 그릴 수가 없어요. 그 이야기가 너무도 강렬하게 다가와서요. 신의 뜻이 분명한데 어떻게 제가 거부할 수 있겠어요?"

고덱이 목소리를 높였다.

"이건 너무 심하다! 어떻게 이런 식으로 사람들을 속일 생각을 하니? 엄마도 이 사실을 알고 있니?"

모텍이 차분하게 말했다.

"엄마도 아세요. 물론 처음에는 이해 못하셨지만, 제가 이 그림들이 모세가 이스라엘 사람들을 이끌고 홍해를 탈출하는 장면을 묘사한 것이라고 설명하자 깊은 인상을 받으셨어요."

"그렇다면 그들이 어디에 있지? 내 말은, 모세와 이스라엘 사람들이 어디에 있느냐는 말이다."

"제가 그린 이 그림들은 모세가 사람들을 이끌고 떠난 직후를 묘사한 거예요."

"그래? 그럼 그들을 뒤쫓는 이집트 병사들은 어디에 있지?"

"이 그림들은 이집트 병사들이 아직 화폭에 등장하지 않은 특별한 순간을 그린 거예요."

"그렇다면 그림 속에 최소한 바다라도 그려져 있어야 하는 것 아니니?"

모텍이 고개를 저으며 말했다.

"아녜요, 아버지. 이 그림들은 사람들이 통과할 수 있도록 홍해가 양쪽으로 갈라진 순간을 표현한 거예요!"

고덱은 더 이상 할 말을 잃었다.

모텍은 루블린으로 가서 전시회를 열었고, 일주일 만에 전시된 그림이 모두 팔렸다. 그 후 모텍은 화가로서 이름을 날렸다. 루블린뿐 아니라 브제시치와 자모시치, 리보프와 프셰미실에서도 작품 의뢰가 쇄도했다. 물론 헤움 주민들도 높은 가격이 문제이긴 했지만 그 유명한 성서 속 일화를 묘사한 그림으로 벽을 장식하고 싶어 했다.

고덱은 도무지 믿을 수 없었다. 그래서 랍비를 찾아가 모텍의 예술적 재능에 대한 자신의 의문을 이야기했다.

랍비가 말했다.

"친애하는 고덱, 걱정하지 마시오. 이것은 매우 단순한 일이오. 모텍의 미래는 성공적일 겁니다. 한 바보가 그림에 묘사된 장면을 설명하기만 하면 됩니다. 그럼 나머지 바보들은 자신들의 눈에 아무것도 보이지 않는다는 것을 절대로 인정하지 않을 겁니다. 모텍의 잘못이 분명 아닙니다. 그러니 집으로 가서 모텍이 처음의 영감에 따라 계속 그림 작업을 해 나가도록 격려해 주세요. 미학적으로도 가치 있는 작업일 뿐 아니라 종교적인 의미도 있으니까요!"

조언이 필요하세요? 헤움으로 오세요

회당을 관리하는 회당지기는 없어서는 안 되는 존재였다. 헤움의 크고 작은 일들을 가장 먼저 아는 사람 중 하나일뿐더러 그것을 모두에게 알리는 사람이었다.

그가 맡은 중요한 임무 중 하나는 기도 시간에 맞춰 잠이 많은 사람들을 깨우는 일이었다. 매일 새벽 동트기 전에 골목을 돌며 집집마다 찾아가 문을 두드렸다.

겨울에는 그 일이 더욱 힘들었다. 춥기도 하지만 어두워서 잘 보이지 않았기 때문이다. 사실 헤움의 길들은 그리 좋은 편이 아니었다. 좁고 구부러진 데다가 다양한 형태와 크기의 웅덩이가 있었다. 비가 내린 후면 버섯이 자라듯 어디서인지 모르게 웅덩이들이 나타났다.

특히 여름철에서 11월 말까지는 길들이 진흙투성이여서 어디가 물웅덩이이고 어디가 그냥 진흙인지 분간하기 어려웠다. 잘못 발을 디뎠다간 웅덩이에 빠져 신발에 물이 차거나 미끄러져서 온몸이 진흙 범벅이 되기 일쑤였다. 이런 어려운 상황에서도 회당지기는 새벽마다 예외 없이 골목들을 돌아야만 했다.

12월의 어느 아침, 회당지기는 평소보다 일찍 일어났다. 일년 중 그때가 되면 잠을 사랑하는 헤움 사람들이 기도 시간에 맞춰 일어나는 것을 무척 힘들어 했기 때문이다. 회당을 나서서 임무를 시작할 때까지도 사방이 캄캄했다.

좁은 도로와 뒷골목 길들은 깊은 어둠에 잠겨 있었다. 시장에서 멀지 않은 길을 걷다가 회당지기는 발을 헛딛는 바람에 웅덩이에 두 다리가 빠져 종아리까지 잠기고 말았다. 얼른 빠져나오려고 했지만 길이 미끄럽고 웅덩이가 진흙으로 꽉 차서 발을 들어 올릴 수가 없었다. 움직일수록 진흙이 두 다리를 무겁게 움켜잡을 뿐이었다.

12월 아침이고 혹독한 겨울이 시작되었기 때문에 회당지기의 두 발은 신발과 함께 진흙 웅덩이 속에서 빠르게 얼어붙었다. 아무리 안간힘을 써도 빠져나올 수가 없었다.

도움도 청해야 하고, 기도 시간에 늦지 않게 사람들을 깨워야 할 책임도 있기 때문에 회당지기는 목청껏 소리를 질렀다. 그 난데없는 소리에 사람들이 하나둘 일어나 옷을 주워 입고 달려 나왔다. 그리고 자신들이 사랑하는 회당지기가 진흙 웅덩이 속에 얼어붙어 옴짝 못 하고 있는 것을 발견했다.

"어떻게 하면 좋지? 이를 어쩌면 좋아? 어떻게 좀 해 봐요!"

사람들은 우왕좌왕하며 누구에게랄 것도 없이 소리를 지르고, 회당지기의 아내는 겁에 질려 울음을 터뜨렸다.

"얼른 조치를 취해야만 해요! 이대로 두면 안 되겠어요!"

랍비가 소리치자 양복장이 이체크가 외쳤다.

"랍비님 말이 옳아요!"

"나한테 맡겨요!"

마부 이히엘이 그렇게 말하더니 말들을 데려와 회당지기를 밧줄로 묶어 끌어당기려 하는 찰나, 회당지기의 아내가 놀라서 가로막았다.

"멈춰요! 웅덩이가 단단히 얼어 있는데 몸을 두 동강 내려는 거예요?"

가련한 회당지기 주위로 사람들이 모였지만 누구도 해결책을 생각해 내지 못했다. 마침내 올바른 결정을 내리기 위해 의회의 의견을 들어야 한다는 데 모두가 동의했다. 의회는 곧바로 토론에 들어갔다. 먼저 원인 분석에 들어갔다. 회당지기가 정확히 몇 시에 회당을 나섰는지, 어느 방향에서 진흙 웅덩이를 향해 걸어왔는지, 왜 다른 웅덩이들은 피했으면서 이 웅덩이에는 빠질 수밖에 없었는지, 그리고 웅덩이가 언제부터 그곳에 있었는지, 혹시 이것이 신의 뜻은 아닌지를 놓고 세밀한 분석과 갑론

을박이 이어졌다. 어쨌든 회당지기 아내의 말이 옳았다. 꽁꽁 언 웅덩이에 갇힌 회당지기를 무리하게 잡아당겼다간 한쪽 다리나 혹은 두 다리가 몸에서 분리되는 사고가 날 가능성이 컸다.

격렬한 토론이 여러 시간 이어졌지만 마땅한 해결책이 나오지 않았다. 결국 의회는 봄이 와서 땅이 녹을 때까지 회당지기를 그대로 두는 것이 최선의 방법이라고 결론 내렸다. 얼음이 녹으면 스스로 웅덩이에서 기어나올 수 있을 것이었다. 단, 굶어 죽지 않도록 매끼 음식을 가져다주되, 혹시 모를 미친개나 짐승이 음식을 빼앗지 않도록 주위에 울타리를 치기로 했다.

서둘러 목수가 작업을 시작해 회당지기의 키보다 조금 높게 울타리를 치고, 눈이 머리 위로 내리지 않도록 작은 지붕까지 덮었다. 회당지기의 아내뿐 아니라 모든 여인이 돌아가면서 음식을 해다 날랐다. 이 특별한 대우를 받으며 회당지기는 겨우내 얼어붙은 진흙 웅덩이에 갇혀 봄이 오기만을 기다렸다.

나한테는 내가 안 보여

다른 공동체들과 마찬가지로 헤움에도 자체적으로 임명한 교사가 있어서 아이들에게 기본적인 학문을 가르쳤다. 낮 시간뿐 아니라 필요하면 밤에도 아이들을 지도했지만, 자원봉사나 다름없어서 월급이 매우 낮거나 거의 없었다. 그래서 생활이 무척 곤궁했다.

한번은 교사 세웨린이 처음으로 수도 바르샤바로 여행을 떠났다. 여비가 많이 들긴 했으나 대도시를 직접 보고 나면 아이들에게 더 잘 설명할 수 있을 것 같았기 때문이다.

지도를 들고 하루 종일 의회 건물과 대통령 관저와 대학들과 국립박물관 등 주요 장소를 구경한 후 세웨린은 돈을 아끼기 위해 싸구려 여인숙의 다인실에 투숙했다. 바르샤바를 두 번이나 여행한 적 있는 사촌 동생의 조언에 따른 것이었다. 방 안에서는 여러 명의 여행자가 잠자리를 펴고 있었다. 세웨린 역시 긴 여행에 지쳤기 때문에 곧바로 곯아떨어졌다.

하지만 잠들기 전에 세웨린은 여인숙 주인에게 동이 트기 전에 깨워 달라고 신신당부했다. 학교 등교 시간에 맞추기 위해 헤움으로 돌아가는 첫 기차를 타야 했기 때문이다. 세웨린 옆에는 계급장에 별이 달린 군인이 이미 잠들어 있었다.

이튿날 아침, 여인숙 주인이 세웨린을 너무 늦게 깨우는 바람에 기차 시간까지 얼마 남지 않았다. 세웨린은 어둠 속에서 허둥지둥 옷을 주워 입고 짐 가방을 챙겼다. 그리고 전속력으로 기차역으로 향했다. 그런데 서두르느라 자기 옷이 아닌, 옆자리에서 자고 있는 장군의 옷을 입고 말았다.

길에서 세웨린은 큰 건물의 경비원을 지나쳤는데, 그 경비원이 차렷 자세로 그에게 경례를 했다. '친절한 사람이군!' 하고 세웨린은 속으로 생각했다. 그 상황에 대해 깊이 생각할 시간은 많지 않았지만, 빠른 속도로 걸어가는 동안 여러 가지가 머릿속에 오갔다.

'이래서 큰 도시가 좋다는 거야. 헤움에서는 어린 꼬마들조차 나한테 존경심을 표하지 않는데, 여기 바르샤바에서는 경비원까지 나에게 예를 다하잖아.'

기차역에 도착한 세웨린은 헤움에서 올 때와 마찬가지로 삼등칸 표를 샀다. 그리고 기차에 올라탔다. 너무 놀랍게도 사람들이 사방에서 그에게 거수경례를 했다. 어떤 군인은 부탁하지도 않았는데 그의 손에서 짐 가방을 낚아채 기차 안으로 옮겨 주었다.

객차 안으로 들어가자 누군가가 세웨린을 위해 일등칸 객실을 활짝 열어 주었다. 객실 안에 앉아서 세웨린은 생각했다.

'혜움에서는 이런 일이 가능하기나 한가? 그곳에서는 나를 가난뱅이 취급하는데, 바르샤바에서는 모두가 아낌없이 존경심을 나타내잖아. 혜움에 가자마자 아내와 아이들을 데리고 당장 바르샤바로 이사해야겠어. 여기서도 얼마든지 교사 자리를 구할 수 있을 거야.'

그렇게 생각하던 중 세웨린은 무심결에 객실 벽에 걸린 거울을 들여다보았다. 그리고 자신도 모르게 놀라서 소리쳤다.

"이런 명청한 여인숙 주인 같으니라고! 나를 깨워 달라고 부탁했더니, 나 대신 옆자리의 장군을 깨웠잖아!"

썩은 이를 놓고 벌이는 대결

이그나츠는 어렸을 때부터 자신의 머리를 믿었다. 그래서 누구의 말도 들으려 하지 않았으며, 고집 센 인물로 정평이 났다. 부모나 형제자매의 말도 듣지 않았고, 언제나 자신의 머릿속에서 들리는 '이그나츠, 네가 더 잘 알잖아. 네 생각이 옳아'라는 스스로의 소리에만 귀를 기울였다.

머릿속 목소리 때문에 학생일 때부터 크고 작은 사건들을 수없이 겪었지만 고쳐지지 않았다. 그리고 그 목소리 때문에 자신이 선택할 수 있는 직업은 둘 중 하나라는 사실을 알았다. 하나는 사람들에게 신의 메시지를 전하고 지혜를 설파하는 랍비가 되는 길이고, 다른 하나는 지식을 전수하는 학교 교사가 되는 길이었다. 하지만 집안 배경 때문에 랍비가 되는 것은 불가능했기에 교사가 되기로 결정했다.

교사가 되자 직업이 뒷받침해 준 덕분에 언제나 자신이 옳고 잘났다는 걸 과시할 수 있어서 이그나츠는 대만족이었다. 학생들은 불만이 컸지만 교사들이란 늘 옳은 말만 하는 사람들이기 때문에 그러려니 했다.

참을성 많은 여성인 아내 로자는 나이를 먹어 갈수록 커져만 가는 이그나츠의 머릿속 목소리와 논쟁하기를 일찌감치 포기하고 무엇이든 이그나츠가 원하는 대로 하게 두었다. 그의 생각을 바꿔 보려고도 몇 번 시도했지만 성공한 적이 없었다. 매번 이그나츠는 헤움에서 자신보다 더 똑똑하고 지혜로운 사람은 랍비 한 사람밖에 없다고 말하곤 했다. 하지만 랍비는 세속의 사사로운 일에는 관여하지 않았기 때문에 사실상 이그나츠를 이길 수 있는 사람은 아무도 없었다.

어느 날 이그나츠는 심한 치통으로 몹시 고생했다. 통증이 너무 심해서 머릿속 목소리도 들을 수 없을 정도였다. 그래서 어떻게 하면 고통을 멈출 수 있을지 모른 채 일주일 넘게 밤낮으로 고생했다.

자존심이 상하고 굴욕감을 느낀 이그나츠는 로자에게 고통을 호소했지만 로자도 어떻게 해 줄 수가 없었다. 단지 평생 동안 이그나츠에게서 들은 말은 오직 랍비 한 사람만이 그에게 조언을 해 줄 수 있다는 것이었다. 그래서 로자는 랍비에게 도움을 청해 보라고 이그나츠에게 권했다. 치통 때문에 이성이 마비된 이그나츠는 볼이 부은 채 랍비를 찾아갔다.

이그나츠의 상태를 살펴본 랍비는 얼른 자모시치의 치과의사를 찾아가라고 조언했다. 하지만 그 순간 머릿속 목소리가 다시 들리게 된 이그나츠는, 자신은 랍비를 제외하고는 이 세상 누구도 신뢰할 수 없기 때문에 자모시치의 치과의사한테는 결코 가지 않겠다고 말했다. 그리고 랍비에게 자신의 썩은 치아를 뽑아 달라고 고집을 부렸다.

결국 랍비는 이를 뽑아 주기로 하고 연장을 준비했다. 이그나츠가 고개를 젖히고 입을 벌리자 랍비가 어느 것이 아픈 치아인지 물었다.

하지만 이그나츠는 말해 주기를 거부했다.

"왜 물으시죠? 랍비님이 나보다 더 지혜롭지 않은가요? 나는 랍비님만이 유일하게 나보다 더 머리가 좋다는 걸 알기 때문에 찾아온 겁니다."

랍비가 말했다.

"내가 신의 메시지를 전하는 랍비인 것은 맞지만, 그렇다고 당신의 아픈 치아가 어떤 것인지 어떻게 알 수 있겠소?"

이그나츠는 물러서지 않았다.

"사람들은 랍비님이 모든 것을 알고 있다고 믿는데, 자신의 지식에 대해 자신이 없으신가요?"

이그나츠가 끝내 통증이 있는 치아를 가르쳐 주지 않고 랍비

의 지혜와 지식에 대한 신뢰를 고집했기 때문에 랍비는 하는
수 없이 자신의 추측에 따라 이그나츠의 벌린 입에서 어금니
하나를 힘껏 뽑았다.

그러자 이그나츠는 걷잡을 수 없이 웃음을 터뜨렸다. 랍비는
그가 통증 때문에 비명을 지르는 것이라 생각하고 말했다.

"진정하시오, 이그나츠. 통증은 금방 가라앉고 다 나을 거요."

그래도 이그나츠는 웃음을 멈추지 않다가 가까스로 진정하
고 말했다.

"나는 통증 때문에 비명을 지르는 게 아니라 기뻐서 웃는 겁
니다. 랍비님은 엉뚱한 치아를 뽑으셨어요. 이것으로 랍비님마
저 나보다 똑똑한 사람이 아니라는 게 증명되었습니다. 나는 진
작부터 알고 있었어요. 내가 훨씬 더 머리가 좋다는 것을요. 내
가 틀릴 리 없어요."

그렇게 말하며 이그나츠는 웃음을 멈추지 않고 랍비의 집을
떠났다. 그의 발걸음에서 자신감이 더욱 두드러졌다. 이제 랍비
도 그의 천재성에 도전할 수 없게 된 것이다.

이제부터는 '위기'라는 단어의 사용을 금지하기로 했다.

그 대신 '축복받은 환경'으로 부르기로 결정했다.

세상에서 가장 쉬운 위기 대처법

헤움에서는 대부분의 일들이 조용하고 평화롭게, 즉 방해받지 않고 느릿느릿 돌아갔다. 경비할 것이 별로 없는 야간 경비원을 포함해 모든 사람이 긴장과는 거리가 먼 일상을 보냈다.

여름이 되자 장마가 시작되었다. 다른 해와 크게 다르지 않은 장마여서 아무도 주의를 기울이지 않았다. 그런데 하룻밤 사이에 상황이 돌변했다. 자정이 넘은 시각에 경비원은 사방에서 물이 쏟아져 들어오는 것을 발견했다. 조치를 취하기에도 이미 늦은 상태였다. 강둑이 무너진 것이다.

"홍수가 밀려온다! 위기다!"

사람들은 어둠 속에서 공포의 비명을 지르며 서로를 깨웠다. 그리고 손에 잡히는 대로 귀중품을 챙겨 가능한 한 높은 곳에 올려놓고 집의 다락이나 지붕으로 대피했다.

비명 소리에 잠이 깬 베렉은 눈앞에서 일어난 위기 상황을 보고도 믿을 수 없었다. 그는 즉시 회관의 다락방에 의회를 소집했다. 오느라 애를 먹긴 했지만 현자들 모두 식탁을 뗏목 삼아 빠짐없이 모였다.

베렉이 먼저 말했다.

"다들 보셔서 아시겠지만 우리는 지금 특수한 환경에 놓여 있습니다. 우리는 이 상황을 잘 다뤄야만 합니다. 어쩌면 이 환경이 축복을 불러올지도 모르기 때문에……."

현자 하임이 말을 끊었다.

"무슨 말을 하는 거요, 베렉? 지금 혜움 전체가 물에 잠기고 있소. 이것이 어떻게 축복이 될 수 있소? 이건 위기라고요, 위기! 심각한 위기 상황이에요!"

"아닙니다, 현자님. 제 말을 끝까지 들으셔야 합니다."

베렉도 물러서지 않았다.

"많은 물이 갑자기 밀려오고 있긴 합니다만, 물이 없어 갈증으로 죽어 가고 농사조차 짓지 못하는 다른 지역들을 생각해 보세요. 그곳 사람들에 비하면 우리는 신의 축복을 누리는 겁니다."

베렉의 말에 모두 침묵에 잠겼다. 그의 주장은 매우 강력하고 설득력이 있었다. 하임을 포함한 의회 현자들 모두 그 말에 동의할 수밖에 없었다. 그래서 의회는 이제부터 '위기'라는 단어의 사용을 금지하기로 했다. 그 대신 '축복받은 환경'으로 부르기로 결정했다.

의회의 결정 사항은 곧바로 공표되었으며, '위기'라는 단어를 사용하지 않자 헤움은 다시 평화를 되찾았다.

하지만 하루가 가고 이틀이 지나자 사람들은 자신들이 축복을 너무 많이 받은 나머지 극복해야 할 몇 가지 문제가 있음을 깨달았다. 길이 물에 잠겨 마차가 다닐 수 없었고 채소들이 밭에서 썩어 가기 시작했다. 예식 천막을 칠 장소가 없어서 결혼식이 연기되고, 온종일 집에만 있어야 하는 아이들은 게으르고 버릇이 없어졌으며, 말과 소처럼 반쯤 물에 잠겨 생활하거나 닭과 염소처럼 헤엄을 치며 발버둥 치는 가축들은 나날이 병들어 갔다. 위기였지만 아무도 위기라고 말할 수 없었다. 그것은 금지된 단어이기 때문이었다.

오랜 전통대로 안식일에 생선을 먹지 못하게 되리라는 것을 깨달았을 때 위기감이 더 커졌다. 강물이 너무 불어 물고기를 잡을 수 없었다. 예배를 보러 회당까지 가는 것은 더 복잡해 보였다. 그래서 넘치는 축복이 가져다준 몇 가지 영향을 다루고자 다시 의회가 열렸다.

베렉이 운을 뗐다.

"빠짐없이 참석해 주셔서 감사합니다. 급히 결정해야 할 안건들이 있습니다. 벌써 수요일이니 다음 안식일까지 해결해야만 합니다."

보석상 바루흐가 덧붙였다.

"맞습니다. 내 아내는 축복받은 환경이 지나쳐서 위기처럼 느껴진다고 말합니다. 내 생각에도 아내의 말이 어느 정도는 옳다고……."

"아닙니다, 그렇지 않아요!"

베렉이 언성을 높이며 말을 끊었다.

"우리는 '위기'라는 단어를 사용하지 않기로 이미 결정을 내렸습니다. 우린 신의 축복을 받은 겁니다. 그 점은 의심할 여지가 없어요. 단지 우리가 이 축복을 어떻게 다뤄야 하는지 모를 뿐입니다."

"그럼 어떻게 해야 하죠?"

양복장이 이체크가 물었다. 이체크도 이 축복의 문제를 놓고 재혼한 아내와의 논쟁에서 밀리고 있었다.

빵장수 헤르셸이 말했다.

"내게 한 가지 좋은 생각이 있습니다. 나를 비롯한 헤움의 제빵사들은 많은 양의 밀가루를 확보하고 있습니다. 따라서 안식일에 물고기 모양의 빵을 제공할 수 있습니다. 그렇게 하면 안식일 음식 문제가 해결됩니다."

"너무나도 훌륭한 아이디어입니다!"

모두가 기쁘게 동의했다.

목수 유렉은 다른 목수들과 힘을 합해 각 가정의 식탁으로 뗏목을 만들어 사람들이 안전하게 회당에 올 수 있게 하겠다고 제의했다.

모든 결정이 내려지고 문제들이 제때 해결된 것에 다들 안도의 한숨을 내쉬었다. 제빵사들은 밀가루를 반죽해 커다란 붕어빵을 굽기 시작했으며, 목수들은 식탁들을 분해해 각 가정에서 사용할 뗏목을 급조하기 시작했다. 모두가 안식일 준비로 바쁘게 움직였다.

금요일 아침이 밝았을 때 사람들은 물이 전부 사라진 것을 발견했다. 베렉은 말할 수 없이 당황했다. 그는 당장에 의회를 소집했다.

"어떻게 하면 좋을까요? 제빵사들은 붕어빵을 만들었고, 목수들은 식탁들을 분해해 뗏목을 완성하기 직전입니다. 이제 그런 결정을 내린 우리 의회는 비난을 면치 못할 겁니다."

현자들은 베렉의 말이 옳다는 걸 알기 때문에 아무 말도 하지 못했다. 그때 여인숙 주인 레이조르가 말했다.

"사람들에게 지금이야말로 진짜 위기 상황이라고 알리면 어떨까요? 상황이 나아진 것 같지만 실제로는 언제 비가 또 내려 강이 다시 넘칠지 모르기 때문에 긴장을 늦추면 안 된다고 말예요. 드러나지 않은 위기야말로 더 심각한 위기이니까요."

그 말에 모두가 박수를 치며 동의했다. 그래서 다시 '위기'라는 단어의 사용이 허용되었으며, 위기 상황을 잊지 않도록 하기 위해 의회는 앞으로도 계속 안식일 생선 요리에 붕어빵을 얹어 먹을 것과 회당으로 오는 길에 뗏목을 깔아 그것을 밟고 다닐 것을 결정했다.

그렇게 해서 몇 세대기 지난 오늘날까지도 헤움에서는 잠재된 위기 상황에 대비해 안식일에 붕어빵을 먹고, 식탁으로 만든 뗏목 위를 걸어 회당에 가는 전통이 이어져 오고 있다.

별것 아니지만, 꼭 있었으면 하는 끈

많지는 않지만 헤움에도 부자로 분류되는 사람들이 있었다. 보석상 바루흐, 양복장이 이체크, 제화공 고덱, 그리고 빵장수 헤르셸 등이 그들이었다. 그들은 몇 세대에 걸쳐 가업을 물려받아 성공적으로 이끈 사람들이었다. 부잣집에서 태어나 모든 것을 누리고 살았기 때문에 콧대가 높았으며, 자기들끼리 돈독한 관계를 유지했다. 그들의 아내와 자식들은 최고의 것을 누리며 살았다. 사람들은 그들을 부러워하면서도 자신들의 초라함 때문에 거리감을 느꼈다.

약간 다르긴 했지만 마렉도 부자 축에 속하는 상인이었다. 가난한 집안에서 자라 자모시치에서 옷감 가게와 바느질 도구 가게를 운영해 많은 돈을 모았다. 자식 없이 미국에서 사망한 삼촌의 유산도 한몫했다. 하지만 마렉은 부유한 사람들이 누리는 사치스러운 물건에는 큰 집착이 없었다. 열심히 일하면서 소박한 삶의 방식을 유지하며 조용하고 평화롭게 사는 쪽을 선호했다.

어느 날 마렉은 자신의 구두끈 하나가 끊어진 것을 발견했다. 얼른 구두 가게로 가서 새 구두끈을 샀다. 그리고 가게 안에서 낡은 구두끈을 새것으로 교체하고 밖으로 나왔다.

길을 걸으면서 마렉은 가끔씩 새 구두끈을 내려다보았다. 이렇게 쉽게 새것으로 교체할 수 있는 것을 끊어질 때까지 미룬 자신이 한심했다. 끈이 단단히 발을 조여 주니 걷기가 훨씬 편했다.

마렉은 문득 사람들이 자신을 쳐다보는 것을 느꼈다. 잠시 생각해 보다가, 새로 교체한 구두끈에 비해 자신이 신고 있는 구두가 매우 낡았기 때문일 것이라고 추측했다. 그래서 곧바로 구두 가게에 가서 새 구두 한 켤레를 사 신고 나왔다.

그런데 여전히 사람들의 시선이 느껴졌다. 마렉은 다시 잠시 생각해 보다가, 새 구두에 비해 자신이 입고 있는 옷이 너무 허름하기 때문일 것이라고 추측했다. 당장 고급 양복 가게로 가서 새 양복 한 벌을 사 입고 나왔다.

하지만 며칠 동안 새 구두를 신고 새 양복을 입고 다녀도 상황은 달라지지 않았다. 사람들의 시선이 또다시 느껴졌다. 한참을 생각한 끝에 마렉은 자신의 옷차림에 비해 함께 가게를 운영하는 아내의 행색이 너무 추레하기 때문일 것이라고 추측했다. 그래서 아내와 함께 자모시치의 최고급 양장점으로 가서 아내에게 새 옷을 선물했다.

이제 모든 것이 정상으로 돌아왔다고 생각했지만, 놀랍게도 거리를 걸을 때마다 여전히 사람들의 시선이 느껴졌다. 결국 마렉은 자신들의 비싼 옷차림에 비해 살고 있는 집이 낡았기 때문이라고 추측했다. 그래서 마렉 부부는 바로 다음 달에 새 집을 구입해 이사했다.

이제 남부럽지 않게 된 마렉은 자신이 부자 중의 부자라고 느꼈다. 그런데도 집을 나서면 아직도 사람들이 자신을 쳐다보는 것이 의식되었다. 도대체 무엇이 잘못된 것인지 알 수 없었지만, 자신들이 새로 구입한 집에 비해 집 안의 가구들이 너무 형편없기 때문일지도 모른다는 생각이 들었다. 그래서 아내와 함께 다시 자모시치로 가서 마차 가득 새 가구들을 구입해 왔다. 그뿐 아니라 비싼 새 대문도 해 달고, 담장도 교체하고, 말과 마차도 새로 장만했다. 몸집이 큰 새 경비견도.

사람들은 더욱더 그를 쳐다보았으며, 마렉은 회복이 불가능할 정도로 큰 빚더미에 올라앉고 말았다. 얼마 안 가 채권자들이 몰려와 모든 재산을 몰수해 가고, 결국 마렉 부부는 예전의 낡은 집에 도로 주저앉았다. 남은 것은 낡은 가구와 낡은 구두 한 켤레, 끊어진 구두끈뿐이었다.

마렉의 아내가 눈물을 흘리며 말했다.

"모든 것이 무로 돌아갔어. 우리에게는 아무것도 남지 않았어."

마렉이 말했다.

"아니야, 아무것도 남지 않은 건 아니야. 전에 우리가 가졌던 지혜를 되찾게 되었잖아. 이 모든 것이 끊어진 구두끈 때문이었어. 나는 끊어진 구두끈을 이어서 사용하면 발을 다시 단단히 조일 수 있다는 것을 배웠어."

흔하디흔한 생선 가게에 생긴 일

생선 가게를 하는 모트케는 한 번도 헤움을 떠난 적이 없었다. 헤움에서 태어나고 헤움의 여자와 결혼해 평생 한집에서 살았다. 하지만 그에게는 오스트리아 빈으로 이주해 사는 사촌이 있었다. 그 사촌이 일 년에 한두 번씩 모트케에게 안부 편지를 보내곤 했다. 편지에는 대도시에서 일어나는 많은 흥미로운 일들과 신기한 물건들에 대한 설명이 이모저모 적혀 있곤 했다.

어느 날 모트케는 사촌에게서 한 통의 편지를 받았는데, 빈의 가게들은 자신들이 파는 물건을 외부에 광고한다는 내용이 적혀 있었다. 그 가게에서 어떤 물건들을 파는지 알 수 있게 가게 문과 창문에 누구나 볼 수 있는 커다란 간판을 내건다는 것이었다.

모트케는 밤에 아내 하스카에게 그것에 대해 전했다. 이야기를 듣고 하스카는 밤새 뒤척이다가 아침에 모트케에게 자신의 생각을 말했다. 최근 들어 장사가 되지 않고 파리만 날리고 있으니 큰 도시에서 하듯이 자신들도 가게에 커다란 간판을 내거는 것도 나쁘지 않겠다는 것이 그녀의 의견이었다.

하스가의 조언에 따라 모트케는 '매일 신선한 생선 판매'라고 적힌 커다란 간판을 부착했다. 한 사람이 지나가다 그 간판을 보고 가게 안으로 들어와 모트케에게 말했다.

"이 간판은 논리에 맞지 않아. 신선하지 않은 생선을 판다고 광고할 사람은 아무도 없으니까 말이야."

모트케가 그 점에 대해 의논하기 위해 아내를 찾는 사이, 또 다른 사람이 가게 안으로 들어와 말했다.

"모트케, 간판이 너무 과장 광고라고 생각하지 않아? 어떻게 매일 신선한 생선을 팔 수가 있어? 태풍이 불거나 폭설이 내리면 헤움까지 생선이 오는 데 보름씩 걸리잖아. 그런데 어떻게 매일 신선한 생선을 판매할 수 있지? 양심에 어긋나게 장사를 하면 안 되는 거야."

그 사람이 나가자마자 또 다른 행인이 들어왔다.

"모트케, 자넨 좋은 친구야. 하지만 생선을 판다고 가게 문에 써 붙이면, 생선밖에 팔지 않는 가게에 누가 들어오려 하겠는가? 지금도 생선 외에 각종 해산물을 팔고 있지 않은가? 이 간판은 별로 좋지 않아. 장사에 방해만 될 뿐이야."

모트케는 계산대에 앉아 고민에 빠졌다. 어떻게 해야 할지 몰라 고민하고 있을 때, 푸줏간 주인 레온이 안으로 들어와 파리를 쫓으며 말했다.

"가게 문에 '생선'이라는 글자를 이렇게 크게 써 붙일 필요가 있을까? 모두가 저만치에서부터 이미 자네 가게에서 나는 생선 비린내를 맡는데. 그 글자가 비린내를 더 자극할 뿐이야."

듣고 보니 간판에 적힌 모든 단어들이 부적절하게 여겨졌다. 결국 모트케는 간판을 떼어 내기로 결정했다. 그날 늦게까지 가게 안에 앉아 있었지만 찾아오는 손님이 아무도 없었다. 간판까지 떼니 가게 안이 더 썰렁하게 느껴지고 파리 소리만 크게 들렸다. 무엇인가 조치가 필요했다. 손님이 없으면 생선이 곧 상해 버리기 때문에 손해가 이만저만이 아니었다.

모트케는 조언을 구하기 위해 랍비를 찾아갔다.

최근 들어 가게를 찾아오는 손님이 없어 생계가 막막하다는 모트케의 근심 어린 말을 귀 기울여 들은 후 랍비가 말했다.

"친애하는 모트케, 신께서 그대가 하는 모든 일에 도움을 주고 계시다는 믿음을 잊지 말아야 하네. 매사에 그런 강한 믿음이 필요하다네. 하지만 그 믿음만으로는 충분하지 않아. 그대 쪽에서도 열심히 노력해야 하지. 손님들이 그대의 가게에 관심을 가질 수 있도록 가게 문과 창문에 '매일 신선한 생선 판매'라고 크게 간판을 내걸면 어떻겠는가?"

옷을 입힌 여자와 옷을 입어 본 남자

루텍이라는 이름의 남자가 헤움에 살았다. 그는 힘든 일을 좋아하지 않았으며, 그래서 원칙적으로는 행복하고 만족스럽게 살았다. 루텍이 어렸을 때 루텍의 아버지는 우물에서 물을 길어 사람들의 집에 날라다 주고 생계를 이었지만, 하나밖에 없는 아들을 위해서는 더 나은 미래를 꿈꾸었다. 부부는 생활비를 아껴 가며 루텍을 교육시켰으며, 아들이 재단사나 제화공, 혹은 전문적인 목수가 되기를 원했다.

그러나 루텍은 어떤 기술도 배우려 하지 않았다. 글을 읽고 쓰는 것에도 흥미가 없었다. 부모가 설득해 보려 했지만 소용이 없었다. 랍비가 말해도 마찬가지였다. 마을의 교사도 루텍을 받아들이려고 하지 않았다. 다른 아이들에게 나쁜 표본이 되기 때문이었다. 그래서 루텍을 쓸모 있는 인간으로 만드는 데 모두가 실패했다.

하지만 부모가 갑자기 세상을 떠나자 루텍은 어떻게든 스스로 생계를 해결해야 한다는 것을 깨달았다. 그래서 부모가 남긴 돈을 모두 털어 마차 한 대와 말 두 마리를 사서 마부가 되었다. 모두가 놀라워할 만큼 루텍은 자신의 직업을 무척 좋아했고, 열심히 일했다. 손님이 어떤 목적지를 요구해도 마다하지 않고 마구를 챙겼다. 주된 고객은 랍비였다. 끊임없이 헤움 부근을 다니고, 다른 마을과 도시들을 방문해 지혜를 나눠야 했기 때문이다. 많은 사람들이 그를 원했다.

루텍도 일하는 자신의 모습이 자랑스러웠지만, 무엇보다도 게으름뱅이였던 그가 그토록 달라진 것을 본 마을 사람들이 기뻐했다.

어느 날 브제시치에서 랍비를 기다리던 루텍은 그 지역 우체국장의 예쁜 딸 루타를 보고 첫눈에 사랑에 빠졌다. 루타도 루텍에게 반해, 두 사람은 일주일 후 루타 부모의 집 정원에서 식을 올렸다.

결혼식을 치른 후 루타는 헤움으로 와 루텍의 집에서 함께 살았다. 처음에는 새로운 삶과 달라진 환경, 그리고 남편에 대해서도 상당히 만족해했다. 하지만 몇 달이 지나자 헤움이 별다른 오락거리 하나 없는 작고 낙후된 마을이라는 것을 알게 되었다. 시간을 보내거나 돈을 쓸 변변한 가게조차 없었다.

하루 종일 손님들을 이곳저곳 태워다 주고 나서 저녁에 루텍이 집에 돌아오자 루타는 속상하고 불행한 얼굴이었다. 무엇인가 잘못된 것을 눈치챈 루텍이 물었다.

"왜 그래? 무슨 문제 있어?"

"브제시치에서 살던 시절이 그리워. 그곳에서 계속 살았다면 이렇게 갑갑하진 않았을 거야. 부모님 말을 듣고 빵장수와 결혼했어야 했어. 그렇게 했다면 지금쯤 매력 있고 야망을 가진 남자와 살고 있었을 거야. 나에게도 멋진 미래가 기다리고 있을 테고. 그런데 여기서는? 여기서 내가 당신과 무엇을 할 수 있지?"

"사랑하는 여보! 당신이 원하는 게 뭐야? 당신을 행복하게 할 수만 있다면 뭐든지 할게. 나한테 말만 해."

"그래? 그럼 당신이 랍비와 자리를 바꿀 수 있기라도 해? 당신은 하루 종일 랍비를 태우고 다니잖아. 그럼 단 한 번이라도 랍비가 당신을 태우고 다닐 수 있어?"

루텍은 그 순간에는 아무 대답도 하지 못했다. 하지만 다음 날 루블린의 현자들과의 만남을 위해 랍비를 태우고 가면서 루텍은 공손하게 물었다.

"랍비님, 오해 없이 들어주셨으면 합니다. 당신은 모든 중요한 만남에 멋진 옷을 입고 가서서 온갖 다양한 사람들에게 존경을 받습니다. 하지만 제 꼴은 뭡니까? 등에는 넝마 같은 옷을 걸치고 손에는 채찍을 든 채 날마다 눈앞의 길과 말의 등짝만 바라보며 살아가고 있습니다. 단 하루만이라도 랍비님과 저의 자리를 바꿔 볼 순 없을까요? 저도 사람들에게 존경을 받아 볼 수 있게요."

랍비가 말했다.

"루텍, 그대가 무슨 말을 하는지 나도 잘 이해하네. 하지만 옷과 위치를 바꾼다고 해서 전부 달라지는 건 아니야. 우리가 자리를 바꾸면, 그대는 난처한 상황을 많이 만나게 될 거야."

루텍이 자신감을 갖고 말했다.

"전 두렵지 않아요! 한 번만이라도 기회를 갖고 싶습니다."

"좋아, 그것이 그대가 진정 원하는 일이라면 그렇게 하지. 하지만 속담에도 있듯이, 소원은 신중하게 빌어야 하네."

그들은 마차 위에서 옷과 자리를 바꿨다. 그리고 그런 식으로 루블린까지 갔다가 돌아왔다.

루타는 길에서 남편의 마차가 오는 것을 보고 있다가 랍비의 자리에 루텍이 앉아 있고, 랍비가 마부 자리에 앉아 마차를 모는 것을 발견했다. 자신이 부탁한 대로 남편이 행동에 옮긴 것을 보고 그녀는 뛸 듯이 기뻐했다.

루텍이 집에 오자 루타는 새로운 열의를 갖고 맞이했다.

"그래서 어땠어? 나한테 전부 말해 봐! 당신이 너무도 자랑스러워! 그리고 내 소원을 들어줘서 말할 수 없이 행복해. 당신같이 좋은 남편을 둬서 난 정말 행운이야. 내가 이런 행복을 누릴 자격이 있는지 모를 정도야."

"그렇게 좋아?"

아내의 갑작스러운 감정 변화에 루텍도 압도되었다.

"딩신이 말한 대로 랍비에게 옷과 자리를 비꿔 달라고 부탁했지. 친절하고 이해심 많은 랍비께서 들어주셨어."

"그래? 그래서 어떻게 됐어? 무슨 일이 일어났어?"

루타는 호기심을 누를 길이 없었다.

"그래서 랍비가 나를 태우고 루블린에 갔지. 랍비는 마부 옷을 입고, 나는 랍비 복장을 하고서."

"그래서? 그다음에는?"

"랍비는 마차에서 기다리고, 나는 많은 현자들과 귀빈들이 모여 있는 거대한 홀 안으로 들어갔지. 그들 모두 나를 기다리고 있었어. 모두가 나와 대화를 나누고 싶어 했지."

"제발 더 빨리 말해 줄 수 없어? 그다음에는 무슨 일이 일어났어?"

"그다음에는, 그곳에 앉아 있던 한 학자가 나에게 성서에 있는 구절 하나를 설명해 달라고 부탁했어."

"그래서? 그래서?"

"그래서 나는 그 구절을 한참 동안 들여다보았지. 실제로 내가 그것을 읽는 것처럼 보이도록."

"그래서 그다음에는? 그다음에는 어떻게 했어?"

"그다음에 나는 그 사람에게 말했지. 그 구절은 매우 이해하기 쉽기 때문에 내 마부조차도 충분히 설명할 수 있다고. 나는 그런 작은 문제들에 신경 쓸 시간이 없다고 말야. 그래서 그들은 우리의 랍비를 안으로 초대했고, 랍비께서 그 구절을 아주 자세히 설명해 주셨어."

그날 이후 루타는 불행하지 않았다. 자신이 원하기만 하면 무엇이든 즉시 얻을 수 있음을 알았기 때문이다. 그리고 루텍은 그날 이후 옷이 절대적으로 중요하지는 않다는 것을 깨달았다.

시장에서 노래하는 눈먼 거지는 천사일지도 모른다네.

그대의 아내는 인생의 수수께끼를 풀 열쇠를 갖고 있을 수도 있어.

이곳에 없는 것이 그곳에 있다

지붕 수리공 야코브는 거리나 시장에 있을 때는 다른 사람들과 별 차이 없어 보였지만, 지붕에 올라서기만 하면 모두가 고개를 꺾고 우러러보는 사람이었다. 헤움의 지붕들은 거의 전부 널빤지를 이어 붙인 것이라서 해가 갈수록 낡고 틈이 갈라져 야코브는 하루가 멀다 하고 이 집 저 집의 지붕에 올라야 했다. 우기가 되면 비 새는 집이 많아 지붕에 올라갈 일이 더 잦았다. 판자 틈을 메우는 데는 주로 사람들이 신다 버린 낡은 신발의 고무 밑창을 사용했다. 판자에 아교를 칠한 다음 밑창을 붙이고 못으로 고정시켰다. 그래서 헤움의 지붕들은 지붕 수리공 야코브의 발자국들이 곳곳에 선명하게 찍힌 것처럼 보였다.

다른 것에 대해선 섣불리 말할 수 없어도 야코브는 한 가지 사실만큼은 확신할 수 있었다. 즉, 그는 누구보다 천국에 가까운 사람이었다. 특히 긴 사다리를 타고, 3층에 다락방까지 갖춘 보석상 바루흐의 삼각 지붕에 올라갈 때면 자신이 보석상보다 더 천국에 가까이 있다는 것에 강한 자부심을 느꼈다. 밑창 하나를 붙이고 나서 지붕의 용마루에 앉아 잠시 숨을 돌릴 때면 그는 '그곳'에 있는 자신을 상상했다. 이 세계가 아닌 다른 곳에. 이곳에서 그는 누구보다 그곳과 가까운 삶을 살았기 때문에 그곳에서는 어떤 이보다 높은 자리를 누리고 있었다. 심지어 랍비보다 자신의 지위가 더 높았다. 회당도 가끔 비가 샜던 것이다.

어느 날 헤움의 남자들이 공중목욕탕에서 허리에 수건 한 장만 두른 채 앉아 있을 때 마부 이히엘이 말했다.

"어젯밤 내가 천국에 있는 꿈을 꾸었어."

뜨거운 증기를 쬐며 자신도 천국에 대해 상상하고 있던 우유 배달부 에덱이 놀라서 물었다.

"그곳에서 무얼 하고 있었지?"

이히엘은 자랑스러운 표정으로 말했다.

"그곳에서도 마차를 몰고 있었어. 하지만 그곳에서 난 별 볼 일 없는 마부가 아니었어. 내가 모는 마차는 황금으로 된 마차이고, 말들은 전부 날개 달린 백마였어. 사료를 먹일 필요도 없는. 그리고 이 세상과 크게 다른 것은, 그곳에선 내 마차에 올라타기 전에 모두가 내 발에 입을 맞춘다는 점이야. 나는 거의 천사급이거든. 이곳에서처럼 무거운 짐짝을 나한테 맡기지 않아.

깍듯이 나를 존경하지 않으면 어림도 없지."

늘 지저분한 그의 발에 입을 맞춘다는 애기를 듣고 모두 흠 칫 놀랐지만 그 놀라움을 증기가 흩트려 주었다. 다만 자신들 이 충분히 다룰 만한 신학적 주제인 것은 분명했다.

교사 세웨린이 말했다.

"이히엘, 당신이 현자이고 훌륭한 마부인 것은 인정하지만 당 신의 꿈에 나타난 천국은 당신이 이 세상에서 이루지 못한 것 의 투영에 지나지 않아. 내가 이것을 잘 알고 있는 이유는, 나 자신이 새벽 기도 때마다 천국에 올라가곤 하기 때문이야. 그곳 에선 이곳과 달리 모든 사람이 학구열에 불타고 있고, 나는 비 록 헤움에선 코흘리개 아이들과 씨름하고 있으나 그곳에선 모 두의 추앙을 받는 명예교수로서 명강의를 하고 있거든. 영원의 세월 동안 말야."

이히엘이 허리 수건이 풀릴 정도로 발끈해서 쏘아붙였다.

"아마도 당신의 천국과 내 천국이 다른 구역인 모양이지."

늦기 전에 우유를 배달해야 해서 먼저 일어서려던 우유 배달 부 에덱이 다시 자리에 앉으며 말했다.

"당신들도 내가 우유를 짜다가 소 뒷발에 차여 한동안 기절 했던 사건을 기억하지? 기절에서 깨어난 내가 아무 말도 하지 않은 데는 그럴 만한 이유가 있었어. 기절해 있는 동안 천사의 안내를 받아 천국을 방문했었거든. 천사는 내가 아직 천국에 올 때가 안 되었지만 소 뒷발질의 기회를 틈타 구경시켜 주는 것이라고 했어. 내 눈앞에 펼쳐진 광경과 그곳에서의 내 위상이 너무 압도적이어서 차라리 입을 다물기로 한 거야. 말해 봤자 당신들이 믿지 않을 테니까."

무두가 에덱이 소 뒷발에 가격당해 갈비뼈가 부러지는 바람에 한 달 넘게 우유를 공급받지 못한 것을 기억하고 있었다. 그러나 그 사이에 그가 천국에 다녀온 것은 금시초문이었다.

에덱이 말을 이었다.

"한 가지만 알려 주겠어. 그곳에서도 난 이곳에서와 마찬가지로 우유 배달부였어. 우유를 맛있게 짜는 실력으로는 헤움에서나 천국에서나 나를 따를 자가 없거든. 그리고 당신들이 한 번이라도 상한 우유를 배달받은 적 있어? 양을 늘리기 위해 물을 섞은 우유를 마신 적 있어? 장마철에야 어쩔 수 없지만 난 정직한 사람이거든. 날개 달린 천사들이 내 우유를 마시기 위해 길게 줄 서 있는 광경을 당신들이 상상이나 할 수 있을지 몰라. 또 나는 우유 대배달부로서, 휘하에 많은 배달부들을 거느리고 있었어. 여기서처럼 무거운 우유통 때문에 어깨가 꼬부라진 사람이 아니란 말야."

아내에게 잡혀 사는 생선 가게 주인 모트케는 천국에는 착하고 아름다운 여인들만 있는 곳이라고 주장했고, 운 나쁜 빵장수 루딕은 날마다 행운만 따르는 장소가 천국이라고 말했다. 제화공 슈물과 모자 만드는 안젤름은 천국은 유행이 빨리 변하는 곳이 아니며 또한 사람들이 날마다 다른 구두와 다른 모자를 착용하는 곳이라고 확신했다. 성격이 까다로운 노인 아하브는 자신이 꿈에 천국을 방문했더니 그곳에는 자신이 좋아하는 사람만 있고 싫어하는 사람은 한 명도 없었다며 모트케를 째려보았다.

구두 수선공 에지크는 원래 과묵한 사람이었다. 그런 그가 갑자기 모두의 말을 가로막고 나섰다.

"나도 지난번에 배탈이 났을 때 이발사이며 돌팔이 의사인 하스키엘이 처방한 약의 부작용으로 혼절한 적이 있었어. 그때 나는 집에 혼자 있었는데 내 몸이 가볍게 들리면서 지붕을 뚫고 천국으로 올라갔어. 찬란한 빛이 나를 감싸면서 빛의 통로를 지나는데 어느덧 배탈은 깨끗이 나아 있었어. 왜 천사들이 나를 천국으로 데려갔는지 알아? 당신들이 보는 나는 구두 만들 재료조차 변변찮은 구두 수선공에 불과하지만, 천국에선 어떤 위치일지 한번 상상해 봐. 잠깐 혼절한 틈을 타 그들이 나를 데려간 이유는, 그곳에서 나는 누구도 따를 자 없는 날개 수리공이기 때문이야. 천사들의 부서진 날개가 수북이 쌓여 있었어. 태초 이래로 얼마나 많은 천사들의 날개가 손상을 입고 사용 불가능한 상태로 방치되어 왔겠어? 당신들은 모르지만 구두를 꿰매는 내 바느질 솜씨가 땀땀이 흠잡을 데 없다는 걸 천사들은 알고 있지."

맨 구석에 앉아 묵묵히 사람들의 주장을 듣고만 있던 지붕 수리공 야코브가 마침내 입을 열었다.

"당신들의 말이 사실인지 아닌지 내가 잘 알지. 왜냐하면 난 이곳에서와 마찬가지로 그곳에서도 모두를 내려다보는 위치에 있거든. 지난번에 에지크 당신이 이발사에게 약을 처방받으러 가는 것을 나는 보석상의 지붕에 앉아 다 내려다보았어. 잠시 후 당신이 토하면서 집 밖으로 비틀거리며 나오는 것도. 그리고 당신 에덱이 우유통에 한 바가지씩 물을 섞는 것도 난 다 내려다보았어. 또 내가 당신 세웨린의 집 지붕을 수리하고 있을 때 당신이 아내와 싸우면서 교사의 품위에 맞지 않는 욕설을 퍼붓는 것을 난 다 들었어. 당신 아내가 당신의 귀를 잡아당기는 것도 지붕의 구멍으로 내려다보았고."

모두가 한쪽 발꿈치로 다른 쪽 발꿈치를 문지르는 척하고 있을 때 야코브가 마지막으로 말했다.

"지붕의 구멍으로 내가 내려다보지 않은 사람이 헤움에서 단 한 명이라도 있어? 난 날마다 당신들의 삶을 내려다보고 있어. 지붕 수리는 그냥 겉으로 보이기 위한 것에 불과해. 내 입으로 말하긴 거북하지만, 천국에서도 내 위치는 변함없이 당신들을 다 내려다보는 높은 위치, 딱 그분의 옆자리야."

하루 단어 사용량

그들만의 독특한 지혜로 세상에 널리 알려진 헤움은 몇몇 중요한 사상과 규칙들의 탄생지이다. 그중 하나가 언어 사용에 관한 것이다. 헤움은 원래 조용하고 평화로운 마을이었으나, 시대가 변하면서 사람들이 지혜로운 말에 귀 기울이지 않고 무의미한 잡담과 수다에 열중하게 되었다. 그래서 세상의 다른 마을이나 도시들과 마찬가지로 소란스러운 곳으로 변해 갔다. 거리든 가게든 사람들이 있는 곳 어디에서나 소음과 다툼이 끊이지 않았다. 험담과 소문이 관계를 망가뜨리고, 지나친 말들이 가정의 평화를 위협했다.

상황이 매우 나빠졌기 때문에 의회 소집이 불가피했다. 사태의 심각성을 자각한 현자들은 한 명도 빠짐없이 참석했다. 최고 현자 하임이 세상을 떠난 후 의회의 최고 연장자가 된 보석상 바루흐가 먼저 입을 열었다.

"여러분 모두가 기억하고 있진 않겠지만 우리가 어렸을 때 할머니께서는, 사람은 각자 일생 동안 사용할 제한된 숫자의 단어를 가지고 태어난다고 말씀하셨습니다. 그래서 우리가 부주의하게 너무 많은 말을 하면 정해진 숫자의 단어를 일찍 써 버리기 때문에 그다음부터는 벙어리가 되거나 일찍 죽을 것이라고 말입니다."

모두가 고개를 끄덕였다. 그들 역시 할머니에게서 그런 말을 들으며 자랐기 때문이다.

"맞아요, 맞습니다!"

바루흐가 다시 확신을 갖고 말했다.

"지금 우리에게 필요한 일은 사람들에게 이 단순한 진리를 상기시키는 일입니다. 모두가 그것을 완전히 잊었거나 기억하고 싶어 하지 않기 때문입니다. 이 충고를 귀 기울여 듣지 않으면 벙어리가 되어 죽을 때까지 아무 말도 못하게 된다는 것을 상기시켜야 합니다."

현자들 모두의 동의를 얻어 집집마다 의회의 조언이 담긴 공고문이 배달되었다. 시장과 광장에서도 낭독되었다.

이후 며칠간, 혹은 일주일 정도 헤움은 세상에서 가장 조용한 장소로 바뀌었다. 잡담과 수다가 거리에서 자취를 감추었다. 무의미한 말들이 줄어들자 소란과 다툼도 없어졌다.

현자들은 자신들의 해결책이 좋은 결과를 낳자 무척 기뻤다. 하지만 완벽한 일주일이 지나자 사람들은 차츰 의회의 경고를 망각하기 시작했다. 그리고 기억하는 사람들도 그것에 대해 의심하기 시작했다.

"말을 많이 한다고 단어들이 바닥나는 것은 불가능해! 노인들이 지어낸 엉터리 이야기를 우리더러 믿으라고?"

특히 중년 여성들은 길에서 서로의 귀에 대고 다시 많은 말을 속닥이기 시작했다. 결국 말의 가치를 존중하지 않는 문제를 놓고 또다시 현자들이 모였다.

안식일이 시작되는 금요일 저녁, 의회로부터 새로운 규칙이 적힌 공고문이 모두에게 전달되었다. 이제부터 헤움의 모든 주민은 하루에 250개의 단어만 말하기로 법을 정한다는 내용이었다. 이 규칙을 어긴 사람은 지위 고하를 막론하고 일주일 동안 완전한 침묵 속에 지내야 한다는 벌칙도 덧붙여졌다.

때로는 그런 엄격한 조치가 필요하다는 것을 잘 알고 있었기에 아무도 새 규칙에 반대하지 않았다. 사람들은 중요한 말을 하기 전에 하루 단어 사용량이 끝나지 않도록 무의미한 말들과 언쟁을 자제했다. 그리하여 헤움은 이전처럼 조용하고 평화로운 장소로 돌아왔다.

신마저도 도울 수 없는 사람

헤윰 사람들은 가족뿐 아니라 친구와 이웃들에게도 항상 도움을 베풀었다. 그들은 또한 알고 있었다. 인간이 도울 수 없는 사람은 신만이 도울 수 있다는 것을. 그들은 생각했다.

'만약 신마저 도울 수 없다면, 인간인 우리가 무엇을 할 수 있겠는가?'

그래서 아이들은 어려서부터 다른 사람에게서 도움을 구할 수 없으면 신에게 도움을 청하는 것이 더 낫다는 것을 배웠다. 하지만 그중 한 아이는, 신이 어떻게 모든 사람의 문제를 알 수 있는지 의문을 품었다. 헤윰에만 해도 많은 사람이 살고 있고 전 세계에는 훨씬 많은 인구가 살고 있는데, 어떻게 신이 모든 사람의 사정을 일일이 알 수 있겠는가 하는 것이었다.

그 아이가 자라서 구두 수선하는 일을 배웠고, 사람들은 그를 구두 수선공 에지크라고 불렀다. 많은 사람들이 그에게 더 나은 삶을 위해 구두 만드는 기술을 배워 큰 도시로 가서 가게를 열라고 조언했다. 하지만 그는 만약 신이 모든 인간을 돕는다면, 제화공 에지크를 돕는 만큼 구두 수선공 에지크도 도울 것이라고 대답하곤 했다. 굳이 다른 기술을 배워 낯선 도시에 갈 필요가 있느냐는 것이었다.

하지만 에지크도 고민이 안 되는 것은 아니었다. 헤움 사람들은 대부분 가난해서 구두를 사 신을 형편이 못 되었기 때문에 수선할 구두도 많지 않다는 점이 문제였다. 게다가 헤움에는 에지크 말고도 구두 수선공이 두세 명 더 있었다. 그렇기 때문에 종종 몇 달씩 수입이 없었다.

사정을 딱하게 여긴 사람들은 여분의 식량과 옷가지를 나눠 주면서도 여전히 에지크에게 이미 구두 만드는 기술을 반쯤은 익힌 것이나 다름없으니 나머지를 더 배워 도시로 진출하라고 조언했다. 하지만 에지크는 듣지 않았다. 어쩔 수 없이 사람들은 포기하고, 이제 오직 신만이 자신들의 친구를 도울 수 있다고 결론 내렸다.

결국 이웃들의 도움도 끊기자 에지크는 구두 수선하는 연장을 팔 수밖에 없었다. 그 돈으로 두세 달은 버텼지만, 그마저도 떨어지자 생계가 막막했다.

정말로 곤란한 상황에 처하자 에지크는 신에게 편지를 쓰기로 마음먹었다. 이제 사람들이 그를 도울 수 없으니 신이 도울 차례였다. 편지에다 자신의 삶이 더 이상 견딜 수 없는 상황에 처했음을 설명하고 신에게 100즈워티만 빌려 달라고 부탁했다. 그것이 안 된다면 스스로 목숨을 끊을 수밖에 없으며, 그렇게 되면 충실한 신도를 한 명 잃게 될 것이라고 썼다.

에지크는 편지 끝에 자신의 이름과 주소를 적고, 넓은 들판으로 가서 바람에 힘껏 날려보냈다. 바람이 그 편지를 한동안 가지고 다니다가 우연히 랍비의 집 문 앞에 떨어뜨렸다.

봉투에 적힌 '신에게'라는 주소를 보고 랍비는 자신이 지상에 있는 신의 대변자로서 편지를 열어 볼 자격이 있다고 판단했다. 그리고 편지를 읽은 후 신의 이름으로 에지크를 도와주기로 결정했다. 하지만 에지크의 상황을 잘 알기 때문에 50즈워티로 충분하다고 여겼다.

'그 돈이면 연장을 새로 사서 다시 일을 시작할 수 있을 거야. 신께서 그 정도만 도와주셔도 충분해. 나머지는 본인이 열심히 일해서 모아야지.'

랍비는 50즈워티 지폐 한 장을 봉투 안에 넣고 에지크의 집 주소를 적은 후 우체부에게 배달시켰다.

신에게서 돈을 받았을 때 에지크는 처음에는 뛸 듯이 기뻤다. 신이 그토록 필요한 돈을 보내 주었을 뿐 아니라 평생 동안 그가 품어 온 의심을 한 번에 날려 버렸기 때문이다. 이 순간 에지크는 세상 누구보다도 행복했다.

하지만 금액이 자신이 부탁한 것의 절반밖에 안 되는 것을 확인하고는 실망이 이만저만이 아니었다.

'이 정도로는 충분하지 않아. 절반으로 무엇을 할 수 있겠어? 나머지 절반을 누구한테 부탁한단 말이야? 혜움 사람들은 이미 오직 신만이 나를 도울 수 있다고 결론 내렸어. 하는 수 없지. 다시 편지를 써야겠어. 다른 선택의 여지가 없어.'

그렇게 생각하며 에지크는 50즈워티 지폐를 손에 들고 들판으로 달려갔다.

그곳에 서서 그는 하늘을 올려다보며 외쳤다.

"하느님, 도와주셔서 감사합니다! 하지만 약간 착오가 있으신 것 같아요. 100즈워티를 부탁드렸는데, 보시다시피 봉투 안에 50즈워티밖에 들어 있지 않았어요. 그래서 50즈워티를 돌려 드리겠습니다. 다시 100즈워티 지폐로 보내 주시길 기대할게요!"

그러고는 50즈워티 지폐를 바람에 힘껏 날려 보냈다.

때마침 자모시치의 랍비들을 만나고 돌아오던 혜움의 랍비가 마차를 타고 지나가다가 그 광경을 목격했다. 그는 지금까지 자신이 믿고 설교해 온 것과 다르게, 세상에는 신마저도 도울 수 없는 사람이 있다는 사실을 발견하고 충격을 감추지 못했다.

지혜에 대해 착각하는 것들

무더운 8월의 어느 날, 놀라운 소식이 전해졌다. 멀리 자모시치로 여행을 떠났던 우유 배달부 에덱이 그 소식을 가지고 돌아와 숨돌릴 겨를도 없이 혜움 전체에 알렸다.

"위대한 선지자께서 자모시치에 오셨습니다! 모두 그곳으로 가서 그분의 가르침을 들읍시다! 자모시치 사람들은 그분과 단지 5~10분 이야기를 나눌 기회를 얻기 위해 길게 서서 차례를 기다립니다. 내 두 눈으로 똑똑히 보았습니다! 장담하건대, 인생에서 단 한 번 오는 매우 드문 기회입니다!"

"정말 반가운 소식이야! 기회를 놓쳐서는 안 돼."

양복장이 이체크가 맨 먼저 마차 한 대를 빌려 재혼한 아내 리바와 처갓집 식구를 태웠다. 그러고는 사람들에게 외쳤다.

"마차에 아직 두 자리의 여유가 있습니다. 자모시치에 갈 사람은 최소한의 요금만 받을 테니 얼른 타세요."

그의 호의에 넘어가 두 배의 마차 삯을 내는 것이 망설여졌지만, 망설임보다 호기심이 더 컸다. 사람들을 헤치고 푸줏간 주인 레온이 아내 하와와 함께 이체크의 마차에 올라탔다. 그리하여 일행은 전속력으로 자모시치를 향해 달려갔다.

목적지에 도착했을 때는 날이 어둑해지고 있었다. 그래서 이체크와 레온은 긴 대기줄에 서서 순서를 기다리기로 하고 그들의 아내와 이체크의 처갓집 식구들은 마차에서 눈을 붙이기로 했다.

줄이 끝도 없이 길었기 때문에 다음 날 정오가 가까워서야 이체크의 차례가 되었다. 마침내 이체크는 헤움에서 온 첫 번째 사람으로 위대한 선지자와 대화를 나눌 수 있게 되었다.

위대한 사람 앞에 앉자 위축된 이체크가 모기처럼 작은 목소리로 말했다.

"선지자님의 지혜로운 말씀을 듣게 되어 더없이 영광입니다. 이 생에서 제가 무엇을 해야만 천국에 갈 수 있는지 알고 싶습니다."

위대한 선지자가 미소를 지으며 말했다.

"사랑하는 친구여, 그대의 이름은 무엇이며, 생계를 위해 무슨 일을 하고, 어디에 살고 있는가?"

"저의 이름은 이체크이며, 양복 만드는 사람입니다. 아내와 다섯 딸, 그리고 처갓집 식구들과 함께 헤움에서 살고 있습니다."

"그러니까 그대의 이름이 이체크이지?"

"네, 그렇습니다!"

"양복 만드는 사람이고."

"네, 그렇습니다."

"결혼을 해서 처갓집 식구들과 함께 살고 있고."

"네, 그렇습니다!"

"그리고 신의 축복을 받아 귀여운 딸들이 다섯이나 있고."

"네, 사실입니다!"

"그렇다면 친애하는 이체크, 선하고 경건한 인간으로서 가장 중요한 가치가 무엇이라고 생각하는가?"

"경전에 적힌 613가지 선행을 실천하는 일입니다!"

"그렇다면, 친애하는 이체크, 그대는 경전에 적힌 613가지 선행을 실천하고 있는가?"

"사실은, 그렇게 하지 못하고……."

"그렇다면 천국에 가기 위해 그대는 이 생에서 무엇을 할 것인가?"

"경전에 적힌 613가지 선행을 실천하겠습니다!"

"그 613가지 선행을 실천하는 길이 무엇인가?"

갑작스러운 질문에 이체크는 대답을 하지 못하고 머뭇거렸다.

선지자가 온화한 미소를 지으며 말했다.

"시장에서 노래하는 눈먼 거지는 천사일지도 모른다네. 그리고 그대의 아내는 인생의 수수께끼를 풀 열쇠를 갖고 있을 수도 있어. 신의 계율을 압축하면 이것이라네. 지금 이 순간 눈앞에 있는 사람을 사랑하고, 지금 이 순간 자신이 하고 있는 일을 사랑하게."

놀라움과 감사의 마음으로 가득 차 이체크가 외쳤다.

"진실로 위대한 선지자이십니다! 이제 저는 천국에 가기 위해 어떻게 살아야 하는지 확실히 알게 되었습니다. 평생 동안 이 가르침을 잊지 않겠습니다."

이체크의 아내 리바와 처갓집 식구들, 레온과 그의 아내 하와도 선지자를 만나 심오한 말씀을 들을 수 있었다. 그들 모두 어떻게 살아야 하는지 마침내 알게 되어 더없이 기뻤다.

헤움으로 돌아온 그들은 자신들의 이름과 그들이 무슨 일을 하며 어디에서 왔는지 정확히 알고 있을 뿐 아니라, 지금 눈앞에 있는 사람에게 어울리는 삶의 지혜를 정확히 전해 주는 위대한 선지자에 대해 침이 마르도록 칭송하고 다녔다.

무슨 설교를 할지 우리가 더 잘 알아요

어느 겨울, 랍비는 몸과 마음이 피곤했다. 랍비가 된 이후 평생을 회당에서 모든 의무를 다하며 보냈지만, 무엇인가 잘못되어 가는 것을 느꼈다.

회당에 예배하러 오는 사람이 갈수록 줄어들고 있었으며, 그의 설교를 듣는 사람들도 전처럼 마음을 담아 듣는 것 같지 않았다. 지루해하거나 무관심해 보였다. 게다가 전과 다르게 그에게 조언이나 위안을 구하지도 않았다. 무엇인가 크게 달라지고 있었다.

추운 겨울 저녁, 회당에서 돌아온 랍비는 아내에게 말했다.

"모든 것이 예전 같지 않소. 내가 너무 오래 산 것 같아. 사람들도 안식일 때마다 회당에서 똑같은 얼굴을 너무 오래 보고 매번 똑같은 설교를 들어서 재미가 없을 테고."

랍비의 아내가 말했다.

"너무 걱정하지 말아요. 혜움 사람들은 당신을 신뢰하고 존경하니까 염려할 이유가 없어요."

그럼에도 고민이 사라지지 않았다. 사실 날이 갈수록 근심이 깊어져 갔다. 이제는 마음 깊은 곳에서 사람들에게 설교할 소재가 바닥났다고 느꼈다.

하루는 근처 언덕으로 긴 산책을 나갔다. 걷고 있으면 생각이 더 명확해지기 때문이었다. 그렇지만 자신을 괴롭히는 문제를 해결하기 위해서는 언덕을 몇 개나 넘어야 했다.

다음 주 안식일에 사람들이 회당에 모였을 때 랍비는 자신이 무슨 내용의 설교를 하려고 하는지 아느냐고 질문했다. 사람들은 뜻밖의 질문에 놀라서 아무 말도 하지 못했다. 그들은 지금까지 회당에 들으려고 왔지 말하려고 오지는 않았기 때문이다. 랍비는 청중의 무지를 나무라며 한숨지었다. 평생 동안 자신이 설교해 왔는데도 다음에 무슨 말을 할지 짐작하지 못한다는 것은 설교 내용에 관심이 없다는 뜻이었다.

회당을 나서 집으로 가는 길에 사람들은 방금 자신들에게 일어난 일에 대해 이야기하지 않을 수 없었다.

"이런 경우를 들어본 적 있어?"

구멍가게 주인 기데온이 가장 큰 목소리로 말했다.

"전혀! 설교는 랍비가 하고 우리는 들어야 하는 거야. 그것이 규칙이지."

의회 대표 베렉도 충격을 가라앉히지 못했다.

옆에서 걷던 현자 모르데하이가 말했다.

"혹시 랍비가 우리를 시험해 보려고 그러시는 건 아닐까?"

그러자 보석상 바루흐가 맞장구쳤다.

"맞아요, 그 말이 맞습니다!"

각자 집에 도착할 때쯤 사람들은 랍비가 그런 식으로 행동하는 데는 분명 타당한 의도가 있을 것이라고 확신했다. 그리고 랍비의 행동에 의문을 제기하는 것은 자신들이 할 일이 아니라는 데 동의했다.

그다음 안식일에 랍비가 다시 같은 질문을 했다.

"회당에 모인 여러분, 오늘 내가 무슨 내용의 설교를 할지 아십니까?"

그 질문에 마음의 준비가 되어 있던 사람들은 기쁜 목소리로 대답했다.

"네, 잘 압니다!"

그리고 의회 대표 베렉이 맨 먼저 일어나 말했다.

"랍비님께서는 오늘, 안식일에 우리가 어떤 식으로 몸과 마음의 준비를 해야 하는가에 대해 말씀하실 계획입니다."

마부 이히엘이 두 번째로 일어나 말했다.

"아닙니다! 신 앞에서만이 아니라 이웃 앞에서 우리가 왜 겸

손해야 하는지 말씀하실 겁니다."

현자 모르데하이가 세 번째로 일어나 조용하지만 확신에 찬 목소리로 말했다.

"그렇지 않습니다! 오늘 랍비께서는 우리가 매일 만나는 모든 것들에 대해 어떻게 감사해야 하는지 말씀하실 겁니다."

마지막으로 랍비가 말했다.

"매우 좋습니다. 내가 말하려는 내용을 모두가 잘 알고 계시니, 나는 더 이상 설교를 할 필요가 없을 것 같습니다."

그런 후 랍비는 설교단을 내려와 청중 맨 앞줄에 앉았다. 예배가 그렇게 침묵 속에 진행될 것이라고 그는 믿었다.

그러나 그 믿음이 틀렸음이 곧 드러났다. 사람들이 번갈아 가며 설교단 위로 올라가 앞선 사람을 압도하는 목소리로 랍비가 하려고 했던 설교를 대신해 나갔다. 목소리가 점점 커질 뿐 아니라 내용도 길어졌다. 한참 동안 침묵 속에 앉아 있던 랍비가 더 이상 소음을 견디지 못하고 설교단으로 올라갔다. 그제야 회당 안이 조용해졌고, 랍비는 예배를 마칠 수 있었다. 신도들은 매우 만족스러운 기분으로 돌아갔다.

헤움의 랍비가 생각해 낸 이 새로운 설교 방식에 대한 소문이 빠른 속도로 퍼져 나갔다. 그래서 다음 안식일에는 그 독특한 광경을 보려고 다른 도시에서 몰려온 사람들로 회당 안이 가득 찼다.

지난주와 마찬가지로 랍비는 사람들에게 자신이 무슨 내용의 설교를 하려는지 아느냐고 물었다. 일주일 내내 그 질문에 대한 대답을 생각하고 있던 사람들은 주저 없이 대답했다.

"우리에게 전통의 의미와 그것을 따르는 일의 중요성에 대해 말씀하실 겁니다."

양복장이 이체크가 먼저 말하자 보석상 바루흐가 그 뒤를 이었다.

"이체크의 생각에 동의하지 않습니다. 내 의견으로는, 랍비께서는 오늘 우리가 가진 것을 남과 나누는 일의 중요성에 대해 말씀하실 겁니다."

빵장수 헤르셸이 약간 짜증을 내며 말했다.

"왜 랍비께서 우리에게 그런 뻔한 내용을 말해야 합니까? 오늘 랍비께서는 오래된 경전에 적힌 신비한 구절들을 해석해 주실 겁니다."

또다시 사람들은 온갖 종류의 가능한 주제들을 나열했다. 이런 방식의 예배에 준비되어 있지 않았던 외지인들만 침묵을 지킬 뿐이었다.

마침내 랍비가 선언했다.

"지금 이 회당 안에는 내가 오늘 할 설교 내용을 아는 사람들과 모르는 사람들이 반반씩 있는 것이 분명합니다. 그러니 아는 사람들이 모르는 사람들에게 가르쳐 주기 바랍니다."

그렇게 말하고 랍비는 설교단을 내려갔다. 그러자 수많은 사람들이 번갈아 가며 설교단에 올라와 랍비를 대신해 신의 메시지와 613가지 선행에 대해 설명했다. 혼자서 수십 분씩 경전 구절의 의미에 대해 열변을 토하는 이도 있었다.

상황을 진정시키기 위해 랍비는 설교 지원자들의 명단을 만들기로 결정했다. 그들이 이야기할 주제까지 포함해. 곧이어 일 년 치의 설교자 명단이 작성되었으며, 그다음 해의 명단도 조만간 채워질 예정이었다.

그날 이후 헤움의 회당은 안식일마다 사방에서 몰려온 사람들로 발 디딜 틈이 없었다. 랍비가 고안한 새로운 설교 방식이 멀리 바르샤바와 오스트리아의 빈에서까지 청중과 설교 지원자들을 끌어모았기 때문이다.

이야기가 사라지지 않는 법

다른 곳과 마찬가지로 헤움에도 매일 크고 작은 일들이 일어났다. 그 일 중 어떤 것은 현자들의 토론이 필요했고, 다른 일들은 그다지 많은 주의를 기울일 필요가 없었다. 큰 사건들은 의회에서 주의 깊게 기록하고 보존했지만 작은 사건들은 전혀 기록되지 않았다. 그러나 사람들에게는 큰 문제들이 중요한 만큼 날마다 맞이하는 자잘한 일들도 똑같이 중요했다.

어느 해 여름, 이름난 작가 아나톨이 헤움 출신의 아름다운 처녀 피라에게 청혼하는 일이 일어났다. 아나톨의 친구들은 신중하게 결정하라고 충고를 거듭했지만 아나톨은 피라와 결혼하겠다는 생각에 흔들림이 없었다.

결국 아나톨은 피라와 결혼했다. 오스트리아의 멋진 도시 빈에서 행복한 신혼여행을 한 후, 이름난 작가는 헤움 출신의 아내와 함께 루블린에 있는 자신의 집으로 돌아왔다.

다음 날 아침, 아나톨은 새 신부를 집에 혼자 두고 친구들을 만나러 외출했다. 십은 매우 어수선한 편은 아니었지만 온갖 종이와, 잉크와 연필로 휘갈겨 쓰고 마구 지운 원고 뭉치들이 집 안 곳곳에 널려 있었다.

저녁에 집에 돌아온 아나톨은 경악하고 말았다. 책상 위와 서재가 완전히 텅 비어 있었다. 공포로 몸이 굳은 채 피라에게 물었다.

"피라, 내가 보기에 집안 청소를 한 것 같은데, 설마 모든 종이를 벽난로 속에 집어넣은 건 아니겠지?"

피라가 말했다.

"나는 당신이 생각하는 만큼 바보가 아냐. 내가 좋은 종이들을 없앴을 거라고 생각해? 모두 서랍 속에 잘 넣어 뒀어. 이미 사용한 종이들만 불 속에 던졌을 뿐이야."

아나톨은 절망하며 쓰러졌다. 지난 몇 달 동안 탈고에 탈고를 거듭해 마침내 출간 직전에 도달한 새 소설 원고가 불에 타 버린 것이다. 생애 최초로 완전한 무력감에 빠졌다.

그는 아내에게 말했다.

"피라, 이제 우리가 무엇을 어떻게 해야 할지 난 모르겠어. 어떻게 당신을 먹여살려야 할지 정말 모르겠어. 우리의 유일한 수입원이었던 내 소설이 잿더미로 변했으니……"

피라가 여러 번 여러 방식으로 미안하다고 말했지만 소용이 없었다. 아나톨은 말할 수 없이 좌절했으며, 우울증에 걸리기 직전이었다. 그는 피라의 얼굴을 쳐다보려고도 하지 않았다.

몇 주 후 피라는 용기를 내어 남편에게 다가갔다. 집 안의 무거운 침묵을 더 이상 견딜 수 없게 된 그녀가 말했다.

"너무 상심하지 마, 아나톨. 나의 할머니는 인생의 가장 중요한 것들은 우리의 기억 속에 있다고 늘 말씀하셨어. 헤움의 큰 사건들은 마을의 연대기에 기록되지만 나날의 작은 일들은 어디에도 기록되지 않아. 그것들은 우리의 기억 속에 남아 있지. 만약 당신이 그 이야기들을 작품으로 쓴다면 당신은 무에서 유를 창조하는 일이 될 뿐만 아니라, 그 일들이 문자로 기록되어 사람들의 마음속에 살아 있게 될 거야. 헤움 사람들의 기억 속에서 사라지게 된다 해도 적어도 당신의 책 속에서는 언제까지나 생생히 살아 움직이게 될 거야."

아나톨은 창작 의욕을 거의 상실한 상태였기 때문에 매우 자발적이라고는 할 수는 없지만 피라의 영감을 따르는 수밖에 없었다.

그날부터 여러 해 동안 피라는 매일 아침 아나톨에게 자신의 기억 속에 있는 사건들뿐 아니라 할머니로부터 전해 들은 헤움의 일화들을 한 편씩 들려주었다. 사실 피라는 글을 읽을 줄도 쓸 줄도 모르는 문맹이었다. 하지만 헤움 출신답게 그녀의 뛰어난 기억력과 생생한 상상력이 그 일을 가능하게 했다.

그리고 그녀가 앞일을 내다보았듯이, 마음을 담아 적어 내려 간 헤움의 이야기들은 전 세계에 널리 알려졌다. 그래서 그 이 야기들이 오늘날까지도 살아 있게 되었다.

어처구니없는 세상에서 헤움 식으로 살아가기

폴란드 남동부에 위치한 헤움은 절반이 시장과 상점들로 이루어져 있고, 나머지 절반은 농부들의 오두막이었다. 다른 공동체와 마찬가지로 주민들의 삶에 필요한 다양한 등장인물들이 있었다. 회당의 늙은 랍비, 수완 좋은 중매쟁이, 돈 많은 보석상, 가난한 학교 교사, 어리숙한 푸줏간 주인, 참견하기 좋아하는 여자, 빵 가게 유리창으로 바깥을 내다보는 빵장수, 구두 만들 재료가 없는 제화공, 연장을 팔아먹은 구두 수선공, 매사에 서투른 바보, 매사에 운 없는 바보, 매번 실험 결과가 다른 과학자도 있었다.

세상은 그들의 어리석음을 비웃었지만, 헤움 사람들은 자신들의 오랜 지혜와 일곱 명의 현자로 구성된 의회를 자랑스럽게 여겼다. 중요한 정치 문제나 경제 위기가 닥칠 때마다 의회를 열어 권위 있는 결정을 내리고, 둥글게 모여 앉아 서로 이야기를 나누었다.

이들은 전통을 중요하게 여겼으며, 세계적으로 유명한 자신들의 지혜를 사랑하고, 세계적으로 평판 높은 자신들만의 논리를 지켜 나갔다. 그들의 논리는 그들의 생존방식이자 자존심이었다. 그래서 자신들의 논리에 어긋나 보이는 일들은 좋아하지 않았다. 헤움 사람들이 세상을 이해하고 살아가는 방식 몇 가지를 여기에 소개한다.

반대로 떨어뜨린 빵

푸줏간 주인 레온의 아내 하와가 빵에 버터를 바르다가 실수로 빵을 바닥에 떨어뜨렸다. 하와와 레온은 너무도 놀랐다! 버터 바른 쪽이 위를 향하도록 떨어졌기 때문이다!

헤움 사람들은 버터 바른 빵이 바닥에 떨어지면 언제나 버터 바른 쪽이 아래를 향하도록 떨어진다는 것을 잘 알고 있었다. 이것은 돌에 새겨진 십계명이나 율법처럼 분명한 것이었다. 그런데 이 빵은 왜 버터 바른 쪽이 위를 향하도록 떨어졌을까?

논리에 어긋나는 중대한 일이 벌어졌기 때문에 즉시 현자들이 모였다. 긴 토론 끝에 의회 대표 베렉이 하와를 불러 결정문을 읽어 주었다.

"친애하는 하와, 헤움 의회는 버터 바른 빵이 바닥에 떨어질 때 언제나 버터 바른 쪽이 아래 쪽으로 떨어진다는 데 동의한다. 따라서 그대가 떨어뜨린 버터 바른 빵은 잘못된 쪽으로 떨어진 것이거나, 아니면 그대가 실수로 빵의 반대쪽에 버터를 바른 것이다."

사람들 모두 안심했다. 의회의 최종 판결로 자신들의 논리와 전통이 흔들림 없이 보호되었기 때문이다.

헤움식 문제 해결법

회당지기에게는 회당을 관리하는 일뿐 아니라 기도 시간을 알리기 위해 한밤중에 집집마다 다니며 창의 덧문을 두드려 잠을 깨우는 중요한 임무가 있었다. 그런데 그는 늙어서 잘 걷지 못해 더 이상 그 일을 수행할 수 없게 되었다. 하지만 헤움 사람들은 그를 해고하고 새로운 사람을 임명할 생각이 없었다. 그 대신 가장 지혜로운 방식으로 문제를 해결했다.

의회 현자들은 회의 끝에 다음과 같이 결정했다.

'회당지기가 너무 늙어서 더 이상 밤에 사람들 집을 일일이 방문해 덧문을 두드릴 수 없게 되었다. 따라서 모든 집의 덧문을 하나씩 떼어 회당으로 가져오기로 한다. 그럼 늙은 회당지기는 그 자리에서 모든 덧문을 두드릴 수 있을 것이고, 사람들은

그 시간에 맞춰 잠을 깨면 된다.'

신의 헤아림

한밤중에 큰 화재가 발생해 대소동이 일어났다. 모두가 물통을 들고 불을 끄러 정신없이 뛰어다녔다. 랍비도 이에 동참했다. 하지만 그는 잠시 옆에 비켜서서 눈앞에 벌어지고 있는 일들에 대해 곰곰이 생각했다.

사람들이 그에게 물었다.

"랍비님, 왜 이런 재앙이 우리에게 일어난 걸까요? 이유가 무엇일까요?"

마침내 랍비가 대답했다.

"깊이 생각해 봤는데, 지금 여기에 불이 난 것은 신께서 우리에게 내리신 기적 그 자체입니다! 만약 이 불이 나지 않았다면, 깜깜한 어둠 속에서 불을 끄기 위해서는 어디에다 물을 부어야 할지 우리가 어떻게 알 수 있었겠습니까?"

언덕 밀기

어느 날 사람들은 마을 끝에 있는 언덕이 자신들의 삶을 방해한다는 것을 알아차렸다. 불필요하게 공간을 차지할 뿐 아니라 낮 동안에는 햇빛을 가로막으며, 밤에는 달을 가려 언제 새로운 달이 시작되는지 알 수 없게 만들기 때문이었다. 그래서 언덕을 더 밀리 밀어내는 것 외에는 다른 길이 없다는 결론을 내렸다.

다음 날, 헤움의 모든 남자가 날이 밝는 즉시 언덕 밑으로 모였다. 그리고 온 힘을 다해 언덕을 떠다밀기 시작했다.

그들은 몇 시간 동안 계속해서 언덕을 밀었으며, 땀이 비 오듯 흘렀다. 그래서 모두가 하와트 코트(유대인 남자가 입는 검은색 긴 웃옷)를 벗고 다시 힘껏 밀기 시작했다. 언덕을 미는 데 전념하느라 다른 마을에서 온 한 무리의 도둑이 바닥에 놓인 코트를 모조리 훔쳐 가는데도 알아차리지 못했다.

어느 순간 뒤를 돌아본 남자들은 자신들이 벗어 놓은 코트가 보이지 않는 것을 깨달았다. 모두가 너무도 행복해 덩실덩실 춤을 추었다. 큰 기쁨이 마을 전체에 물결쳤다. 마침내 그들이 언덕을 멀리까지 밀어낸 것이다. 자신들이 벗어놓은 코트가 보이지 않을 정도로.

나한테 왜 이러니?

자물쇠 수리공 율렉은 마차를 갖는 것이 소원이었다. 간신히 돈을 모아 마침내 말 한 마리를 구입하고, 목수에게 부탁해 가장 단순한 마차 한 대를 만들었다.

마차를 갖게 된 율렉은 말할 수 없이 행복했으며, 곧바로 일을 시작했다. 그런데 말이 약간 문제를 일으켰다. 사료를 너무 많이 먹어서 마차로 벌어들이는 수입의 거의 전부를 사료 사는 데 써야만 했다.

율렉은 말의 먹는 습관을 없애기로 결심하고 일주일에 하루는 사료를 주지 않았다. 그리고 그다음 주에는 이틀, 또 그다음 주에는 사흘을 굶겼다.

한 달이 지나자 말은 거의 사료를 먹지 않는데도 잘 지내는 법을 터득한 듯 보였다. 율렉은 자신의 기발한 생각에 흡족해했다. 그런데 어느 날 갑자기 말이 쓰러져 죽고 말았다.

율렉은 슬픔으로 넋을 잃었다. 죽은 말 옆에 서서 그는 한탄하며 말했다.

"왜 나한테 이러는 거니? 비싼 사료를 먹지 않고도 살아남는 법을 거의 터득해서 내 걱정이 사라지게 하더니 왜 갑자기 포기하고 죽은 거니?"

지혜 연습

헤움의 두 노인이 산책을 나갔다. 은퇴한 마부 얀키엘은 우산을 가지고 나가고, 전직 푸줏간 주인 페이겔은 지팡이를 짚고 나갔다.

도중에 비가 내리기 시작하자 페이겔이 말했다.

"얀키엘, 우산을 펴게. 우리 둘이 함께 쓰고 가면 젖지 않을 거야."

얀키엘이 말했다.

"우산을 펴도 우리 두 사람에게는 아무 소용이 없을 거야."

페이겔이 물었다.

"왜 그렇지?"

얀키엘이 말했다.

"내 우산은 이 길의 웅덩이보다도 구멍이 더 많아."

페이겔이 물었다.

"그럼 왜 그걸 들고 나왔지?"

얀키엘이 말했다.

"비가 올 줄 몰랐거든."

잃어버린 머리

헤움 사람들은 매사에 정확한 것을 좋아했다. 유월절(이집트의 노예 생활로부터 탈출한 사건을 기리는, 유대인들의 최고 명절) 전날 헤움 사람 하나가 루블린으로 모자를 사러 갔다. 모자 가게에 도착한 남자는 너무 당황한 나머지 거의 쓰러질 정도였다. 가게 주인이 그를 진정시키려고 노력했지만 그는 안절부절하며 몇 차례나 주머니를 뒤지더니 결국에는 가게 밖으로 나가려고 했다. 모자 가게 주인이 그를 붙잡고 물었다.

"손님, 무엇을 잃어버렸기에 그러시나요?"

남자는 몹시 괴로워하며 말했다.

"묻지도 마십시오. 이런 재난이 어찌 있을 수 있겠습니까? 유월절 축제를 위해 새 모자를 사고 싶었는데, 이 상황을 믿을 수 있겠습니까? 내 머리 치수를 적은 종이를 깜빡하고 놓고 왔지 뭡니까?"

잃어버릴 뻔한 지팡이

한 헤움 사람이 부자가 거짓말쟁이이며 가난한 자가 정직한 사람인가를 어떻게 알게 되었는지 이야기하곤 했다.

"전에 바르샤바에 갔을 때 내 가게에 필요한 물건들을 사려고 온종일 도매상을 돌아다녔어. 저녁이 되어 여관에 왔을 때 지팡이를 어딘가에 놓고 온 것을 알게 되었어. 이튿날 아침 눈을 뜨자마자 전날 들렀던 부자들이 운영하는 도매상들을 돌아다니면서 내 지팡이를 봤느냐고 물었더니 모두가 고개를 저으면서 못 봤다고 했어. 마지막으로 매우 가난한 사람이 운영하는 지하 상점 중 하나에 들렀어. 내가 지팡이에 대해 묻자마자 상점 주인이 조금도 망설임 없이 내 지팡이를 들고 오는 것이었어. 부자들은 모두 못 봤다고 하는데 이 가난한 사람은 얼마나 정직하고 양심적이야!"

현명한 일머리

혜움의 지혜로운 사람 하나가 마을 밖의 마른 땅에서 무엇인가를 찾고 있었다.

지나가던 행인이 물었다.

"무엇을 찾고 있나?"

"동전을 잃어버려서 찾고 있네."

행인이 함께 동전을 찾았으나 아무리 찾아도 눈에 띄지 않았다. 마침내 행인이 다시 물었다.

"어디서 동전을 잃어버렸지?"

"회당 앞에서 잃었지."

행인이 어이없어하며 물었다.

"바보여, 회당 앞에서 잃었는데 왜 여기서 찾고 있나?"

"그렇게 말하는 당신은 스스로를 현명하다고 여기는가?"

혜움 사람이 얼굴에 웃음을 지으며 말했다.

"회당 앞은 땅이 질척한데, 여기는 완전히 말랐잖아. 당신에게는 어디서 동전을 찾는 것이 더 합리적인가?"

문제 해결에 충실한 사람들

한 남자가 커다란 통나무 하나를 수레에 싣고 헤움으로 왔다. 그러나 수레가 좁은 길에 걸리고 말았다. 긴 통나무를 수레에 가로질러 얹었기 때문에 통나무 양쪽 끝이 길 양쪽에 있는 집 벽에 걸려 수레가 더 이상 나아갈 수 없었다.

현자들이 모여 그 상황을 어떻게 해결할 것인가에 대해 고민한 끝에, 길 양쪽에 있는 집들을 해체하는 수밖에 없다는 결론에 이르렀다. 헤움 사람들은 매우 협조적이었기 때문에 곧바로 작업이 시작되었다. 길 양쪽의 집이 거의 해체될 무렵 한 남자가 달려오며 소리쳤다.

"이 아무짝에도 쓸모없는 멍청이들아! 수레를 통과시키려고 집들을 부수다니, 말이 되는 일이야? 차라리 통나무를 반으로 자르면 쉽게 통과할 것 아닌가!"

모두가 망연자실했다. 하지만 누구도 통나무를 세로로 실으면 수레가 통과할 수 있다는 사실은 생각하지 못했다.

나의 성공 이유

한 제화공이 있었다. 그가 어렸을 때 부모는 그의 미래에 대해 논쟁을 벌이곤 했다. 아버지는 그가 제화공이 되기를 원했고, 어머니는 양복 재단사가 되기를 원했다. 다행스럽게도 아버지가 끝까지 주장해 그는 제화공이 되었다. 만약 어머니의 주장이 관철되어 양복장이가 되었다면 그 자신뿐 아니라 아내와 자식들 모두가 굶어 죽었을 것이라고 그는 말하곤 했다.

사람들이 물었다.

"어떻게 그걸 알 수 있지?"

제화공이 말했다.

"내가 어떻게 그걸 아냐고? 날마다 확실한 증거가 있어. 30년 동안 제화공으로 일해 왔는데 단 한 번도 내 가게에 양복을 맞추려고 찾아오는 사람이 없었어. 모두가 새 구두를 맞추거나 낡은 구두를 수선하려고 오는 사람들뿐이었어!"

그것이 정답

책을 읽으려고 안경을 아무리 찾아도 찾지 못하자 혜움의 과학자는 논리적으로 분석하기 시작했다. 그 안경을 누군가가 가져갔을 경우, 안경이 필요한 사람이 가져갔을 수도 있고 필요하지 않은 사람이 가져갔을 수도 있다. 안경이 필요한 사람이었다면 시력이 나쁘기 때문에 안경을 발견할 수 없었을 것이다. 따라서 안경이 필요 없는 사람이 그것을 팔기 위해 훔쳐 갔을 수도 있었다. 하지만 누구에게 안경을 팔 것인가? 안경이 필요한 사람이라면 이미 안경을 가지고 있을 것이고, 안경이 필요하지 않은 사람은 그것을 살 이유가 없을 것이다. 따라서 안경을 갖고 있다가 잃어버린 누군가에게 팔 것이다. 어쩌면 그 사람은 안경을 잃어버린 것이 아니라 안경을 머리 위에 쓰고서 잊어버린 것일 수도 있었다. 그래서 과학자는 자신의 머리 위를 확인한 끝에 그곳에서 안경을 발견했다.

나는 댁과 생각이 다릅니다

어부 레이브가 새로운 직업을 갖기로 결심했다. 그의 아내는 미심쩍어 했지만, 그는 유리창 청소부가 되기로 마음먹고 긴 사다리와 물통과 막대에 달린 솔을 구입했다. 사다리 위에 올라가 건물 밖에서 유리를 닦기 위해서였다. 그렇게 하면 창틀에 앉아서 유리를 닦다가 떨어질 염려가 없었다.

다음 날 아침, 레이브는 보석상 바루흐의 집으로 가서 유리창을 닦아 주겠다고 제안했다.

바루흐의 아내가 물었다.

"이 층의 유리창을 닦는 데 얼마를 받을 거죠?"

레이브가 말했다.

"유리창 한 장당 1즈워티입니다."

보석상의 아내가 다시 물었다.

"왜 그렇게 비싸죠?"

"유리창이 매우 높은 곳에 있으니까요. 물통을 들고 사다리를 오르내리는 것이 쉬운 일이라고 생각하진 않으시죠?"

그러자 보석상의 아내가 물었다.

"그럼 지하실 유리창을 닦는 데는 얼마죠?"

레이브는 종이와 연필을 꺼내 신중하게 계산한 후 말했다.

"지하실 유리창은 한 장당 5즈워티 주셔야 합니다."

보석상의 아내가 놀라서 말했다.

"왜 그렇게 비싸죠? 이 층의 유리창은 장당 1즈워티라고 했잖아요."

레이브가 말했다.

"지하실 유리창을 닦으려면 사다리를 설치하기 위해 매우 깊이 땅을 파 내려가야 한다는 걸 모르시겠어요?"

곤죽이 된 자존심

헤움의 걸인 엘다트가 힘겨운 겨울을 보내고 있었다. 기록적인 폭설과 살을 에는 바람이 사람들을 집 안에 가둬 아무도 광장으로 나오는 이가 없었다. 구걸해서 살아가는 엘다트로서는 치명적이었다.

결국 엘다트는 자존심을 숙이고 집집마다 구걸하러 다닐 수밖에 없었다. 과부 체이텔의 집에 도착한 엘다트는 문을 두드리며 먹을 것을 청했다.

친절한 체이텔이 물었다.

"식은 닭고기 수프라도 먹을래요?"

귀가 번쩍 뜨인 엘다트가 입맛을 다시며 말했다.

"차갑게 식었어도 닭고기 수프는 최고지요!"

체이텔이 말했다.

"그럼 한 시간 뒤에 오세요. 지금은 수프가 뜨거우니까 한 시간 뒤면 차갑게 식을 거예요."

모른다는 걸 알기

브제시치에서 온 외지인이 온갖 종류의 신기술을 소개하는 소책자를 가지고 나타났을 때 큰 소동이 일었다. 소책자 안에는 외부 세계에서 인기를 끌고 있는 최신 발명품들이 설명되어 있었다. 그 외지인이 한 사람 한 사람에게 그것들을 보여 줄 때마다 큰 동요가 일었다.

헤움의 현자들은 그 소책자를 성인식을 앞둔 모든 아이들에게 보여 주는 것이 좋겠다고 결정했다. 현자들이 설명했다.

"언젠가 너희들은 세상 밖으로 나갈 것이다. 따라서 현대 문명의 경이로운 신기술들에 대해 알 필요가 있다."

아이들은 학교에 비치된 소책자를 백 번도 넘게 읽었다. 그리고 기억 속에 담아 두기 위해 소책자에 실린 각각의 사진들을 자세히 살펴보았다. 슐렉이라는 이름의 소년도 그 사진들과 사진 밑에 적힌 설명을 열심히 공부했다.

이튿날 슐렉은 교사를 찾아가 자신이 느낀 의문점을 이야기했다. 소책자에 라디오라고 소개된 사진이 있었는데, 누군가가 공중으로 소리를 전송하면 집 안에 앉아 그 소리를 들을 수 있는 장치라고 설명이 적혀 있었다. 슐렉은 그것이 놀라운 마술이라고 확신했다.

늙은 교사가 인내심을 갖고 슐렉의 이야기를 들은 후 말했다.

"이것은 마술이 아니란다. 이것은 과학이야!"

슐렉이 잠시 침묵하고 있다가 말했다.

"저는 많은 것을 이해할 수 있지만, 이것은 도저히 이해가 가지 않아요. 어떻게 전선 없이 음성이 전달된다는 거죠?"

교사가 미소 지으며 말했다.

"슐렉아, 너에게 한 가지 물어보자. 만약 전선으로 음성이 전달된다고 적혀 있다면 네가 이해할 수 있겠니?"

더 달리 생각하기

마부 루텍이 돈이 떨어져 빈털터리가 되었다. 그래서 어느 날 그는 거리 한복판에서 브제시치까지 반값에 마차를 태워다 주겠다고 큰 소리로 외쳤다. 손님들이 모이자 루텍은 먼저 마차 삯을 걷었다.

말과 마차가 어디에 있는지 손님들이 알고 싶어 하자 루텍은 자기를 따라오라고 하고는 앞장서서 걸었다. 사람들은 말과 마차가 바로 앞에 있다고 생각하고 그의 뒤를 따랐다. 루텍은 그들을 브제시치까지 데려다주겠다고 계속 외쳤다. 사람들은 걸어서 따라갈 수밖에 없었다.

어느덧 브제시치까지 절반을 왔는데도 말도 마차도 보이지 않았다. 이제 와서 되돌아갈 수도 없는 일이었다. 루텍은 그런 식으로 손님들 모두를 브제시치까지 도보로 데려갔다. 사람들이 돈을 돌려달라고 항의하자 루텍은 자신이 약속한 대로 반값에 브제시치까지 데려다주지 않았느냐고 주장했다.

달 도둑

헤움 사람들은 매일 밤 자신들을 비추는 달을 사랑했다. 하지만 한 달에 한 번 달이 완전히 사라지는 밤이 있었다. 그런 날 밤이면 사람들은 바깥에 나와서 실망한 눈으로 검은 밤하늘을 두리번거리곤 했다.

"우리는 우리의 달을 사랑한다! 달은 너무나 사랑스럽다. 그런데 왜 매달 이런 우울한 일이 일어나는가? 달이 왜 사라져야만 하는가?"

어느 날 밤, 달이 사라졌을 때 현자 모르데하이가 말했다.

"우리가 달을 체포합시다. 일단 체포하면, 영원히 우리의 달이 되는 겁니다. 매일 밤 환하게 우리를 비출 거예요."

당연히 모든 현자가 동의했다.

사람들은 깊은 밤이면 달이 마을의 우물에 들어가 있는 것을 알고 있었고, 그곳이 달이 가장 좋아하는 장소라고 여겼다.

그날 밤, 둥근 보름달이 중천에 떠올랐을 때 그들은 서둘러 우물로 달려갔다. 달이 그곳에 꽉 차 있었다. 그들은 조용히 우물을 에워쌌으며, 그들 중 가장 힘센 사람이 큰 돌을 번쩍 들어 우물을 막았다.

"우리가 달을 체포했다!"

사람들은 기쁨의 노래를 부르며 춤을 추었다.

다음 날 아침, 자신들의 다정한 친구인 달에게 인사를 하기 위해 현자들이 우물가에 모였다. 그리고 모두가 힘을 합해 뚜껑을 열고 우물 안을 들여다보았다.

달이 사라지고 없었다!

"누군가가 달을 훔쳐 갔어!"

그제야 그들은 자신들 중에 도둑이 한 명 있음을 깨달았다. 달 도둑을 잡기 위해 현자들은 우물가에 왔던 사람들을 한 명씩 취조해 나갔다. 그러는 바람에 모두가 일상생활에 곤란을 겪었으며, 도둑을 잡기는커녕 상황만 더 복잡해졌다. 어쩌면 애초에 달을 도둑 맞은 것이 아닐 수도 있었다.

그날 밤, 그들은 우물 뚜껑을 단단히 덮었는데도 불구하고 다시 하늘에 나타난 달을 보면서 달 스스로 탈출한 것이라고 결론 내렸다. 어떻게 그런 일이 가능한지는 논리적으로 이해할 수 없었지만, 그날 이후 그들은 깨달았다. 이 세상에서는 어떤 것도 숨기는 것이 불가능하다는 것을.

국경 없는 세금 징수원

헤움이 러시아의 지배 아래 놓였을 때, 사람들은 차르가 보낸 비정하고 무자비한 세금 징수원들에게 끊임없이 협박을 당했다. 세금을 내지 않는 사람들은 차르 통치하에서 언제나 지참하고 다녀야 하는 신분증 발급을 거부당했기 때문에 큰 곤란을 겪었다.

막대한 세금을 낼 수 없는 농부들은 회당에 오는 것을 중단했다. 신분증 없이 마을을 다니다가 체포되어 강제로 세금을 징수당하지 않기 위해서였다.

랍비가 한 농부에게 회당에 예배 드리러 오라고 설득하자 농부는 길을 어슬렁거리다 위험에 빠지고 싶지 않다고 말했다. 그래서 랍비는 한 가지 계획을 생각해 냈다. 둘이서 함께 걷다가 세금 징수원이 멈추라고 명령하면, 랍비가 마치 신분증을 갖고 있지 않은 것처럼 도망을 치겠다는 것이었다.

그래서 농부는 랍비를 따라서 회당으로 향했는데, 도중에 정말로 세금 징수원이 그들을 불러 세웠다. 랍비는 전속력으로 도망치기 시작했으며, 덕분에 농부는 천천히 걸어 안전하게 회당에 도착할 수 있었다. 세금 징수원이 마침내 랍비를 붙잡아 신분증을 요구하자 랍비는 곧바로 신분증을 꺼내 보여 주었다.

놀란 세금 징수원이 랍비에게 달아난 이유를 물었다. 랍비는 의사가 자신에게 건강을 위해 기회 있을 때마다 달리기를 하라고 권했기 때문이라고 설명했다. 그러자 세금 징수원은 자신이 뒤쫓아 가는 것을 랍비가 몰랐을 리 없다고 다그쳤다.

그러자 랍비는, 세금 징수원이 뒤쫓아 오는 것을 알았지만 그도 같은 의사에게서 동일한 조언을 들은 모양이라고 생각했다고 대답했다.

헤움에 내리는 눈

어느 날 저녁, 현자들이 한자리에 모였다. 공동체에 당장 돈이 필요한데, 어디서 구해야 할지 막막했다.

바로 그때 눈이 내리기 시작했다. 그리고 눈이 그치자 달빛과

별빛을 받아 눈밭이 아름답게 반짝였다.

창밖을 내다보며 한 현자가 소리쳤다.

"눈 속에 보석이 있어!"

그것을 본 모든 현자들은 하늘에서 보석이 떨어졌다고 확신했다. 그러나 곧 걱정이 앞섰다. 눈이 내린 기쁨에 사람들이 밖으로 쏟아져 나오면 보석들을 모두 밟아 뭉갤 것이 틀림없었기 때문이다. 빨리 조치를 취해야만 했다.

"회당지기를 집집마다 보내, 보석을 안전하게 주워 모을 때까지 모두 집 안에 머물러 있으라고 전합시다."

모두가 그 현명한 계획에 동의했다. 그때 한 현자가 말했다.

"하지만 회당지기는 어떻게 하죠? 그가 집집마다 돌아다니느라 눈 속의 보석들을 다 밟아 버릴 텐데요."

그러자 한 현자가 외쳤다.

"회당지기를 걸어서 다니지 않도록 하면 됩니다. 들것에 태워서 가게 하면 소중한 눈을 밟지 않아도 됩니다."

그래서 곧이어 들것이 만들어지고, 회당지기가 그 위에 앉았다. 그리고 힘센 남자 네 명이 앞뒤에서 들것을 들어 올렸다. 회당지기는 집집마다 방문해 사람들에게 집 안에 머물러 있을 것을 강조했다. 사람들은 현자들의 결정에 순종하며 밤새 집 안에 머물러 있었다. 그러는 동안 현자들은 보석들을 거두면 어떻게 사용하는 게 가장 좋을지 토의를 계속했다.

그러는 동안 아침이 오고 해가 떠올랐다. 창밖을 내다본 현자들은 경악했다. 눈이 마구 짓밟혀 있었다. 네 명의 남자가 무거운 들것을 들고 집집마다 다니느라 보석들을 모두 망가뜨린 것이다.

비록 소중한 보석들이 모두 사라졌지만 사람들은 희망을 잃지 않았다. 내년에도 눈이 내릴 것이고, 또다시 보석들이 축복처럼 하늘에서 내릴 것이기 때문이었다.

절친의 의미

헤움 인근 지역에서 온 랍비가 늙은 농부 요하임의 집을 지나가고 있었다. 랍비가 공손하게 물었다.

"실례합니다. 대장장이 이즈라엘의 집을 알려주실 수 있으신가요?"

"물론이죠!"

농부가 대답했다.

랍비가 물었다.

"그를 잘 아나요?"

"알다마다요! 그는 나의 가장 친한 친구예요."

"그럼 그에 대해 말씀해 주실 수 있나요?"

"무엇을 말해 드릴까요? 뭘 알고 싶으신가요? 먼저 당신이 그와 어떤 상거래를 하는 사이라면 나는 당신에게 경고해야 합니다. 주머니를 꿰매라고요. 그는 피도 눈물도 없는 사기꾼입니다. 자신의 이익을 위해서라면 끝까지 상대방을 쥐어짭니다. 정직하지도 않고, 속죄일에도 회당에 가지 않는 자입니다. 헤움에서는 누구도 그를 좋아하지 않아요!"

충격을 받은 랍비가 물었다.

"당신은 어떻게 한 사람에 대해 그 모든 것을 확신 있게 말할 수 있지요?"

요하임이 대답했다.

"어떻게 그럴 수가 있냐고요? 그가 나의 절친이라고 말하지 않았던가요?"

신발 상자 안의 비밀

한 헤움 사람이 돈을 벌기 위해 루블린으로 가서 구둣방 점원으로 일자리를 구했다. 출근 첫날, 가게 주인은 판매 규칙을 설명해 주면서 모든 거래는 외상이 아닌 현금으로만 이뤄져야 한다고 단단히 일렀다.

바로 그날, 한 늙은 남자가 새 구두를 사러 가게에 들렀다. 구두를 신어 본 뒤 그는 점원에게 지금은 돈을 가지고 있지 않지만 구두를 오늘 집으로 가져갈 수만 있다면 내일 와서 신발값을 지불하겠다고 말했다.

점원은 동의했고, 남자는 구두가 담긴 상자를 안고 떠났다. 나중에 사실을 안 가게 주인과 그의 아내는 가련한 헤움 사람에게 그가 신발값을 내리라는 보장이 어디에 있느냐며 소리치기 시작했다. 헤움 사람은 그 남자가 틀림없이 내일 가게에 다시 올 것이라는 주장을 굽히지 않았다.

확신하는 이유를 다그치자 그는 마침내 말했다. 자신은 사람의 마음을 읽을 수는 없지만, 그 남자에게 왼쪽 신발만 두 짝 주었기 때문에 반드시 다시 올 것이라고.

감시자 입장에서 감시하기

한 수상한 이방인이 헤움 마을에 왔다. 그래서 모두가 불안해했다. 이 문제를 해결하기 위해 사람들은 최고 현자 하임에게 갔다. 하임이 말했다.

"매우 간단한 일이오. 그 이방인이 마을에 있는 동안 그를 감시할 사람을 고용하는 거요."

"훌륭한 생각입니다!"

한 사람이 말하자 다른 사람들도 합세했다.

"맞아요!"

그래서 그 영광스러운 일을 위해 헤움에서 가장 늙은 남자가 선정되었다. 그 노인이 물었다.

"내가 무얼 하면 되나요?"

의회는 노인에게 매일 밤 가로등 아래 서서 이방인이 머물고 있는 집을 감시하고, 그가 밖으로 나오면 미행해야 한다고 설명했다.

첫날 밤, 노인은 가로등 아래 서서 이방인의 집을 지켜보았다. 하지만 밤이 깊어지자 졸음이 밀려와 잠이 들었다. 의회 현자들은 이를 좋지 않다고 생각했으며, 노인에게 밤새도록 서서 이방인을 잘 지켜봐야 한다고 말했다. 그러나 노인은 다리가 약해 그럴 수 없다고 말했다. 그래서 의회는 튼튼한 밧줄로 그를 가로등에 단단히 묶어 주었다. 그러자 노인은 계속 그렇게 묶여 있으면 가로등 불빛에 눈이 부셔 시력이 나빠질 것이라고 주장했다. 의회는 검은색 천 조각을 갖고 와 그의 눈 위에 올려놓았다. 늙은 파수꾼은 이제 졸려도 가로등에 묶여 밤새 똑바로 서 있을 수 있게 되었다. 그리고 눈가리개가 눈을 덮어서 불빛이 그의 눈을 방해하지도 않을 것이었다. 사람들은 이제 그 이방인을 밤새 감시할 수 있게 되었다고 굳게 믿었다.

풀 수 없는 수수께끼

헤움의 양복장이 이체크가 기차를 타고 가고 있었다. 옆자리에는 민스크(폴란드와 우크라이나에 접한 벨라루스공화국의 수도)에서 온 부유한 사업가가 한 명 앉아 있었다. 이체크는 그와 대화를 하려고 몇 차례 시도했지만, 콧대 높은 사업가는 쳐다보지도 않았다.

"나와 얘기를 나누지 않으시겠어요?"

이체크가 정중하게 물었다. 그러자 그 남자는 턱을 들어 올리며 헤움 사람은 모두 무식한 바보라고 말했다.

이체크는 잠시 생각한 후 한 가지 게임을 제안했다. 만약 자신이 문제를 내어 그 사업가가 답을 맞히지 못하면 25즈워티를 내고, 그 사업가가 낸 문제를 자신이 맞히지 못하면 어차피 헤움 사람이 다 무식한 사람이라고 생각했으니까 자신은 5즈워티만 내기로 하자고.

사업가는 미소를 지었다.

"먼저 하시오, 바보 양반. 그러나 질문을 하기 전에 당신은 내가 루블린과 자모시치에서 좋은 학교를 다녔다는 점을 알아야 하오."

이체크가 웃으며 문제를 냈다.

"세 개의 눈과 녹색 머리, 그리고 옆으로 나온 세 개의 팔을 가진 것이 무엇이오?"

사업가는 몇 분 동안 머리를 쥐어짜며 답을 생각하다가 화가 나서 이체크에게 25즈워티를 던져 주었다. 그런 다음 이체크에게 같은 문제를 냈다.

"세 개의 눈과 녹색 머리, 그리고 옆으로 나온 세 개의 팔을 가진 것이 무엇이오?"

이체크가 얼른 대답했다.

"나도 답을 모릅니다. 여기 5즈워티 가지세요."

사업가는 화가 나 소리쳤다.

"다시 해 봅시다. 이번에는 내가 먼저 질문할 거고, 당신이 답을 말하면 내가 당신에게 50즈워티를 주겠소. 하지만 답을 말하지 못하면 당신이 내게 100즈워티를 내야만 하오."

이체크는 동의했다. 그래서 사업가는 다시 똑같은 문제를 냈다. 이체크는 얼른 대답했다.

"그건 그저 수수께끼입니다."

그런 뒤 50즈워티를 빼앗듯 챙겨 기차에서 내렸다.

그는 어떻게 알았을까

혜움의 상인이 바르샤바에 가야 했다. 그는 일주일에 두 번 기차가 서는 작은 기차역으로 갔다. 그리고 표를 구입한 다음 기차가 오자 재빨리 1등칸에 올라타 첫 번째로 눈에 띈 의자에 앉았다. 그런 뒤 주머니에서 파이프를 꺼내 담배를 피우기 시작했다. 몇 분이 지나자 옆자리에 앉아 있던 남자가 그의 어깨를 건드리며 화난 목소리로 '1등칸에서는 금연'이라고 써 붙인 경고문이 보이지 않느냐고 말했다. 상인은 반응하지 않고 계속 파이프 담배를 피울 뿐이었다. 화가 난 옆자리 남자는 담배를 끄지 않으면 승무원을 불러 기차에서 내리게 하겠다고 위협했다. 혜움의 상인은 화가 더 많이 난 남자를 계속 무시했다.

격분한 남자는 객차 앞으로 달려가 승무원을 소리쳐 불렀다. 그런 뒤 승무원에게 계속 담배를 피우면서 규칙을 어기는 남자를 처리해 달라고 요구했다. 상인이 승무원을 돌아보며 말했다.

"이자는 내가 규칙을 어기고 있다고 주장하는데, 그럼 왜 그는 2등칸 표를 가지고 있으면서 1등칸에 앉아 있지요? 나는 그를 이 객차에서 쫓아낼 것을 요구합니다!"

남자는 얼굴이 붉어진 채 쫓겨나며 상인에게 혹시 점쟁이거나 독심술사인지 귓속말로 물었다. 상인은 자신은 단지 그 남자의 주머니 밖으로 삐져나온 표의 끝을 보았고, 그것이 자신의 표와 같은 색깔이라는 걸 알아차렸을 뿐이라고 대답했다.

반대쪽으로 씹으세요

혜움에 두 개의 식당이 있던 때가 있었다. 그러나 대부분의 사람들이 집에서 식사를 하고 좀처럼 외식을 하지 않았기에 식당을 유지하기가 쉽지 않았다.

그래서 식당 주인들은 손님에 대한 소유욕이 무척 강했다. 늘 외식을 하는 사람 중 한 명은 미혼인 남자 교사였다. 그는 언제 나 도로 왼편에 위치한 베니오의 식당에서 밥을 먹었다.

그런데 어느 날 베니오는 그 교사가 도로 오른편에 위치한 오스왈드가 운영하는 식당으로 걸어가는 것을 보았다. 베니오 는 교사가 나올 때까지 문 앞에서 기다렸다가 그에게 자기 식 당의 음식을 더 이상 좋아하지 않는지 물었다.

교사는 자신이 여전히 베니오의 음식을 가장 좋아하지만 지 독한 치통 때문에 오스왈드의 식당에서 밥을 먹었다고 대답했 다. 헤움에는 치과가 없어서 조언을 얻기 위해 랍비에게 갔는데, 랍비가 그에게 치통을 줄이려면 다른 쪽으로 먹으라고 조언해 주었다는 것이었다.

장하다, 도둑

헤움의 회당에서 헌금함이 도난당했다. 누가 도둑인지, 어떻 게 찾을 것인지 결정하기 위해 의회가 열렸다. 최고 현자 하임 은 도난당한 시간에 회당에서 누구를 목격했는지 랍비에게 먼 저 물어야 한다고 결정했다.

랍비는 세 명의 소년을 보았지만, 그들 중 누구도 범죄를 시 인하지 않았기에 돌려보냈다고 말했다. 무고한 아이를 고소할 수는 없기 때문이었다. 즉시 그 소년들이 의회에 불려 왔다. 하임이 도둑을 알아낼 수 있다고 장담했기 때문이다.

소년들이 오자 하임은 그들에게 베갯잇을 한 장씩 주면서 머리에 뒤집어써서 얼굴을 가리라고 요청했다. 그런 다음 하임은 한 명도 빠짐없이 베갯잇으로 얼굴을 가렸는지 물었다. 소년들이 그렇다고 대답하자, 하임은 재차, 헌금함을 훔친 사람도 분명히 베갯잇으로 얼굴을 가렸는지 물었다. 그 순간 셋 중 가장 어린 소년이 "네!" 하고 소리쳤다. 그렇게 해서 도둑이 잡혔다.

구두쇠의 지갑 여는 법

헤움 사람들은 대부분 돈을 낭비하는 것을 좋아하지 않았지만, 그중에서도 한 구두쇠는 돈 한 푼에도 벌벌 떠는 사람으로 유명했다. 어느 날 그는 마을 시장에서 지갑을 잃어버렸다. 매우 속이 상한 그는 지갑을 찾아 주는 사람에게 크게 사례하겠다고 공언했다.

한 가난한 사람이 길을 걷다가 배수로에 떨어져 있는 지갑을 발견했다. 지갑을 열어 보니 금화 열 닢이 들어 있었다. 그것이 돈 한 푼에도 벌벌 떠는 구두쇠의 것이 틀림없다고 생각하고 약속된 사례금을 받기 위해 지갑을 주인에게 돌려주었다. 구두쇠는 기쁘게 지갑을 되찾았지만 이미 그 남자가 자신의 지갑에서 금화 열 닢을 가져갔다고 주장하며 사례금 주기를 거부했다. 구두쇠의 말에 의하면, 지갑을 잃어버렸을 때 그 안에 금화 스무 닢이 있었다는 것이었다.

가난한 사람은 부당한 대우에 상처받고 떠났다. 길을 가던 중 그는 의회 현자를 만났다. 현자가 그에게 슬퍼하는 이유를 묻자 그는 일어난 일을 설명했다.

현자는 남자와 함께 구두쇠에게 가서, 그가 잃어버렸던 지갑 안에 분명히 금화 스무 닢이 있었는지 물었다. 구두쇠는 그렇다고 재차 주장했다.

현자가 말했다.

"그렇다면 가난한 사람이 발견한 지갑에는 금화 열 닢만 들어 있었으니 당신 것이 아닌 게 틀림없소. 따라서 그 지갑을 이 사람에게 돌려줘야 하오."

구두쇠는 지갑을 가난한 사람에게 주지 않을 수 없었으며, 결국 그렇게 해서 다 잃고 말았다.

보물이 숨겨진 밭

한번은 러시아 차르의 병사들이 헤움 마을을 약탈하는 일이 벌어졌다. 랍비는 그들이 회당으로 들어오는 것에 강하게 항의하다가 여러 달 동안 투옥당했다.

랍비의 아내는 제정신이 아니었다. 밭에서 일할 일꾼을 찾는 것을 포함해 모든 임무가 그녀에게 닥쳐 왔기 때문이다. 자포자기한 그녀는 랍비에게 자신의 삶이 얼마나 힘든지 불평하는 편지를 썼다.

랍비가 답장을 보냈다.

"불평하지 말고 내 얘기를 잘 들으시오. 우리가 평소 감자를 심는 밭으로 가서 파 보시오. 그럼 상자 하나를 발견할 것이고, 그 안에 우리의 모든 걱정을 덜어 주고 평생 써도 남을 만큼의 보물이 들어 있을 것이오."

곧 랍비는 아내로부터 답장을 받았다.

"우리의 걱정이 모두 끝났어요. 밤에 러시아 병사들이 와서 감자 밭을 쟁기로 모두 갈아엎었어요. 보물은 찾지 못했어요."

랍비가 다시 편지를 썼다.

"사랑하는 부인, 내가 실수를 했소! 보물을 숨겨 둔 곳은 옥수수 밭이었소."

당장에 차르의 병사들이 랍비의 모든 밭을 갈아엎었지만 보물은 여전히 미지의 장소에 묻혀 있었다.

안경 쓴 개

헤움의 재단사에게는 세상에서 가장 충성스러운 개가 한 마

만약 이 불이 나지 않았다면, 불을 끄기 위해

어디에다 물을 부어야 할지 우리가 어떻게 알 수 있었겠습니까?

리 있었다. 그들 둘 다 늙었기 때문에 재단사는 개의 발을 밟거나 실수로 발에 걸려 넘어지곤 했다. 그도 개가 보이지 않았고, 개도 재단사가 가까이 오는 것을 볼 수 없었기 때문이다.

자신의 개를 무척 사랑하고, 매번 발을 밟을 때마다 미안함을 느낀 재단사는 현자 하임에게 조언을 구하러 갔다. 하임은 재단사에게 안경을 하나 사라고 조언해 주었다. 그래서 재단사는 가능한 한 빨리 루블린으로 가서 안경을 샀고, 문제를 해결하게 된 것에 무척 기뻐하며 집으로 돌아왔다.

어느 날 현자 하임이 옷을 수선하러 가서 안경 없이 재봉질을 하고 있는 재단사를 보았다. 왜 안경을 쓰라는 자신의 조언을 따르지 않는지 묻자 재단사는 조언을 따랐다고 말했다. 그리고 늙은 개에게 안경을 씌워 준 이후로 개의 발에 한 번도 걸려 넘어지지 않았다고 설명했다. 왜냐하면 그가 다가오는 것을 보고 개가 재빨리 도망쳤기 때문이다.

배 침몰 방지법

헤움의 두 어부 레이브와 이지오가 강에 물고기를 잡으러 갔다. 강 한가운데 이르러서야 그들은 배 안으로 물이 들어오고 있는 것을 깨달았다. 점점 더 많은 물이 들어왔기에 그들은 강가로 가서 물을 퍼내기로 했다. 그렇게 한 뒤 다시 물고기를 잡으러 강 한복판으로 향했다. 그러나 물이 다시 배에 차올랐다. 그래서 다시 강가로 가서 물을 비웠고, 다시 물고기를 잡으러 강으로 돌아갔다.

그러나 문제가 계속 재발했기 때문에 결국 현자 하임에게 가서 해결책을 듣기로 했다. 하임은 물이 어떻게 배 안으로 들어오는지 물었다. 레이브와 이지오는 배 바닥에 난 구멍으로 들어온다고 대답했다.

그러자 하임이 논리적으로 설명했다. 물이 한 구멍에서 들어오듯이 다른 구멍으로 나가게 하면 된다고. 따라서 물이 나갈 수 있도록 배 바닥에 두 번째 구멍을 뚫으라고 조언했다.

결사적으로 회관 지키기

의회 대표 베렉과 현자들은 새로 지은 마을 회관을 보호하는 일이 무척 걱정되었다. 7일간 숙고한 뒤 그들은 의회의 일곱 현자들과 의회 대표, 그리고 랍비에게 회관 문 열쇠를 주어, 오직 그들만 열쇠로 열고 회관에 들어갈 수 있게 하기로 결정했다.

그러나 이 규칙이 공표되자마자 우유 배달부 에덱이 해결해야 할 일이 있어서 회관에 들어가야만 했다. 그는 베렉에게 가서 열쇠를 달라고 했다. 의회가 에덱에게도 열쇠를 지급하기로 결정하자, 다음 날 교사 세웨린이 자신은 헤움 의회가 어떻게 일하는지 계속 지켜보고 싶으며, 따라서 자기에게도 열쇠가 필요하다고 주장했다.

그 뒤로도 많은 이들이 열쇠를 요청했다. 결국 오랜 회의 끝에 모든 헤움 주민은 회관의 열쇠를 지급받기로 결정했다. 그러나 근처 도시에서 온 누군가가 헤움의 의원과 일 얘기를 하고 싶어 했고, 그다음에는 다른 도시에서 온 다른 사람이, 그리고 또 다른 도시에서 온 또 다른 사람이 일을 이유로 회관을 자유롭게 출입하고 싶어 했다.

그래서 의회는 또다시 긴 회의를 열어 모든 인근 주민과 시민들에게 회관 열쇠를 지급하기로 결정했다. 그러자 한 의원이 문제를 제기했다. 밤에 도둑이 와서 회관 문을 부숴 새 건물에 많은 피해를 입힐 수 있다는 것이었다.

그래서 의회는 다시 6박 7일 동안 머리를 맞대고 토론한 뒤, 밤 동안 회관의 문을 떼어 어떤 도둑도 문을 부수지 못하도록 다른 안전한 곳에 놓아두기로 결정했다.

말할 수 없이 겸손한 사람

한번은 모든 이들에게 사랑과 존경을 받는 헤움의 랍비가 위독했다. 루블린에서 의사를 불러오고 모든 조치를 취했지만 랍비는 침대에서 일어나지 못했고, 여전히 몹시 아프고 쇠약했다.

모든 제자들이 병상 주위에 모여 여러 날 동안 눈을 뜨지 못하고 있는 랍비를 걱정했다. 제자 중 한 명이 말했다.

"우리의 랍비님은 정말 신이 보내신 분이야! 매우 경건하고 고결하시지!"

또 다른 제자가 덧붙였다.

"맞아, 진실로 신의 종복이시지. 또한 매우 자비로우시고!"

세 번째 제자가 말했다.

"얼마나 경이롭고 사랑 넘치는 분인가! 아내와 자식들에게도 자애로우시고, 먼 친척들에게까지 친절하셨지!"

네 번째 제자도 덧붙였다.

"또한 훌륭한 학자이시지! 매우 뛰어나신 분이야. 모든 문제에 대해 언제나 현명한 해결책을 발견하셨어!"

그때 병상에서 한 목소리가 조용히 말했다.

"그리고 말할 수 없이 겸손하지!"

바보 명단

어느 날 농부 요하임이 헤움의 회당 앞을 지나가다 존경하는 랍비가 회당 앞 의자에 앉아 헤움의 바보들과 현자들의 명단을 작성하고 있는 것을 보았다.

요하임은 바보들의 명단 맨 위에 자신의 이름이 적힌 것을 보고 경악했다. 화가 난 그는 랍비에게 왜 자신의 이름이 그곳에 있는지 물었다. 랍비는 요하임이 한 번도 만난 적 없는 자모시치의 상인에게 외상으로 모든 농작물을 팔았기 때문에 바보 명단 맨 위에 오른 것이라고 설명했다.

요하임은 랍비에게, 그 사람이 외상값을 모두 갚으면 어떻게 할 것인지 따져 물었다. 랍비가 대답했다.

"그럼 난 당신의 이름을 지우고 바보 명단 맨 위에 그 사람의 이름을 적겠소."

안과 의사가 모르는 비밀

자모시치의 안과 의사가 헤움에서 안과 의원을 개업했다. 그러나 눈 검사를 받고 싶어 하는 환자들을 모으기가 어려웠다.

그래서 그는 병원 앞을 지나가는 한 노인에게 마을 사람 모두 앞에서 시력 검사를 받으면 약간의 돈을 주기로 약속했다. 그리고 자신이 처방한 안경을 쓰면 글을 읽는 데 어려움이 사라질 것이라고 말했다.

그 순간이 되었을 때, 의사는 노인을 의자에 앉히고 시력 검사를 시작했다. 먼저 노인으로부터 멀리 차트를 두고 그곳에 적힌 글자를 읽게 했다. 노인은 "읽을 수 없다."고 말했다. 그래서 의사는 점점 더 가까이 차트를 가져갔지만 노인은 여전히 같은 말을 되풀이했다.

마침내 의사는 노인에게 가장 도수 높은 안경을 처방했다. 노인이 물었다.

"이 안경을 쓰면 정말로 내가 글을 읽을 수 있게 된단 말입니까? 그렇다면 내 아내를 위해서도 안경 하나를 더 맞춰 주세요. 내 아내도 나처럼 까막눈이거든요."

등교 첫날 일어난 일

헤움에 노부부 루브와 루자가 살았다. 루브는 93세, 루자는 86세였다. 그들은 학교 옆에 있는 작은 집에 살았지만, 두 사람 다 그들의 인생에서 학교에 가 본 적이 없었다. 어느 날 길에서 그들을 만난 학교 교사가 그들에게, 학교에 다닌 적이 없다고 언제까지나 후회만 하지 말고 두 사람 다 학교에 오라고 제안했다.

다음 날 그들은 학교에 가서 점심시간까지 1학년 학생들과 함께 앉아 있었다. 그리고 점심을 먹으러 집으로 갔다. 도중에 루브는 길에 떨어진 지갑 하나를 발견했다. 지갑을 주운 그는 크게 기뻐했다. 왜냐하면 100즈워티가 넘는 돈이 들어 있었기 때문이었다. 루자가 경찰에 알려야 한다고 말했으나 루브는 단호하게 고개를 저었다.

두 사람이 다투고 있을 때 경찰이 와서 문을 두드리며 혹시 돈이 가득 든 지갑을 주웠는지 물었다. 루브는 아니라고 말했고, 루자는 그렇다고 했다. 루브는 자신의 아내가 미쳤으니 그녀의 말을 믿지 말라고 소리쳤다. 경찰이 그녀에게 질문하기 시작했다. 그가 지갑을 발견한 상황에 대해 묻자, 루자는 자신과 남편이 초등학교 1학년으로 등교한 첫날, 수업이 끝나 집으로 걸어서 돌아오다가 지갑을 발견했다고 설명했다.

"당신 말이 맞아요. 당신의 아내는 머리가 이상하군요."

경찰은 루브에게 그렇게 말하고 돌아갔다.

나는 바보인데, 당신은?

자모시치 출신의 한 부유한 상인이 헤움의 재단사 이체크에게 옷 수선을 맡기기 위해 자주 헤움에 오곤 했다. 그리고 매번 이체크와 한 가지 재미있는 게임을 했다. 그는 이체크에게 1그로시(폴란드의 화폐 단위. 100분의 1즈워티) 동전 하나와 10그로시 동전 하나를 보여 주고, 둘 중 더 가치 있는 것을 골라 가지라고 말했다.

이체크는 그때마다 1그로시 동전을 가리켰다. 그래서 상인은 자주 와서 그 게임을 하는 것이 좋았다. 어느 날 그는 친구에게 1그로시와 10그로시 동전의 가치를 구분할 줄 몰라서 매번 자신을 즐겁게 하는 헤움의 바보 재단사에 대해 이야기했다.

상인의 친구는 이체크가 안쓰러워 동전의 차이를 설명해 주려고 했다. 그러자 이체크는 자신이 두 동전의 가치를 잘 안다고 말했다. 그러면서 자신이 더 가치 있는 동전을 가리키면 상인이 그와 게임하기를 그만둘 것이라고 했다. 반면에 바보 연기를 함으로써 한 달 동안 재단사 일을 하는 것보다 일주일 동안 게임을 해서 더 많은 돈을 벌 수 있다고 했다.

신부감에 대한 시각

물 나르는 남자 알레프가 신붓감을 찾고 있었다. 알레프는 그렇게 젊지도 잘생기지도 않았다. 또한 그렇게 돈이 많은 것도 아니었다. 중매쟁이들이 많은 어려움을 겪긴 했지만 마침내 적당하다고 여겨지는 여성을 찾았다. 알레프는 처음에는 무척 신이 났으나 곧 이 여성이 심하게 다리를 절뚝거린다는 걸 알게 되었다. 하지만 중매쟁이들은 그녀야말로 이제까지 본 최고의 결혼 상대자라고 설명했다.

"만약 우리가 결혼식 때까지는 전혀 절뚝거리지 않지만 결혼 후 몇 년 후에 다리가 부러지거나 불구가 될 여자를 찾았다면 어떻게 되겠어요? 그때가 되면 누가 집과 아이들을 돌보죠? 그리고 의사와 병원들에 얼마나 많은 돈을 써야 할까요? 그런데 이 여성은 이미 다리가 부러졌고, 다른 사람의 돈으로 치료를 했어요. 이 모든 중매가 당신을 위해 신경 쓴 거예요."

그래서 알레프는 그 여성과 결혼했고, 정말로 그녀가 보물이라는 걸 알고 죽을 때까지 행복하게 살았다.

남자가 여자보다 현명한 확실한 증거

늙고 현명한 하임과 보석상 바루흐가 학교 근처의 공원 벤치에 앉아 헤움의 지혜에 대해 토론하고 있었다. 그들은 헤움 사람들이 세상에서 가장 지혜로운 것이 틀림없는 사실이라는 데 금방 동의했다. 그러나 그 순간 헤움의 여자들도 똑같이 현명한지 궁금해지기 시작했다.

의견을 주고받다가 마침내 바루흐는 헤움의 남자들이 여자들보다 분명히 더 지혜롭다고 말했다. 헤움의 남자들은 헤움의 여자들이 흔히 하듯 옷을 거꾸로 입어 등 쪽에서 단추를 채우진 않기 때문이었다.

한 고통으로 모든 고통 물리치기

하루는 식당 주인 베니오가 자신에게 갑자기 닥친 끔찍한 재난에 대해 불평하며 슈물의 구둣방 안으로 들어왔다. 아들이 학교에서 퇴학을 당했고, 딸은 문제 많은 남자와 결혼하고 싶어 하며, 아내는 십중팔구 다른 남자와 바람피우고 있고, 식당도 잘 안 된다고 불평했다.

그런 다음 그는 사이즈 10의 새 구두 한 켤레를 달라고 했다. 슈물은 그 말을 듣고 사이즈 8의 신발을 건네주었다. 베니오가 이유를 묻자 슈물이 설명했다. 신발이 2사이즈나 작기 때문에 그것을 신는 동안 다른 문제들은 모두 잊을 거라고. 그리고 실제로 그러했다.

양방향 기차

혜움의 굴뚝 청소부 테브예가 루블린으로 여행을 떠나게 되었다. 그가 다른 도시로 여행 가는 건 이번이 처음이었기에 무척 흥분되었다.

떠나기 전에 보석상 바루흐가 그에게 피아스키라는 이름의 작은 역에서 기차를 갈아타야 한다고 일렀다. 테브예는 '갈아타다'가 무슨 의미인지 확실히 알지 못했다. 그래서 바루흐는 혜움발 루블린행 기차가 피아스키라는 작은 역에 설 것이며, 거기가 테브예가 기차에서 내려 루블린으로 곧바로 데려다줄 다른 기차를 타야 하는 곳이라고 설명했다.

그래도 테브예가 혼란스러워했기 때문에 바루흐는 승무원에게 보여 줄 쪽지를 써서 테브예의 웃옷 주머니에 꽂아 넣었다.

쪽지를 읽은 승무원은 기차가 피아스키에 도착하자 테브예를 루블린행 기차가 출발할 오른쪽 플랫폼으로 보냈다. 그러나 테브예는 어느 쪽 플랫폼에 서 있어야 하는지 어리둥절한 나머지 어떤 기차가 들어오자 반대 방향으로 가는 기차를 타고 말았다. 기차가 플랫폼에서 출발했을 때 테브예는 옆자리에 앉은 남자에게 루블린으로 가는지 물었다.

남자는 매우 놀라며 자기는 지금 루블린에서 돌아오는 길이라고 대답했다. 그러자 테브예는 실로 과학이 만든 기적의 세상에 살고 있다고 생각했다. 똑같은 기차에서 사람들이 양쪽 방향으로 동시에 여행할 수 있으니!

정의 실현

헤움의 우유 배달부 에덱이 손님 한 명과 말다툼이 붙었다. 말이 말을 낳았고, 결국 그 불쌍한 손님은 에덱에게 한 대 얻어맞고 정신을 잃었다. 에덱은 즉시 체포되어 의회 현자들 앞에서 재판이 열렸다. 그들은 증인들의 증언을 들은 후 에덱에게 징역 10년을 선고했다.

에덱은 아무 말도 하지 않았지만, 그의 양복장이 친구 이체크가 큰 소리로 분명하게 이의를 제기하고 나섰다. 헤움에는 우유 배달부가 단 한 명뿐인데, 만약 에덱이 10년 동안 감옥에 있으면 헤움 사람들은 우유를 마시는 데 많은 어려움을 겪을 것이라고.

그래서 최고 현자 하임은 에덱을 우유 배달하는 일로 돌아가게 하고, 그 대신 헤움에 여러 명 있는 신발 수선공 중 한 명을 투옥시키면 어떻겠느냐고 제안했다. 그렇게 해서 작은 마을 헤움의 정의가 실현되었다.

회당에서 소음 제거하기

헤움에 한 가지 문제가 있었다. 회당에서 예배가 있을 때마다 많은 사람들이 계속 얘기를 나누며 다른 사람들의 예배를 방해하는 것이었다. 랍비는 신도석의 맨 뒷 열을 없애면 문제가 해결될 것이라고 생각했다. 예배 중에 떠드는 사람들은 언제나 뒤쪽에 앉기 때문이었다.

그래서 뒷좌석들을 바로 없앴다. 다음 날 예배가 있었는데 여전히 많이 시끄러웠다. 랍비는 또다시 마지막 줄의 좌석을 치워야 한다고 생각했다. 그 좌석들도 바로 제거되었다. 그러나 여전히 이야기하는 사람들의 소음은 계속되었다. 그래서 매주마다 랍비는 좌석 한 열을 없애고, 또 없애기를 계속해 결국 모든 좌석이 없어졌다.

모든 좌석이 사라졌기에 사람들이 앉을 자리가 없었고, 회당에는 더 이상 방해되는 소음이 없었으며, 혼자 남은 랍비는 마침내 자신의 목소리를 매우 분명하게 들을 수 있었다.

엉뚱한 사람 깨무는 엉뚱한 사람

하루는 물 나르는 사람 나임이 우물에서 돌아오던 중에 한 낯선 자에게 공격을 받았다. 그 이방인은 양복장이 이체크에게 퍼붓는 악담을 크게 내지르며 나임을 아주 맹렬하게 깨물었다. 나임은 너무 심하게 물려서 바닥에서 일어나지도 못했지만 큰 소리로 웃어 댔다. 그가 계속 웃자 그 이방인은 이유가 궁금해 공격을 멈췄다.

그렇게 심하게 물리고도 어떻게 웃을 수 있는지 묻자 나임은 그토록 온 힘을 쏟아 엉뚱한 사람을 무는 데 어찌 웃지 않을 수 있느냐고 설명했다.

빚 얻어 빚 갚기

돈에 쪼들린 푸줏간 주인 레온이 양복장이 친구 이체크에게 돈을 빌리러 갔다. 이체크는 오랜 친구를 믿고 선뜻 빌려주었다. 그러나 연말까지 빚을 갚지 못하자 레온을 은근히 압박하기 시작했다.

그래서 레온은 마부 이히엘에게 돈을 빌리러 갔다. 그리고 돈을 구하자마자 이체크에게 갚을 수 있었다. 연말에 이히엘이 레온에게 돈을 갚으라고 압박하기 시작했다. 레온은 다시 이체크에게 갔으며, 이체크는 레온이 전에도 빚을 갚았기 때문에 선뜻 돈을 빌려주었다. 그런 뒤 연말에 레온은 다시 이히엘에게 돈을 빌려 이체크에게 갚았다. 이 방식이 여러 해 동안 계속되었다.

하루는 랍비가 근심에 차 있는 레온을 보고 무슨 일로 괴로워하는지 물었다. 레온은 매년 한 사람에게서 다른 사람에게로 돈을 옮기며 이체크와 이히엘 사이를 오가는 것에 지쳤다고 말했다. 그래서 랍비는 이체크와 이히엘을 불러 레온을 거칠 필요 없이 둘이서 매년 서로 돈을 주고받으라고 말했다. 그 결과 레온은 그 피곤한 일에서 놓여날 수 있었다.

전선줄로 돈 보내는 법

구멍가게 주인 기데온이 동생으로부터 편지 한 통을 받았다. 그는 아내 아타라에게 편지를 보여 주면서 자신의 동생이 몹시 곤궁한 상태에 처해 있음을 알렸다. 동생은 돈이 한 푼도 없었으며, 신발이 다 낡아서 걸을 때면 신발 밖으로 발바닥이 나올 정도였다.

아타라도 걱정하면서 기데온과 이마를 맞대고 멀리 사는 시

동생을 도울 궁리를 했다. 그래서 그들은 조언을 구하기 위해 의회 대표 베렉을 찾아갔다. 베렉은 최근에 마을을 지나가는 전신주들의 설치가 마무리되었기 때문에 이제는 전신으로 돈을 송금하는 것이 매우 간단해졌다고 말했다.

기데온과 아타라는 식탁에 앉아서 장문의 감상적인 편지를 쓴 후, 그들이 당장 융통할 수 있는 돈의 전부인 50즈워티를 모아, 마을을 통과하는 전선 덕분에 매우 간편해졌다고 하니 새 신발도 한 켤레 보내 주기로 마음먹었다. 그날 오후 기데온은 전신주 중 하나에 올라가 전선줄에 두 신발을 묶고 한쪽 신발에는 돈을, 다른 쪽 신발에는 편지를 넣고 내려왔다. 아타라와 함께 어려움에 처한 동생을 도울 수 있어 행복했다.

저녁에 한 가난한 거지가 마을을 지나가다 전선줄에 걸려 있는 새 신발을 발견했다. 그는 전신주에 올라가 신발을 가지고 내려왔으며, 신발을 신으려다 돈과 편지를 발견했다. '이 마을에는 정말 좋은 사람들이 살고 있군. 그들은 내게 새 신발과 거액의 돈을 주었을 뿐 아니라 나를 사랑하는 동생이라고 불렀어.' 그는 그렇게 혼잣말을 하고는 자신의 낡은 신발을 전선에 묶고 그곳을 떠났다.

다음 날 기데온과 아타라는 마을을 걷다가 자신들이 기데온의 동생을 위해 신발을 걸어 두었던 그 장소에 헌 신발 한 켤레가 걸려 있는 걸 보았다. 그들은 현대의 기술에 놀라서 베렉에게 말하러 갔다. 하루 만에 새 신발과 다른 모든 것들이 전선에 실려 떠나갔을 뿐 아니라, 동생이 정말로 그들의 도움을 필요로 했음을 확인시켜 주기 위해 자신의 낡은 신발을 보내왔다고.

당신의 옷을 환영합니다

세탁소 주인의 딸이 아름다운 여름날 헤움에서 결혼식을 치렀다. 그에게는 딸만 하나였고, 신랑은 그로드노(폴란드와 인접한 벨라루스공화국의 도시)의 잘사는 재단사의 외아들이었기 때문에 세탁소 주인은 헤움의 모든 이들을 초대해 성대한 피로연을 열었다.

온갖 종류의 사람들이 축하해 주러 왔다. 그중 한 사람인 신학교 학생 하노크는 돈 한 푼 없는 청년이었다. 세탁소 주인은 그의 누더기 옷을 보고는 들어오지 못하게 했다. 하노크는 화가 났지만 금방 해결책을 찾았다. 그는 잘사는 친구에게 가서 정장용 실크 모자를 비롯해 좋은 옷 한 벌을 빌렸다. 그가 다시 피로연장 입구에 나타나자 세탁소 주인은 조금 전 자신이 돌려보낸 사람이라는 걸 알아보지 못하고 말했다.

"친애하는 신사 양반, 어서 오세요! 진심으로 환영합니다."

하노크는 주인의 따뜻한 환대에 감사하며 안으로 들어갔다. 그리고 곧바로 좋은 옷의 호주머니와 바지 안과 소매에 모든 음식을 쑤셔 넣기 시작했다. 하객들 모두가 먹는 걸 멈추고 하노크의 행동을 쳐다보았다. 마침내 세탁소 주인이 다가와 말했다.

"신사 양반, 실례합니다만 무슨 짓을 하시는 건가요? 부디 테이블에 앉아 우리 모두와 함께 식사하세요."

하노크가 매우 차분하게 설명했다.

"오, 아녜요. 나는 그럴 수 없습니다. 지금 나는 내 옷에게 음식을 먹이고 있습니다. 이 피로연에 실제로 환영받은 것은 이 옷이니까요."

기적의 컵 파는 사람

때때로 다른 도시에서 상인들이 헤움에 물건을 팔러 왔다. 어느 날 한 상인이 와서 마을 광장에 작은 가판대를 세웠다. 상자들을 열자마자 그는 자신이 온갖 종류의 찻잔을 판다고 자신 있게 소리치기 시작했다. 오른손으로 마시는 사람용 찻잔, 왼손으로 마시는 사람용 찻잔, 그리고 어느 손으로든 차를 마실 수 있는 찻잔.

이 독특한 상인의 말이 마을에 퍼지자 헤움 사람들이 그 놀라운 찻잔들을 구경하기 위해 모였다. 사람들은 자기들끼리 속삭였다. 오른손잡이용 찻잔이나 왼손잡이용 찻잔 같은 것은 들어본 적이 없었기 때문이다. 그래서 그들은 상인에게 그것들을 각각 종류별로 보여 달라고 요청했다.

상인은 재빨리 한 세트의 찻잔을 꺼내 손잡이를 모두 오른쪽으로 돌렸다. 그런 다음 또 다른 찻잔 세트를 꺼내 손잡이를 모두 왼쪽으로 돌렸다. 그다음에는 손잡이가 없는 찻잔 세트를 꺼내 늘어놓았다. 그리고 자랑스럽게 외쳤다.

"현명하신 주민 여러분, 이것들이 어느 손으로든 차를 마시는 사람들을 위한 찻잔입니다."

거울로 물고기 잡는 신기술

어느 날 헤움의 현자가 강 한가운데에 떠 있는 배에 앉아 거울로 물속을 겨냥하고 있는 사람을 보았다. 그는 매우 궁금해져서 배에 탄 남자에게 무엇을 하고 있느냐고 소리쳐 물었다. 배에 탄 사람은 거울로 낚시를 하고 있다고 대답했다. 헤움의 현자는 더욱더 궁금해졌다. 그래서 배에 탄 남자는 그에게 10즈워티에 거울로 낚시하는 기술을 보여 주겠다고 했다. 잠시 생각한 뒤 헤움 사람은 10즈워티를 냈고, 남자는 그를 배에 태웠다.

남자는 거울로 물속을 비추며 기다리다가 물고기가 가까이 오면 거울 각도를 돌려 태양 광선을 반사시켜 물고기의 눈을 멀게 하는 것이 기술이라고 자세히 설명했다. 헤움의 현자는 잠시 동안 생각한 뒤 뱃사람에게, 오늘 이 기술로 얼마나 낚았는지 물었다. 뱃사람이 미소 지으며 말했다.

"당신을 포함해 넷이오."

이런 방법이 있는 줄 몰랐어요

헤움 사람들은 자선을 잘 베풀었다. 회당에 올 때마다 동전 몇 닢을 자선 상자에 넣었다. 어려움에 처한 영혼이 그 상자에서 필요한 만큼 취할 수 있다는 걸 알기 때문이었다. 그런데 어느 날 누군가가 밤에 회당에 침입해 자선 상자 안에 든 돈을 전부 훔쳐 갔다. 그래서 대책을 마련하기 위해 의회가 열렸다.

한 사람이 제안했다.

"새 자선 상자를 구해 자물쇠로 단단히 잠가야 합니다. 그렇게 하면 누구도 그 상자에서 돈을 훔칠 수 없을 것입니다."

또 다른 사람이 말했다.

"하지만 돈이 필요한 가난한 사람이 우리에게 열쇠를 달라고 하기에 너무 쑥스러우면 어쩌지요? 그렇게 되면 우리의 목적을 달성하지도 못할뿐더러, 우리 자신의 존엄성을 지키는 일에도 실패합니다."

마침내 자물쇠는 현명한 생각이 아니라는 데 모두 동의했다. 또 다른 사람이 제안했다.

"회당의 책임자인 랍비에게 가서 어떻게 해야 좋을지 물어봅시다."

그래서 그들은 랍비의 집으로 가 문제 해결을 부탁했다.

랍비는 문제의 핵심은 자선 상자가 안전하길 원하지만 가난한 사람들이 손쉽게 이용할 수 있게 하는 것이라고 말했다. 그러고는 이렇게 말했다.

"회당 천장에 밧줄을 묶어 거기에 상자를 매달아야 합니다. 상자가 땅에서 높이 떨어져 있으면 도둑이 돈을 가져갈 수 없을 것입니다."

모두가 훌륭한 생각이라고 동의했다. 그때 한 사람이 물었다.

"그럼 가난한 사람은 돈이 필요할 때 어떻게 상자에 접근하죠?"

"아!"

랍비가 미소를 지으며 말했다.

"간단합니다. 천장에 상자를 묶은 뒤, 긴 사다리를 상자 바로 아래에 놓을 겁니다. 그러면 가난한 이들은 필요할 때마다 사다리를 타고 올라가 상자를 열 수 있습니다."

그 남자의 복용법

구두 수선공 요아브가 친구들과 앉아서 교리에 대해 토론하다가 갑자기 일어나며 집에 가서 약을 먹어야 한다고 말했다. 친구들이 걱정하자 요아브는 염려하지 말라고 하고 떠났다. 그러나 걱정이 된 친구들은 집으로 걸어가는 요아브를 지켜보았고, 그가 걸으면서 매우 격렬하게 온몸을 흔드는 것을 알아차렸다.

친구들은 서둘러 랍비에게 달려가 요아브가 중병에 걸렸다고 알렸다. 랍비 또한 걱정이 되어 요아브의 집으로 찾아가 몸 상태를 물었다. 요아브는 매우 평화롭게 별문제 없다고 말했다. 온몸을 흔든 이유를 묻자 그는 의사가 처방해 준 기침약 병에 적힌 설명을 읽어 주었다.

'복용하기 전에 잘 흔드시오.'

여보세요, 뭐라고요?

헤움 우체국에 최초로 전화기가 설치되었다. 한참 동안 그 기계를 살펴본 후 헤움 사람들은 랍비에게 그것이 어떻게 작동하는지 물었다. 랍비는 전화란 매우 긴 *꼬리*를 가진 개와 같아서 누군가가 루블린에서 *꼬리*를 밟으면 헤움에서 짖는 원리라고 설명했다.

그러던 어느 날 전화벨이 울렸지만 모두가 전화 받기를 두려워했다. 마침내 랍비가 조심스럽게 전화기를 들었고, 수화기 안에서 소리치는 목소리를 주위 사람이 다 들을 수 있었다.

"랍비님, 저 레이브예요! 루블린에서 강도를 만났어요. 저에게 10즈워티만 보내 주세요. 지금 당장요. 그래야 기차표를 사서 집으로 돌아갈 수 있어요!"

상상했던 것 이상으로 전화기 속 목소리가 생생하게 들렸지만 랍비는 계속 말했다.

"미안한데, 누구라고요? 뭐라고 하는지 전혀 들리지 않아요. 여보세요. 뭐라고요?"

결국 전화교환원이 둘 사이에 끼어들어, 자신은 모든 말이 매우 분명하게 들리는데 왜 안 들린다고 하는지 이상하다고 말했다. 그러자 랍비는 아주 빨리 교환원에게 말했다. 그 남자가 하는 말이 그토록 분명히 들린다면 그녀가 그에게 필요한 돈을 보내 주라고.

말 훔친 사람으로 오인 당하지 않기

가난한 헤움 사람이 아름답고 튼튼한 말을 갖게 되었다. 그 말을 너무 자랑스러워하며 그는 한순간도 말에게서 눈을 떼지 않았다. 그런데 가게에 들어가 물건을 사야 했기 때문에 딱 5분 동안 말을 밖에 묶어 두었다. 바로 그때 두 외지인이 그 말에 욕심을 냈다. 그래서 한 사람은 말을 끌고 가 버리고, 다른 사람은 말이 묶여 있던 기둥에 자신의 몸을 묶었다. 헤움 사람이 가게에서 나오자 그 남자는 자신이 그곳에 묶어 두었던 바로 그 말이라고 말했다.

"나는 당신의 말이에요. 그러니 내 설명을 들어보세요. 정확히 10년 전에 나는 매우 나쁜 짓을 했고, 그 벌로 신이 나를 10년 동안 말로 바뀌게 했어요. 그런데 그 벌이 방금 전에 끝났어요!"

헤움 사람은 그리 행복하지 않았지만 신의 뜻에 저항할 마음은 없었다. 몇 주 뒤 그는 새 말을 구하기 위해 말 시장에 갔다가 그곳에서 자신의 아름다운 말을 발견했다. 그는 그 말에게 다가가 말했다.

"아, 나의 말아. 너 또 나쁜 짓을 저질렀구나. 그럼 우린 앞으로 10년은 함께 지낼 수 있겠구나."

그런 다음 밧줄을 잡고 말을 끌고 갔다.

위인이 될 뻔한 위인

헤움에 한 위대한 인물을 기리는 기념비가 하나 있었다. 사람들은 종종 그 기념비를 방문하면서도 그 인물의 어떤 점이 그토록 위대한지 의아해했다. 그럴 때마다 노인들은 그 위인에 대해 설명했다. 그는 하는 일마다 망하는 그런 사람이었다. 그가 모자 만드는 사업을 시작하자마자 패션이 바뀌어 여성들은 모자 대신 스카프를 두르고 다니기 시작했다. 또 그가 넥타이 만드는 일을 시작하자 남자들은 짧은 나비넥타이를 착용하기 시작했다.

마침내 그는 랍비를 찾아가 자신에게 헤움 사람들이 영원한 삶을 살 수 있게 하는 훌륭한 생각이 있다고 말했다. 하는 일마다 망하는 운명을 타고났기 때문에 만약 자신이 수의 만드는 사업을 시작하면 사람들이 절대로 죽지 않을 것이라고 그는 설명했다.

그 아이디어가 매우 훌륭해 보였기 때문에 랍비는 회당의 공금을 털어 그에게 수의 옷감을 살 돈을 빌려주었다. 사업 자금을 손에 넣은 남자는 신이 나서 뛰어가다가 그만 계단에서 넘어져, 자신에게 나쁜 운을 준 신 곁으로 떠나고 말았다. 그래서 의회는 그가 죽은 자리에 기념비를 세워 '헤움의 모든 사람에게 영생을 선물할 수도 있었던 위인'을 기리기로 결정했다.

공동묘지에 울타리가 필요 없는 이유

헤움 의회 대표 베렉의 아내 아디나가 대도시 루블린을 여행하고 돌아와, 헤움의 공동묘지에도 대도시와 똑같이 높은 담으로 둘러친 울타리가 있어야 한다고 남편을 성가시게 했다. 집에서 어떤 평화도 누릴 수 없게 된 베렉은 의회에 묘지 울타리 세우는 안건을 제출해 며칠 낮과 밤 동안 회의를 계속했지만 결론이 나지 않았다.

그래서 의회는 랍비에게 조언을 구했다. 많은 시간 동안 생각을 거듭한 랍비는 마침내 대도시의 묘지에 담이 있더라도 혜움의 묘지에는 필요 없다고 말했다. 이유를 묻자 그는, 묘지 밖에 있는 사람들은 묘지 안으로 들어가고 싶어 하지 않고 안에 있는 사람들은 아무리 원한다 해도 어쨌든 밖으로 나올 수 없으니 굳이 담을 만들 필요가 없다고 설명했다.

누가 개구리를 귀머거리로 만드는가

성공한 대장장이 아들 허쉬가 여름방학을 맞아 가족과 시간을 보내러 혜움에 왔다. 허쉬는 대도시의 몇몇 대학에서 공부했으며, 그의 아버지는 학비를 계속 대느라 많은 돈을 썼다. 따라서 혜움의 모든 이들은 그 훌륭한 대학들이 허쉬에게 무엇을 가르쳤는지 무척 궁금해했다. 혜움 사람들의 질문을 받고 허쉬는 주머니에서 개구리 한 마리를 꺼내 탁자 위에 올려놓았다. 그러고는 개구리에게 뛰라고 말했다. 개구리는 매우 빠르게 마루로 뛰어내렸지만 허쉬가 재빨리 붙잡았다.

그런 다음 그는 개구리의 두 뒷다리를 끈으로 묶어 탁자 위에 올려놓았다. 그리고 개구리에게 뛰라고 말했다. 개구리가 움직이지 않자 허쉬는 "뛰어!" 하고 더 크게, 더 크게 소리쳤다. 개구리는 탁자 위에 그대로 있었다. 허쉬는 사람들에게, 끈으로 개구리 뒷다리를 묶으면 개구리가 귀머거리가 되어 더 이상 뛸 수 없게 된다는 걸 대학에서 배웠다고 설명했다.

먹을 것이 없을 때는

몹시 추운 겨울날, 자물쇠 장수 야코우가 새 학교에 자물쇠를 설치해 주기 위해 헤움 인근의 작은 도시로 출장을 갔다. 그러나 가는 길에 눈이 아주 많이 쌓여서 빨리 걸을 수 없었고, 저녁 늦게야 도착해 여관에서 하룻밤을 보내야 했다. 그러나 부자가 아니었기에 저렴한 여인숙을 찾았다. 야코우가 들어가자 여인숙 주인과 아내는 그가 숙박비를 낼 수 있을지 전혀 확신하지 못하며 의심스럽게 쳐다보았다.

야코우는 예의를 갖춰 인사하며 말했다.

"나는 몹시 지쳤고 배가 고픕니다."

여인숙 주인 아내가 말했다.

"미안하지만 먹을 것이 다 떨어졌어요."

"너무하군요! 그렇다면 이런 경우에 우리 아버지가 늘 하던 방식대로 할 수밖에요."

야코우는 결의에 찬 목소리로 크게 말했다.

여인숙 주인과 아내는 무척 겁을 집어먹었다.

"얼른 부엌으로 가서 음식을 만들어 줘야겠어. 저자가 무슨 짓을 할지 누가 알겠어?"

주인 아내가 말하며 부엌으로 달려갔다.

잠시 뒤 주인 부부는 야코우 앞에 잔칫상처럼 음식을 잔뜩 차려 주면서, 눈이 휘둥그레진 야코우에게 말했다.

"어서 드세요. 부엌에 남은 것이 별로 없었지만 최선을 다해 만들었으니 맛있게 드세요!"

야코우는 부부가 왜 갑자기 너그러워졌는지 의아해하면서 배가 터질 정도로 먹었지만 탁자에는 여전히 음식이 수북이 남아 있었다. 손님이 식사를 마치는 것을 보고 여인숙 주인이 용기를 내어 야코우에게 물었다.

"선생, 당신 아버지가 한 일이 무엇인지 말해 주시겠어요? 우리가 음식을 주지 않았다면 무슨 일이 일어났을까요?"

야코우가 말했다.

"뭘 그런 걸 물으세요? 대답은 아주 간단해요. 먹을 것이 없을 때 우리 아버지는 배고픈 채 주무셨습니다!"

자신 있게 바보로 살아가기

헤움의 현자들과 랍비는 세상이 헤움 사람들을 바보라고 생각하는 것이 걱정되었다. 오랜 고민 끝에 그들은 특별히 한 사람을 뽑아 폴란드의 모든 마을과 도시를 돌아다니며 자신들이 절대로 바보가 아님을 설명하기로 결정했다.

지원자들 중에서 최상의 조건을 가진 한 명을 특사로 선정하기로 했고, 최종적으로 우유 배달부 에텍이 선정되었다. 여러 마을과 도시로 우유를 배달하는 과정에서 자연스레 메시지를 전달할 수 있기 때문이었다.

그 메시지에 따르면 세상 어디에서나 어리석은 일들은 공통적으로 일어나며, 헤움 사람들도 그 점에서는 예외가 아니다, 따라서 헤움 사람 모두가 바보는 아니라는 것이었다.

다음 날부터 에텍은 근처 마을과 도시, 심지어 멀리 루블린까지 순회했다. 하지만 아무도 헤움의 현자들이 전하는 메시지에 관심을 보이지 않았다. 그들은 그저 헤움 사람들의 바보스러움을 이야기하며 때로는 막무가내식 표현으로 에텍의 마음에 상처를 입혔다. 조롱과 비웃음을 당할 때마다 에텍은 이성을 잃지 않고 차분히 설명하려 했지만 헛수고였다.

에텍이 돌아오자 헤움 사람들은 메시지가 제대로 전달되었는지 궁금해했다. 하지만 에텍은 화가 나고 당황해서 이틀 동안 아무에게도 입을 열지 않았다.

사흘째 되는 날 에텍은 의회 대표 베렉을 찾아가 지난 몇 주 동안 가능한 한 많은 사람들에게 메시지를 전하려고 노력했다는 점과 자신이 들은 끔찍한 말들을 낱낱이 털어놓았다.

"그 바보들에게 메시지를 전하는 건 시간 낭비예요! 그들이 어떤 식으로 반응하는지 보았다면 당신도 분명히 깨달았을 거예요. 바보들은 헤움에 사는 우리가 아니라 저 바깥세상에 사는 자들이라는 것을."

베렉은 곧바로 랍비를 찾아가 조언을 구했다. 인내심을 갖고 베렉이 전하는 이야기를 모두 들은 랍비는 한동안 침묵에 잠겼다가 입을 열었다.

"그렇습니다. 사람들은 그런 식으로 우리에 대해 말하고, 그런 식으로 우리를 보고, 그런 식으로 우리를 생각합니다. 하지만 그들이 무슨 자격으로 우리를 판단하죠? 그들은 그렇게 할 만큼 지혜롭게 살고 있나요?"

헤움 사람들의 지혜와 수 세대에 걸쳐 지켜 온 삶의 방식을 세상 사람들이 이해하지 못하며 이해하려고도 하지 않는다는 사실이 분명했다. 그날 이후 헤움 사람들은, 바보들은 자신들이 아니라 바깥세상에 사는 사람들이라고 결론 내렸다. 그리고 그들을 설득하려 하는 것은 시간 낭비라는 사실을 알았다.

행복한 세상을 만들려고 했던
사람들의 이야기

지금은 사라지고 없는 한 마을에, 천사의 실수로 세상의 모든 바보들이 모여 살게 되었다. 그들은 자신들이 세상에서 가장 지혜로운 사람들이라고 믿었다. 이 책에 실린 이야기들은 그들이 모여 살았던 폴란드의 헤움이라는 마을에서 일어난 일화를 모은 것이다.

나는 이 책의 표지에 저자로 이름을 올렸으나 동시에 엮은이이고 번역자이다. 친구 레나타 체칼스카가 없었다면 이 책의 탄생은 불가능했다. 그녀는 헤움에서 멀지 않은 폴란드의 옛 수도 크라쿠프에 있는 야기엘로니안대학교에서 힌디어 문학과 우르두어 문학을 가르치는 교수이다. 그녀와 나는 무굴제국의 마지막 시인 미르자 갈리브를 비롯해 여러 인도 시인들에 대한 논의를 하고 있었는데, 어느 날 그녀가 기분 전환 삼아 내게 읽어

보라며 헤움 사람들의 짧은 이야기 한 편을 보내 주었다. 내가 흥미를 보이자 그녀는 신이 나서 또 다른 이야기를 영역해 주었고, 다음 날 또 한 편의 이야기를 들려주었으며, 재미있는 이야기를 계속해 달라고 보채는 아이 같은 나의 성화에 못 이겨 도서관에서 살다시피 하며 이야기를 수집해 보내 주었다. 그녀의 학자적 집념과 끈기는 150년 전 폴란드에서 발간된 신문과 잡지들까지 훑어 나갔다. 거의 매일 그녀가 보내 주는 이야기들을 읽으며 나는 그 스토리들에 내용과 구성을 덧보태 내 방식으로 다시 써 보고 싶은 작가적 열망이 일었다. 단순한 재미를 넘어 그 이야기들이 인간 삶의 허구를 풍자하고 우리 자신의 모습을 돌아보게 하는 '인생 우화'라고 느꼈기 때문이다.

그렇게 해서 완성한 이 우화집은 폴란드에서 전해 내려오는 헤움 마을 이야기들을 저본으로 삼아 재창작한 우화들과, 그 이야기들에서 영감을 얻어 나 자신이 창작한 우화들로 이루어져 있다. 마침내 45편의 우화가 탈고되었을 때 나는 레나타에게 책의 공동 저자가 되어 줄 것을 부탁했으나, 그녀는 거듭 사양하며 단지 협조자로 남기를 원했다. 그래서 결국 내 이름만 책의 표지에 올리게 되었다. 그렇다고 그녀의 역할이 과소평가된 것은 결코 아니며, 내 마음속에는 그녀가 이 책의 어엿한 공동 저자로 자리하고 있다.

따라서 이 우화들은 창작된 우화라기보다는 '발굴된 우화들'

에 가깝다. 고대 그리스의 『이솝 우화』나 기원전 5~6세기에 등장한 인도의 인생 지침서 『판차탄트라』, 붓다의 전생 설화를 담은 『자타카』 등도 당시 입에서 입으로 전해 내려오던 이야기들을 모아 새롭게 구성한 우화집이다. 세대를 거쳐 구전되는 이야기들에는 인간 심리의 허구, 선과 악의 기준, 지식보다 우위에 있는 지혜의 필요성 등 인생과 세상에 대한 불변의 진리가 고스란히 담겨 있다. 그렇기 때문에 기원전 6세기의 노예였던 이솝의 우화가 17세기 프랑스 시인 라 퐁텐에 의해 새롭게 써져 오늘날까지 전해지고 있는 것이다.

스스로 지혜롭다고 생각하는 인간의 자만을 꼬집는 이 이야기들은 17세기부터 구전되어 내려왔으며, 1867년에 폴란드에서 몇몇 이야기가 책으로 처음 출간되었다. 20세기 초에는 영어, 이디시어, 히브리어 등으로 출간되었고, 노벨문학상 수상 작가인 아이작 싱어와 뮤지컬 〈지붕 위의 바이올린〉의 원작 소설가 숄렘 알레이헴도 이 우화들을 소설로 썼다.

실제로 존재하는 장소인 헤움이 이 우화들의 무대가 된 이유는 분명하지 않다. 솔 리프친의 『유대 문학사』는 그 이유를 15세기 헤움의 지도자였던 레브 요시펠과 연결시킨다. 요시펠은 현실과 거리가 멀고 다른 사람의 말을 곧이곧대로 믿는 인물이었다. 그는 공동체의 문제에 관해 중요한 결정을 내려야 하는 상황이 되면 서로 다른 의견을 가진 사람들의 갈등을 막기 위해 기발한 해결책을 내놓곤 했는데, 그것은 종종 문제를 더 복잡하게 하고 우스꽝스러운 상황을 만들었다.

헤움에 인접한 도시 자모시치의 사람들이 경쟁심 때문에 헤움 주민들을 바보로 모는 이야기들을 지어냈다는 해석도 있다. 그러나 우화 속 마을 헤움은 지리적으로 실존하는 장소가 아니라 어디까지나 상상 속 장소이며, 이야기들은 특정한 시대가 아닌 어느 시대에나 일어나는 사건들이다. 상상 속 마을이라 해도 다양한 인물들이 머리를 긁적이며 인생의 문제를 해결하고자 생생하게 살아 움직이며, 그 결론은 예외 없이 재미있고, 그런 점에서 어떤 실제 장소보다 매력적이다. 어리석은 전쟁과 잔인한 박해에도 불구하고 이 이야기들이 살아남은 이유이다.

라 퐁텐이 한 말에 나는 동의한다.

"모든 인간은 우화적 세계 속에 태어나며, 따라서 우화적 세계 속에서 사유한다. 그런 만큼 어떤 시대를 지배하는 우화 구조를 이해하면 그 시대 사람들의 사고방식을 이해할 수 있다."

나는 때때로 이런 우화를 쓰고 싶었다. 내가 몸담고 살아가는 세상의 엉뚱한 진실에 다가가기 위해. 우화는 이 세계를 이야기하기 위해 다른 세계를 불러온다. 현실과 비현실을 넘나들며 독자를 상상의 이야기 속으로 안내한다. 우리가 사는 세상의 진실에 곧바로 가닿기란 어려운 일이다. 직접적인 언어를 사용하면 대립과 다툼을 낳는다. 엉뚱한 주인공들로 하여금 우리 대신 말하고, 행동하고, 문제를 해결하게 해야 한다. 그 상상의 마을에서 일어나는 이야기를 읽는 동안 우리는 웃고 즐기지만, 책을 덮고 나면 뭔가 당혹스럽다. 그들을 통해 어김없이 우리 자신의 모습을 보기 때문이다. 쉽게 읽히는 만큼 마음에 남는 파문은 더 크다.

경전, 철학서와 함께 인류 역사에서 가장 오래된 책 중 하나가 우화집이다. 우화가 인간 삶의 허구를 꿰뚫으며 진실과 교훈을 던지기 때문일 것이다. 이 세상에 존재하지 않을 것 같은 헤움 마을의 주인공들을 따라 이야기를 읽어 내려가다 보면, 문득 우리가 사는 세상이 헤움과 크게 다르지 않다는 사실을 깨닫는다. 우리가 삶의 문제를 해결하려 할 때, 혹은 우리의 공동체가 그렇게 할 때, 헤움 사람들의 문제 해결 방식과 큰 차이가 없음을 알게 된다.

맨 앞에 실린 이야기 「제발 내가 나라는 증거를 말해 주세요」의 주인공은 옷을 다 벗는 순간 자신이 누구인지, 빵장수인지 지붕 수리공인지 혼동될 것을 두려워한다. 자신을 치장한 것들을 벗으면 정체성의 혼란이 찾아오는 것이다. 그래서 주인공 남자는 목욕탕에 갈 때마다 자신이 누구인지 확인하기 위해 손목에 붉은색 끈을 묶는다. 그런데 몸을 씻다가 그 끈이 벗겨지고 다른 남자의 손목에서 붉은색 끈을 발견한 그는 극심한 공포에 휩싸인다. 그 남자가 자신이 되고, 자신은 사라져 버렸다고 생각한다. 지위, 의상, 직업 등의 소유물을 잃었을 때 자신의 존재 자체를 잃어버리는 사람은 우화 속에만 있지 않다. 내용을 읽다 보면 누구의 이야기인지 대충 감이 온다.

내가 특히 좋아하는 이야기인 「자기 집으로 여행을 떠난 남자」는 여러 가지 의미를 담고 있다. 이 세계 속에 살면서 우리는 다른 세계로의 여행을 꿈꾸고 이 세계로부터 탈출을 시도하지만, 방향이 뒤바뀐 신발이 가리키는 곳은 또다시 이 세계이다. 그러나 자신이 살던 세계로부터 잠깐 벗어났던 것만으로도 이 세계와 이곳의 삶을 대하는 인식에 혼란이 찾아온다. 결국 자기 집으로 돌아오지만 주인공은 이 집은 나의 집이 아니며, 이곳의 나는 내가 아니라고 부정한다. 그는 사람들에게 절실하게 외친다.

"나는 당신들이 아는 내가 아닙니다. 나는 이곳이 아닌 다른 곳에서 왔습니다. 당신들도 마찬가지입니다."

세 번째 이야기 「하늘에서 내리는 나무」를 보면, 가뭄으로 인한 극심한 물 부족 문제에 맞닥뜨리자 사람들은 현실적이고 근본적인 대책을 찾는 대신 '나무'를 '비'라고 부르자는 추상적이고 그럴싸한 해결책에 의지한다. 그리고 장마가 닥쳐 물이 범람했을 때는 '비'를 '나무'라고 부르며 문제를 해결했다고 믿는다. 굳이 정치인들의 레토릭을 예로 들지 않더라도, 우리가 삶의 문제를 신이나 종교, 이데올로기 등에 쉽게 대입하는 것과 큰 차이가 없다. 나아가 우리는 자주 실체가 아닌 '언어'에 의지한다. 언어는 현실을 잊게 하는 힘을 지니고 있기 때문이다. 그렇다면 혹시 우리가 믿는 '천국'이라든가 '진리' 같은 것도 그런 것이 아닐까?

7.다음 에피소드 「해시계를 해에게 보여 주지 않는 이유」는 우리가 문제를 해결하는 과정에서 어떻게 본질로부터 멀어지는가를 보여 주는 은유이다. 해시계를 보존하기 위해 지붕을 씌우고 울타리를 치는 것은 해시계의 의의 자체를 상실하는 일이다. 그러나 우리는 종종 그렇게 한다. 불을 발명한 사람이 어느 마을에 불을 전해 준 이야기가 연상된다. 그 발명가가 다시 들렀을 때 그 마을 사람들은 불이 위대하고 신성하다는 이유로 불을 현실 생활에서 사용하지 않고 신전에 모셔 두고 극진하게 숭배하고 있었다. 그런 일은 우리의 삶에 자주 일어난다. 우리는 이상하게도 본질에 다가가기 위해 비본질적인 행동을 마다하지 않는다.

「아무리 사실이라 해도 말해선 안 되는 것」은 제목 자체가 근엄하고 신성한 체하는 세상의 허구를 비튼다. 아무리 사실이라 해도 드러내 놓고 말한다면 세상은 당신을 추방하거나 정신병원에 가둘지 모른다. 인도 여행 중에 한 힌두교 사원 앞에서 낄낄거리고 웃는 미친 여인을 만난 적이 있는데, 그녀는 모든 사람이 와서 꽃과 물감을 바치고 축복을 간청하는 신상을 조롱하고 있었다. 실제로 이방인의 눈에도 그 신상은 기이한 모양의 돌에 불과했다. 그러나 그들 앞에서 그렇게 말해선 안 된다. 그것은 사회적으로 금기 사항이다. 메노라 촛대는 유대교의 대표적인 상징으로, 일곱 개의 초를 꽂을 수 있게 일곱 갈래의 촛대로 되어 있다. 그러나 그것이 농부가 잃어버린 쇠스랑이라고 함부로 말하는 것은 신성모독이다. 이야기는 재미있으나 뒷맛이 씁쓸하다. 가볍게 읽히지만 결코 가볍지 않다.

관계의 허구를 들춰 보이는 「아흔 마리 비둘기와 동거 중인 남자」를 보라. 그는 부인이 방 안에 염소와 소와 말과 망아지를 데려와 키우자 결혼 생활을 끝내기로 마음먹는다. 우리는 이야기 속 랍비처럼 그의 마음을 돌리기 위해 여러 가지 조언을 하겠지만, 그는 창문을 열어 방의 환기를 시키는 것조차 거부한다. 창문을 열면 자신이 방 안에서 키우는 아흔 마리의 비둘기가 날아가 버릴 것이기 때문이다. 황당하다고? 다른 사람에 대한 비판 이면에 우리는 자신의 문제를 얼마나 교묘하게 숨기고 있는가? 우리는 대부분의 다른 사람들과 비슷하지만, 대부분의 사람들처럼 자신이 대부분의 사람들과 비슷하다는 사실을 알지 못한다. 사회심리학자 대니얼 길버트가 한 말이다.

「바보들의 인생 수업」은 우화이면서도 사실적인 전개로 우리를 섬뜩하게 한다. 화재를 진압하기 위해 정치 지도자는 어이없게도 짚을 날라다 불을 덮으라는 결정을 내린다. 그렇게 하면 불길이 보이지 않기 때문이다. 그리고 그 짚에 더 큰 불이 붙어 마을을 집어삼킬지도 모르게 되자, 그는 노력이 부족하다며 마을 사람들을 다그친다. 부지런히 더 많은 짚을 가져다가 불을 덮으라고. 사실 이 이야기의 경우, 나는 구전되는 내용을 새롭게 각색하거나 덧보탤 필요를 별로 느끼지 못했다. 마치 인간 세상의 현실을 꿰뚫어본 현자가 만든 이야기처럼 그 자체로 우리 삶의 허구를 적나라하게 보여 준다.

다른 에피소드 「세상에서 가장 쉬운 위기 대처법」도 뒤지지 않는다. 마을에 위기 상황이 닥치고 모두가 위기라고 불안해하자 의회는 '위기'라는 단어의 사용을 금지하는 법을 만든다. 마치 '미세먼지'를 해결하기 위해 '미세먼지'라는 단어의 사용을 금지하는 법률을 제정하는 것과도 같다. 그러고는 성공적으로 문제를 해결했다고 자축하는 것이다. 하시디즘에 이런 우화가 있다. 한 현자가 꿈에서 메시아의 계시를 받았다. 아침이 되면 마을의 우물물이 독성을 띠게 되어 그 물을 마신 사람은 모두 미쳐 버릴 것이니 절대로 마시지 말라는 것이었다. 현자는 다급히 일어나 집집마다 다니며 사람들을 깨워 메시아의 경고를 전했다. 사람들은 현자가 너무 늙어 정신이 오락가락한다고 투덜거렸다. 그리고 아침에 우물물을 마시고 모두 미쳐 버렸다. 이제 그 마을에서 미치지 않은 사람은 현자 한 명뿐이었다. 미친 사람들 눈에는 우물물을 마시지 않은 현자가 미친 것처럼 보였고, 결국 소란을 일으키는 현자를 가두기로 결정했다. 정신병원으로 끌려가는 길에 현자는 "잠깐!" 하고 멈추게 하고는 스스로 우물로 달려가 물을 마시고 그 자신도 미쳐 버렸다. 그러자 모든 사람이 그가 정상으로 돌아왔다며 안심했다.

「흔하디흔한 생선 가게에 생긴 일」은 조언자들과 참견쟁이들로 넘쳐나는 세상을 보여 준다. 생선 가게를 하는 주인공은 외국에 이민 간 사촌에게서 대도시의 가게들은 판매 물건 목록을 적어 가게 문에 내건다는 놀라운 이야기를 듣는다. 장사가 시원찮아 고민하던 그는 '매일 신선한 생선 판매'라는 간판을 내건다. 그러자 가게에 오는 사람마다 과장 광고다, 굳이 생선 가게에서 생선을 판다고 광고를 해야 하느냐, 비린내만으로도 생선 파는 가게인 것을 알 수 있다며 참견한다. 상심한 남자는 간판을 내리고 랍비에게 가 조언을 청한다. 그러자 랍비는 '매일 신선한 생선 판매'라는 간판을 걸라고 조언한다. 우리는 수많은 참견쟁이들과 조언자들에 둘러싸여 있다. 그들은 우리가 어느 방향으로 가든 '선의의 조언'을 해 줄 준비가 되어 있다.

나머지 이야기들에 대한 나의 해석은 여기서 멈추는 것이 좋을 듯하다. 어떤 스승은 이렇게 경고한다.

"만약 네가 이야기를 들려줄 만큼 네 이야기를 듣는 사람들을 존중한다면, 그들이 자신의 결론을 내리는 것까지 존중해야 할 것이다."

숨겨진 의미를 찾는 것은 독자의 몫이리라. 나는 독자들이 각
각의 우화들에 담긴 의미를 이야기 말미에 한두 줄씩 적어 보
기를 권한다. 그리고 시간이 지나면 또다시 이 45편의 우화들로
돌아와 그 의미를 되새겨 보기를 바란다.

어리거나 사춘기의 학생들에게도 이 책을 읽으라고 권하고
싶다. 우화는 세대와 언어를 초월해 어떤 진실을 이야기한다. 인
간 존재의 넓고 깊은 심리 분석을 통하지 않고도 짧은 우화 한
편이 많은 것을 사색하게 한다. 인생을 우화로 이해하는 것은
흥미롭고 의미 있는 일이다. 우화는 픽션이 아니라 진실이다. 그
래서 마음에 파문을 일으킨다.

샤갈이 그린 마술적인 마을 풍경을 상상하며 나는 이 우화
들을 쓰기 시작했고, '헤움에서는 무슨 일이 일어난 걸까?'에 대
한 궁금증은 '우리가 사는 세상에서는 무슨 일이 일어나고 있
는 걸까?'에 대한 의문으로 이어졌다. 실수로 창문을 만들지 않
은 캄캄한 교회당을 밝히기 위해 손바닥으로 햇빛을 나르는 사
람들, 진실을 구입하러 갔다가 속아서 구린내 나는 오물을 한
통 사 가지고 와서는 '진실은 구리다'고 고개를 끄덕이는 이들,
아들의 완벽한 결혼식을 과시하기 위해 최상의 준비를 했으나
정작 신랑을 데려오지 않은 재산가 부부, 웅덩이에 빠진 사람을
구하기 전에 그가 어느 쪽에서 어느 각도로 걸어오다가 빠졌는

지 분석하느라 시간을 보내는 현자들, 자신들이 지어낸 행운의 우물에 대한 거짓말을 반복하다가 결국 그것을 진실이라고 믿게 되는 사람들……. 우리 모두는 조금씩 이 이야기들에 담긴 바보스러움과 어리석음을 갖고 있다. 그래서 이 우화들은 자신의 결점을 못 본 척하고 다른 사람들을 비난하는 데 초점을 맞추는 대신 그 반성이 내면으로 향하게 한다. 그럴 때 우리는 다른 이들을 더 인간적으로 보게 된다. 이 우화들 속에서 나는 단 한 명도 매력적이지 않은 인물이 없었다.

자신이 살고 있는 세상에 대해 알 수 없는 거리감을 느끼는 사람은 이런 의문을 갖는다. '이곳은 실제로 존재하는 세계일까? 왜 사람들은 이토록 자연스럽게 어리석을까?' 우화는 그 물음과 정직하게 마주하면서 왜곡 거울처럼 현실 속 이야기를 비틀어 보여 준다. 그 왜곡된 상 속에서 뜻밖의 우리 모습을 발견하게 된다. 우리가 사는 세상을, 사회를, 그리고 자신을…….

아이작 싱어가 헤움 스토리를 소개하며 말했듯이 '그들의 지혜와 엉뚱한 믿음, 때로는 어이없는 행동이 독자들을 즐겁게 해 주기를' 나는 바란다. 좋은 책은 마지막 페이지를 넘기는 순간 끝이 나는 것이 아니라 그 순간부터 우리 자신을 돌아보게 한다. 우리가 아무리 세련되고 영리하다 하더라도, 이 우화 속 주인공들의 머리 긁적이는 논리에서 배울 점이 많다. 만약 내가 시간을 거슬러 헤움 마을을 방문할 수 있어서 헤움 사람들에게 이 책을 선물한다면, 그들은 책 속의 이야기들을 배꼽 잡고 웃으며 읽을 것이다. 먼 미래에 어떤 작가가 시간을 거슬러 우리가 사는 세상을 방문해 우리의 이야기를 들려줄 때처럼.

류시화

류시화

시인. 경희대학교 국문과를 졸업하고 한국일보 신춘문예에 시가 당선되어 문단에 나왔다. 〈시운동〉 동인으로 활동하다가 한동안 시 창작을 접고 인도, 네팔, 티베트 등지를 여행하며 명상과 인간 탐구의 길을 걸었다. 이 시기부터 오쇼, 지두 크리슈나무르티, 바바 하리 다스, 달라이 라마, 틱낫한, 무닌드라 등 영적 스승들의 책을 번역 소개하는 한편 여러 나라의 명상 센터들을 경험하며 독자적인 세계를 추구해 왔다.

시집『그대가 곁에 있어도 나는 그대가 그립다』『외눈박이 물고기의 사랑』『나의 상처는 돌 너의 상처는 꽃』 잠언 시집『지금 알고 있는 걸 그때도 알았더라면』『사랑하라 한번도 상처받지 않은 것처럼』 산문집『삶이 나에게 가르쳐준 것들』『새는 날아가면서 뒤돌아보지 않는다』를 발표했다. 인도 여행기『하늘 호수로 떠난 여행』『지구별 여행자』 인디언 추장 연설문 모음집『나는 왜 너가 아니고 나인가』를 썼으며, 하이쿠 모음집『한 줄도 너무 길다』『백만 광년의 고독 속에서 한 줄의 시를 읽다』를 집필했다.

그가 번역해 큰 반응을 불러일으킨 책들로는『성자가 된 청소부』(바바 하리 다스),『마음을 열어주는 101가지 이야기』(잭 캔 필드·마크 빅터 한센),『티벳 사자의 서』(파드마삼바바),『용서』(달라이 라마),『인생수업』(엘리자베스 퀴블러 로스),『조화로운 삶』(헬렌 니어링·스코트 니어링),『술 취한 코끼리 길들이기』(아잔 브라흐마),『삶으로 다시 떠오르기』(에크하르트 톨레) 등이 있다. 2017년 산문집『새는 날아가면서 뒤돌아보지 않는다』를, 2018년 '인생 학교에서 시 읽기' 첫 시리즈『시로 납치하다』를 펴냈다.

블라디미르 루바로프 Vladimir Lubarov

러시아 출신의 화가. 백 권이 넘는 책들에 삽화를 그린 유명한 일러스트레이터이기도 하다. 특히 이 책에 사용한 '우리 동네 길Our Street' 연작 그림들은 특정한 지리적 장소는 아니지만 러시아와 폴란드를 비롯한 동유럽 지역의 독특한 인물들을 묘사한 걸작으로 평가받는다. 거리에서 얘기를 나누는 사람들, 닭을 쫓는 여자, 벤치에 앉은 연인, 풀밭에서 턱을 괴고 강아지와 함께 사색에 잠긴 남자, 우산을 지팡이 삼아 걸어가는 노인, 그리고 구두 만드는 사람과 유대교 랍비와 양복 재단사와 빵장수 등이 화폭을 가득 채우며 생생하게 다가온다. 루바로프는 현재 모스크바에서 작품 활동을 계속하고 있으며, 국립 러시아 박물관과 국립 트레티야코프 갤러리, 그리고 전 세계 여러 나라의 미술관들에 그림이 소장되어 있다.

paintings@Vladimir Lubarov

인생 우화

2018년 7월 30일 1판 1쇄 발행
2020년 11월 20일 1판 23쇄 발행

지은이_류시화

펴낸이_황재성·허혜순
책임편집_오하라·양성숙·박민주
디자인_행복한물고기Happyfish

Illustration © Vladimir Lyubarov

펴낸곳_연금술사
(04030) 서울시 마포구 동교로 136
신고번호 제2012-000255호
신고일자 2012년 3월 20일
전화 02-323-1762 팩스 02-323-1715
이메일 alchemistbooks@naver.com
www.facebook.com/alchemistbooks
ISBN 979-11-86686-34-8 03810

이 도서의 국립중앙도서관 출판예정도서목록(CIP)은
서지정보유통지원시스템 홈페이지(http://seoji.nl.go.kr)와
국가자료공동목록시스템(http://www.nl.go.kr/kolisnet)에서
이용하실 수 있습니다. (CIP제어번호: CIP2018021934)

"인생의 조언이 필요하세요?
바보들의 마을, 헤움으로 오세요."